KB231350

스캔들 메이커

스캔들 메이커

초판 1쇄 찍은 날 § 2007년 1월 1일
초판 1쇄 펴낸 날 § 2007년 1월 10일

지은이 § 나나
펴낸이 § 서경석

편집장 § 문혜영
편집책임 § 이종민
편집 § 한지윤

펴낸곳 § 도서출판 청어람
등록번호 § 제1081-1-89호
등록일자 § 1999. 5. 31
어람번호 § 제5-0122호

주소 § 경기도 부천시 원미구 심곡1동 350-1 남성B/D 3F (우) 420-011
전화 § 032-656-4452 팩스 § 032-656-4453
http://www.chungeoram.com
E-mail § eoram99@chollian.net

ⓒ 나나, 2007

ISBN 978-89-251-0474-4 03810

스캔들 메이커

나나 지음

도서출판 청어람

Prologue

〈유진! 연애도 헐리우드 진출!〉

〈뉴욕에서 릴리와의 잠 못 드는 밤!〉

아침 일찍 그의 빌라로 부리나케 달려온 정수는 신문을 '탁' 소리 나게 접어 식탁으로 던졌다.

"야! 정유진, 넌 밥이 목구멍으로 넘어가냐? 응?"

유진은 피식 웃었다. 유치한 타이틀 하며, 절묘한 각도의 사진까지 스포츠 신문 1면의 전형이었다.

"으음~ 이거 마늘장아찌 어디서 사 온 거야? 곰삭은 맛이 죽이는데?"

"야! 너 진짜 사태의 심각성을 몰라? 2004년 한 해를 끝장나게 마무리하는구나. 아무리 너라도 이런 식이면 곤란하다고!"

거의 폭발 직전의 풍선처럼 부풀은 경수의 목소리가 아직 덜 깬 잠을 부추겼다.

"카피가 이게 뭐냐? 연애도 헐리우드 진출? 릴리와 잠 못 드는 밤? 누군지 작명 실력 하나 끝내주네. 그리고 얘는 릴리가 아니고 레이라라고. 하여간 한국 영어 교육의 현실이란."

"정유진!"

그의 이름이 널따란 부엌을 쟁쟁하게 울렸다.

"괜한 일에 혈압 올리지 말고, 스케줄이나 읊어주셔. 형, 소리 지르는 거 들으면 나 또 졸려. 으자자자!"

아직 완전히 회복하지 못한 시차에 기지개를 켜며 쭉 뻗은 팔 끝으로 남은 잠을 털어냈다. 미국에서 돌아오자마자 그를 기다리고 있는 것은 스포츠 신문 1면을 장식한 그의 스캔들 기사였다.

오랜만에 느긋하게 휴식을 취하겠다는 생각은 레이라의 저녁 초대를 응한 순간 이미 글러먹은 것이다. 이런 상황을 전혀 예측하지 못한 것은 아니었다. 다만 사진까지 찍혀 신문 1면에 대서특필될 거라고까지는 생각지 못했다. 그만큼 자신의 인기에 별 관심이 없었고, 자각 또한 없었다.

그의 외모는 동양에서나 서양에서나 눈에 띄었다. 세계적으로 미남이라는 이탈리안의 피가 흐르고 있어서이기도 하지만 그게 다는 아니었다. 9등신을 자랑하는 몸의 밸런스와 고교 시절 풋볼로 단련된 몸매는 같은 남자일지라도 다시 한 번 돌아보게 만드는 매력을 발산했다. 그런 그가 세계적인 슈트 디자이너인 아르마니의 선택을 받아 런웨이에 섰던 것도 무리는 아니었다. 그렇게 화려한 데뷔 이력만큼이나 그의 행보는 화려했으며, 어디로 튈지 모르는 풋볼과 같았다. 모델로서의 성공가도가 앞에 펼쳐진 상황에서 학업에 전념하겠다며 자취를 감춰 버리더니, 수많은 러브콜을 무시하고 대학을 졸업하자마자 한국이라는 작은 나라로 날라 버려 그에게 손 내밀었던 수많은 제작자들의 속을 타게 만들었다.

아무도 그가 배우로서 성공하리라곤 생각지 않았다. 눈을 떼기 힘든 외모와 화려한 데뷔 경력으로 잠시 주목을 받을지는 모르나 결코 연기력이 외모의 벽을 넘을 수 없을 것이라고 생각했다. 하지만 그 예상은 한국 데뷔 후 얼마 안 가 깨지고 말았다. 미국에서 유학을 온 천재 공대생을 연기했던 첫 작품 이후, 줄줄이 맡는 역마다 그 아니면 상상할 수 없을 만큼 완벽히 소화해 내 호평을 받았다. 그리고 몸을 사리시 않는 액션 언기와 감정 표현으로 순식간에 얼굴 잘생긴 연예인에서 연기 잘하는 배우 정유진으로 거듭나고야 말았다.

그런 그를 헐리우드에서 가만히 둘 리 없었다. 베니스 영화제에서 황금종려상을 받은 '기도'라는 영화로 헐리우드에 이름을 알린 그가 몇 년 전 아르마니의 슈트를 입고 런웨이를 누비던 레오 정과 동일 인물임이 밝혀지며 사람들을 놀라게 만들었다.

결국 현지 제작사로부터의 끈질긴 러브콜 끝에 미 법무부 마약 수사국의 이야기를 다룬 'D.E.A.'의 주연으로 캐스팅 되며 당당히 헐리우드에 입성한 것이다.

이번 스캔들도 시즌1의 촬영이 끝나고 그의 귀국을 아쉬워했던 레이라의 저녁 초대가 발단이 된 것이었다. 그녀가 자신에게 추파를 던지고 있는 것을 알고 있었다. 하지만 그는 눈길 한 번 주지 않았었다. 촬영 마지막 날 레이라가 지금껏 그의 태도에 상처를 받았다면 울지만 않았어도 함께 입맛에도 맞지 않는 프랑스 요리를 먹으러 갔을 리 없었다.

유진은 어깨를 으쓱하며 뭐 이미 벌어진 일 어쩌겠냐는 식으로 경수를 바라봤다.

"어떻게 된 놈이 진지한 구석이라곤 먹고 죽으려도 없냐?"

"형이 먹고 죽을까 봐 그런 것 안 키워."

말이나 못하면 밉지나 않지. 아침부터 방방 뛰느라 기운이 쭉 빠진 경수는 식탁 의자에 털썩 주저앉았다. 유진이 한국에 데뷔한 이래 장장 오 년간 매니저를 맡고 있는 경수였지만 아직까지도 그의 스캔들에는 면역이 없었다. 함께 일하는 여배우, 혹은 관계자들과 어김없이 한 번씩은 스캔들을 내는 유진은 이미 연예계의 공인 스캔들 메이커였다. 그가 움직일 때면 특종을 건지려는 각 언론사의 연예부 기자들이 파파라치 흉내를 내며 따라다니기 일쑤였고, 소속사에서는 이미 코멘트를 포기한 지 오래였다.

"내가 너 때문에 장가를 못 간다, 장가를 못 가."

"그게 왜 또 나 때문이야?"

"내가 너 뒤치다꺼리하느라 신경을 하도 많이 써서 연애할 시간이 없어. 나 불쌍하지도 않냐?"

"불쌍하긴 내가 더 불쌍하지. 밥 한 번 먹은 것 가지고 이런 소리까지 들어야 하는데, 지금 누구보고 불쌍하데?"

"아, 그러니까 밥을 왜 호텔에서 먹냐고!"

경수는 뉴욕의 한 호텔 앞에서 여자의 어깨를 다정히 감싸 안고 나오는 유진의 사진을 들여다보니 다시금 부아가 치밀었다.

"진짜, 호텔은 꼭 응응 하러만 들어가냐? 이 기사 쓴 인간들의 사상이 불순한 것 아니야?"

경수는 고개를 설레설레 저었다. 애초에 유진과 말싸움을 하려던 그의 실수다. 저 언변을 누가 이기랴. 지금까지 곧 죽어도 진심으로 반성하는 꼴 한 번을 보지 못했다.

"야, 전화기 꺼놓으라니까."

유진의 휴대폰이 온몸을 부르르 떨어댔다. 발신번호가 저장되어 있지 않은 서울 유선전화인 것으로 보아 신문사나 방송국이 틀림없었다. 전화번호를 바꾼 지 일주일도 안 됐는데 어떻게 알았는지 그들의 정보 수집력에 놀랄 따름이었다.

"자, 이럼 됐지?"

배터리를 간단히 분리해 버린 유진이 경수를 보며 웃었다. 그 특유의 천진함이 가득 묻어나는 미소였다. 여자들에게는 넘어가게 달콤한 미소일지는 몰라도 경수에게는 넘어가게 악랄한 악마의 미소였다.

"내가 제 명에 못 죽지!"

"모닝커피 한 잔 쭉 들이키시고, 진정 좀 해."

유진이 어느새 뽑았는지 걸쭉하기까지 해 보이는 시커먼 커피를 경수에게 내밀었다. 유진은 진하디진한 에스프레소를 아메리카노 잔에 가득 따라 마시는 커피 홀릭이었다. 그 사실을 잠시 망각한 경수가 적당히 식은 잔을 받아 들고는 벌컥벌컥 마셔댔다.

"우웩! 커헉!"

평소 같으면 한 모금 마시지도 못하고, 뱉어냈을 텐데 그의 속이 타긴 탔었나 보다. 뱉어내긴 했지만 두어 모금 정도는 이미 식도를 타고 위에 도착했을 터.

"큭큭큭."

어쩐지 조금 미안해져 버렸다. 그래도 비집고 나오는 웃음을 막을 수는 없었다. 경수는 물 병 한 통을 단숨에 비워 버렸다. 경수의 눈빛이 유진을 당장이라도 잡아 죽일 것처럼 빛났다. 본능적으로 위험을 감지한 유진이 재빨리 꼬리를 내렸다.

"미안해, 미안해. 형! 살려줘. 말 잘 들을게!"

빌라 앞에 죽치고 있는 기자들을 따돌리느라 007 작전을 방불케 하는 '쇼' 끝에 유진은 무사히 사무실에 도착할 수 있었다.

워낙에 경비가 삼엄한 동네라 그런지 지하주차장까지 외부인이 잠입할 수는 없는 것을 이용해, 그의 벤은 빈 차로 출발시키고 그는 경수의 차를 타고 뒷문으로 빠져나오는 작전이었다.

어렵게 들어간 사무실은 그야말로 아수라장이었다. 그의 홈페이지 서버는 일찍이 다운이 되었고, 모든 전화에는 직원 한 명씩 붙들려 있었다. 친피붙이 같은 경수까지는 모르겠지만 이런 모습을 볼 때면 제아무리 유진이라도 미안한 마음이 들지 않을 수가 없었다.

경수에게 말한 대로 그저 함께 일한 파트너로서 밥 한 끼 먹은 것뿐이었다. 다만 그날이 12월 24일이라는 것과 장소가 호텔이었다는 것에 오해의 소지가 있었을 뿐.

"자, 연말 결산 한번 해볼까?"

주경이 한 뭉치 사진을 들고선 그가 오기만을 기다리고 있었다는 듯이 생글거렸다.

"이모, 아니, 사장님, 왜 이러십니까."

오싹한 주경의 미소에 유진이 슬슬 뒷걸음질을 쳤다.

"자, 이건 2월에 탤런트 우지영이랑 압구정에서, 이건 4월에 같이 화보 촬영했던 모델 이혜원이랑 영화관에서, 이건 6월에 화보 촬영차 갔던 이태리에서 성진희랑, 어머나! 6월엔 두 번이네? 한국 돌아오자마자 명동에서 가수 유경옥이랑. 자, 국내편은 이만 하고."

"저…… 사…… 장님! 아니, 이모!"

주경이 다시금 책상 위에 한 다발 놓여 있는 사진을 집어 들었다.

"이건 9월에 대만에 영화 홍보차 갔다가 진행 맡았던 아나운서 서희원이랑, 10월에 HBO에서 제작하는 드라마 촬영하러 갔다가 오우! 18살이나 많은 쥴리안 무어랑. 드라마에서 네 엄마로 나왔던 여자랑 그러고 싶디? 응? 또 올해 대미를 완벽하게 장식하는 크리스마스이브 레이라!"

"저, 사장님, 자, 잘못했거든요?"

유진이 기가 죽는 사람이 둘 있었는데 그중 한 사람이 주경이었다. 그의 이모이자 기획사 사장인 주경은 팔십 년대 초 날리던 하이틴 스타였다. 17살에 데뷔한 이래 십여 년 동안 수십 편의 영화와 CF, 가요톱텐과 각종 버라이어티 프로그램의 MC로 활약하다 돌연 재벌2세와의 결혼, 동시에 은퇴를 했다. 하지만 연예인과 재벌과의 결혼이 대부분 그렇듯 십 년을 넘기지 못하고 남편의 바람으로 이혼하고 연예기획사를 차렸다.

그리하여 이 바닥에서 잔뼈가 굵을 대로 굵은 주경의 내공은 유진도 당해낼 수가 없었다. 특히 저런 표정의 이모는 조심해야 한다는 것을 이미 경험으로 알고 있었다.

"이중에서 소스 미리 받고, 막은 건이 네 건이니 신문 1면을 장식한 것은 세 번이구나? 미국의 언니한테 전화 넣을까? 말까?"

유진은 숨이 턱 막히는 것 같았다. 엄마라니! 그의 모친인 정민자 여사로 말할 것 같으면 혼자 몸으로 그를 낳아 한국에서 혼혈이 살아가기 힘들다고 판단하고 혈혈단신 도미. 연고도 없고 배경도 없던 곳에서 지금은 부동산 중개로 이름을 날리고 있는 분이다. 아비 없는 자식 소리 들으면 안 된다고 어찌나 쥐 잡듯이 잡혀 살았는지 꿈에서 엄마의 목소리라도 들려오면 자다가도 벌떡 일어날 정도였다.

"아, 왜 이러세요? 엄마 혈압도 있으신데."

"아하, 네 엄마 혈압 오르는 것 걱정하는 놈이 이런 짓이나 벌이고 다녀? 내가 언니한테 정말 면목이 없어서 고개도 못 들어."

"사장님, 그냥 일본으로 가버리면 좀 잠잠해지지 않을까? 어차피 촬영도 일본에서 하는데 현지 적응도 할 겸, 일어도 배울 겸해서요."

그는 2월부터 일본 진출의 필두가 될 유키사다 아사오 감독의 영화 촬영 일정이 잡혀 있었다.

유진 나름대로 짜낸 묘안이긴 했으나 주경에게는 씨알도 먹히지 않는 소리였다.

"하! 거기서 또 무슨 사고를 치려고? 차라리 내 영역 안에 두고 감시하는 게 낫지. 이제부터 2월 달까지 공식적인 일정 모두 취소야. 시사회도, 인터뷰도 없어. 그저 얌전히 들어앉아서 일어 공부할 생각이나 해."

유진은 뭐라 한마디 하려다 쏘아보는 주경의 눈빛에 깨갱하고 꼬랑지를 뺐다. 그 누가 상상이나 할 수 있으랴. 깎아놓은 듯 완벽해 보이는 유진의 얼굴과 미소 뒤에 이런 비굴함이 숨어 있을 줄은.

"박 실장은 당장 저 녀석 일정 취소하고 일어 선생 데려와. 분명 아줌마라고 했지?"

"네, 4살짜리 아들도 있어요. 저 대학 후배고요, 정유진이라는 연예인이 있는 줄도 모르는 애예요. 세상 제 아들밖에 모르는 애거든요."

사무실에 들어서서부터 한 마디도 하지 않고 유진의 당하는 모습을 지켜보고 있던 경수의 얼굴에 고소가 흘러넘쳤다. 반면 유진의 표정은 뭐 씹은 것마냥 불만이 가득 차 있었다.

"좋아, 내일부터 시작해. 오죽하면 영화 이미지 망친다고, 감독이 계약서에 스캔들 일으키면 계약 파기라는 조항까지 넣어 달라고 했겠니? 무슨 협상의 여지라도 있어야 반박이라도 하지. 하여간 이번에는 너 진짜 조심해야 돼. 알아?"

"네, 알겠어요."

"잠자코 근신해. 여자들한테는 눈길도 주지 말고. 어떻게 그렇게 땍땍거리는 데도 여자들이 붙는다니."

"네, 알았어요. 사장님 얼굴 좀 펴세요. 주름 늘겠네."

조금 수그러진 분위기를 틈타 유진이 주경의 구겨진 미간을 엄지손가락으로 살살 문질렀다. 사실 그의 스캔들의 반 이상은 상대방 여자들의 고의인 경우가 많았다. 유형은 여러 가지로, 그의 유명세에 편승하려는 무리가 있었고, 그의 냉대에 복수하려는 경우도 있었다. 하지만 가장 큰 비율은 역시 그런 그의 냉정한 성격에도 불구하고 뿌리칠 수 없는 매력 때문이었다. 여느 연예인들 같지 않게 배려심 깊고 강직한 그의 성격에 여자들은 반하고 말았다. 또 매달리면 뿌리치지 못하는 그의 성격에도 문제가 있었다. 귀찮게 구는 것 받아주느니 밥 한번 먹어주고 말지, 라는 생각 때문에 났던 스캔들도 적지 않았다.

그도 이번에는 정말 조심해야 한다는 것을 알고 있었다. 지고지순한 사랑을 연기해야 하는 이번 영화의 특성상 추문은 영화의 이미지마저 실추시킬 수 있었다. 바람둥이라는 그의 이미지 때문에 감독이 캐스팅을 망설였다는 말까지도 들었었다.

유진은 일에 있어서는 철저히 프로였다. 동양계로 헐리우드 진출이라는 것은 그냥 자고 나니 이뤄진 것이 결코 아니었다. 때문에 그는 외부 노출 금지라는 주경의 조치에 이의를 달지 않았다. 다만 바라는 것은 내일부터 함께하게 될 일어 선생이 제발 바라보지 못할 정도의 추녀만 아니었으면 좋겠다는 생각뿐이었다.

☆ 1. 오 초만 예쁜 여자

거의 한 달여 만에 화장을 한 것 같았다. 그래, 지난달 병역가 협회 세미나 때 했던 화장이 기억나는 가장 최근이니 정확히 한 달이 맞았다. 얼굴에 바르는 거라곤 진이 목욕시킬 때 발라주는 베이비 로션이 전부인지라 두꺼운 파운데이션에 영 적응이 되지 않았다. 얼굴에 벌레가 스멀스멀 기어다니는 것만 같았다. 그 느낌이 학창시절 소라에게 들었던 유행담을 떠올리게 했다.

"한 여자가 있었어. 피부가 너무 곰보라서 고민인 여자였는데, 좋다는 약, 유명하다는 병원을 다 다녀봐도 소용이 없는 거야. 그런데 어느 날 소문이 자자한 점집을 찾아갔는데 피부가 좋아지려면 눈 딱 감고 욕조에 바퀴벌레를 산 채로 잡아 가득 채운 다음 하루를 자라고 했대. 그래서 그 여잔 눈 딱 감고 그대로 했어. 아침에 일어나 얼굴을 만져 보니 너무 만질만질한 거야. 믿을 수 없이 좋아진 느낌에 여잔 좋아하며 거울을 봤지. 그런데 어땠는지 아니? 모공 가득 바퀴벌레 알들이 박혀 있었다지. 아우, 소름 돋지 않냐?"

왜 갑자기 그 시답잖은 얘기가 생각났는지, 경수를 기다리며 낯선 사무실에 이십 분째 앉아 있던 윤휘는 참지 못하고 기어코 손톱을 세워 얼굴을 박박 긁어버리고 말았다. 그 때문에 아이 키우는 엄마답게 짧게 잘려 있는 손톱 안으로 베이지색 화장품이 긁혀 나왔다. 석 달 열흘 목욕 안 한 끈적이는 목덜미를 긁었을 때와 비슷한 것을 보자 얼굴이 기묘한 표정으로 바뀌고 말았다. 또한 거울 따위 가지고 다닐 리 만무하기에 얼굴을 볼 수는 없었지만 분명 손톱이 지나간 자리는 오선지를 그리고 있으리라.

'에이, 화장 같은 것 하는 게 아닌데.'

개인 과외 한두 번 하는 것도 아니고, 통역사로 불려가는 것 또한 한두 번이 아닌데, 굳이 유별나게 윤휘의 외모를 신경 쓰는 소라의 태도를 알 수가 없었다. 고용주가 대한민국 여자들이라면 미혼 기혼 가리지 않고 침 질질 흘리는 남자 배우라는 것과 자신과 무슨 상관이 있단 말인가! 자신은 그저 꼴통만 아니길 바랄 뿐이었다.

사실 대학 선배인 경수의 부탁만 아니었으면 이런 자리 사양이었다. 얼굴 잘생긴 사람 별로 좋아하지 않는다는 것이 첫 번째 이유였고, 2월 달부턴 일본을 밥 먹듯 가야 한다는 것이 두 번째 이유였다. 그런 점을 충분히 감안했는지 기존보다 월등히 높은 페이를 제시한 점이 유일하게 마음에 드는 부분이었다.

윤휘는 시계를 보며 벌써 약속 시간이 이십 분이나 지난 것을 확인하곤 경수의 전화번호를 눌렀다.

—윤휘야, 미안!

그녀가 말을 꺼내기도 전에 발신번호를 확인한 경수가 잽싸게 선수를 쳤다.

"뭐예요? 이십 분이나 지났잖아요. 남의 사무실에 꿔다 놓은 보릿자루처럼 기다리게 하고."

—진짜 미안해. 최대한 시간 맞춰서 가려고 했는데 빌어먹을 기자 새끼들이 진을 치고 있어서 말이야. 진짜 미안하다. 미리 전화라도 해주려고 했는데, 그 시간에 차 타이어 한 바퀴라도 더 굴리지 싶어서. 정말 십 분 후 도착!

경수의 이런 점 때문에 화를 낼 수가 없었다. 잘못한 일보다 지나치게 미안해한다는 점. 그의 목소리가 지금 식은땀이라도 흘리고 있을 것 같아 보여서 더 핀잔을 줄 수가 없었다.

"알았어요. 진짜 십 분만 더 기다릴 거예요."

—그래, 고맙다. 좀 있다 보자.

전화를 끊은 윤휘는 하릴없이 테이블에 가지런히 접혀 있는 스포츠 신문을 뒤적였다. 웬 찌라시 기사들이 이리 많은지 스포츠 신문이 아니라 완전 가십지였다. 그리고 그 신문들의 1면은 단연 오늘부터 그녀의 고용주인 정유진의 스캔들 기사였다.

"이래서 생긴 것들은 꼭 인물값을 한다니까."

뒤적일 가치도 없는 종이 뭉치를 내려놓자 다시 얼굴이 가렵기 시작했다. 약 오 분간 초인적인 인내로 두 주먹 불끈 쥐고 가려움을 참아낸 윤휘는 결국 자리를 박차고 일어났다. 당장 이 답답하고 가려운 화장품을 지워 버리리라!

"아니, 뭐 대단한 여자라고 그렇게 쩔쩔매?"

식은땀까지 삐질 흘리며 지나치게 미안해하는 경수를 보곤 유진은 그의 선생이 될 여자가 몹시도 궁금해졌다.

"야, 그럼 처음 오는 사무실에서 이십 분이나 덜렁 기다리게 해놓고 안 미안하냐?"

"참내, 아침잠 곤히 자고 있는 사람 깨우는 건 하나도 안 미안하고?"

"자식아, 열 시가 아침이냐?"

운전 중이라 유진의 뒤통수를 갈겨줄 수 없음이 경수는 참으로 안타까웠다. 유진은 눌러쓴 야구 모자의 챙을 더욱 당겼다.

"그 아줌마더러 집으로 오라고 하면 될 것이지 귀찮게 왜 내가 나가서 영접씩이나 해야 하는데?"

"야, 아무리 애 엄마라지만 나이 서른도 안 된 여자한테 초면

부터 혼자 집 찾아오게 해야겠냐? 걱정 마라, 내일부터는 집에
서 수업할 예정이니.”

“나이 서른 안 됐어? 애가 4살이라며.”

“29살이야. 내 후배라고 했잖아.”

“아, 맞다. 그렇군. 결혼 일찍 했네. 사고 쳐서 결혼했어?”

“그런 거 아니야. 너 혹시라도 윤휘 보면 사적인 질문 하거나
그러지 마라. 걔 그런 것 싫어하니까. 그리고 무례하게 굴지도
말고, 매너있게 행동해. 네가 막 대하고 그럴 사람 아니야.”

“아니, 무슨 퍼스트레이디 알현하러 가? 진짜 이상하네, 형.”

“잔소리 말고 내려. 주차하고 올라갈 테니까, 오층 회의실에
가 있어.”

유진은 투덜거리며 차에서 내렸다. 일어 선생 아줌마는 앞으
로 얼마나 될 지도 모르는 기간을 함께해야 하는 사람이기에 친
해져야 할 필요가 있었다. 불편한 사람과 얼굴에 가면 뒤집어써
가며 일하는 성격이 못되는지라 유진은 경수의 경고가 신경 쓰
였다.

‘얼마나 대단한 아줌마길래⋯⋯.’

엘리베이터가 땡 하는 맑은 소리와 함께 스르륵 열렸다. 두어
발자국 걸음을 뗀 찰나 엘리베이터와 맞은편에 위치하고 있는
여자 화장실에서 한 여자가 걸어나왔다. 방금 세수를 하고 나오
는 모양인지 얼굴에서 맑은 물방울이 뚝뚝 떨어져 내렸다. 순간
그의 심장이 물방울과 함께 바닥에 뚝하고 떨어져 버렸다. 블랙

홀처럼 시선을 빨아들이는 여자의 작고 하얀 얼굴에 그는 간신히 숨을 쉴 수가 있었다.

시간이 정지했다. 바닥을 향하던 물방울도 공중에 멈춰 서버렸다. 분주히 움직이는 사람들 틈새에서 그 여자와 그만이 분리된 듯 느껴졌다. 머리끈의 구속에서 탈출한 한 가닥 머리카락이 볼에 찰싹 달라붙어 있었다. 할 수만 있다면 손을 뻗어 귀 뒤로 넘겨주고 싶은 충동이 일었다. 나이는 한 스물두 살 정도? 키는 정수리가 그의 어깨에도 닿지 않을 만큼 작았다. 작고, 너무 작아 한 줌 쥐면 부서질 것만 같았다. 하지만 반듯한 이마 아래 자리한 두 눈을 보곤 머릿속이 흰색 페인트라도 부어버린 듯 새하얗게 변해 버렸다. 얇은 쌍꺼풀도 없는 눈은 언젠가 죽도록 심심해서 보았던 만화책의 캔디를 연상시켰다. 게다가 초점까지 없는 눈동자 하며…….

아! 그녀가 다가온다. 동그랗고 먹음직스러운 새하얀 경단 같은 얼굴을 바짝 들고 그녀가 자신 쪽으로 걸어온다. 멈췄던 시간이 다시 서서히 흐르기 시작했다. 발걸음을 떼야 히는데, 움직여야 하는데 차마 발길이 떨어지지가 않는다. 그녀가 점점 가끼이 다가온다. 한 발자국, 다시 한 발자국.

"아얏! 죄송합니다, 죄송합니다. 이쪽이 아니네."

늑골이 징 하고 울렸다. 그녀의 이마를 적시고 있던 물방울들이 그의 코트 앞자락에 물 얼룩을 만들었다. 아주 작은 충격에 느릿했던 시간이 다시 제 빠르기로 움직이기 시작했다. 다소 시끄러운 소음도 이제 귀에 들려온다.

"죄송합니다. 눈이 많이 나빠서요."

그가 아무 말도 없이 멍하게 있자 여자는 다시 사과를 했다. 그리고 뒤돌아 사무실 안으로 쏙 들어가 버렸다. 아, 누구지? 잠시 헛것을 본 걸까? 분명 화장실을 나오던 하얀 경단이 부딪쳐 온 줄 알았는데…….

그의 어깨에도 닿지 않는 키는 맞았다. 물 범벅인 얼굴도 맞았다. 그런데 그의 눈을 뗄 수 없게 만드는 커다란 눈은 이미 안경 뒤로 숨어버렸다. 안경알이 얼마나 두꺼운 건지 눈이 단춧구멍만하게 보였었다. 진심으로 작업 걸어보고 싶게 생긴 얼굴이었는데. 유진은 쓴 입맛을 다셨다. 뭐 저렇게 맛있게 생긴 애가 다 있냐.

'아, 맞다. 여자한테 눈길도 주지 말라고 했지! 갑자기 경단이 먹고 싶네.'

물론 유진은 일 분 뒤 회의실 의자에 앉아 있는 경단을 보고도 같은 생각을 하진 않았다.

"안경 왜 써요?"

"네?"

"여자들 대부분 렌즈 끼잖아요?"

"그거 첫인사 맞죠?"

그제야 유진은 최소한의 자기소개도 하지 않았다는 사실이 떠올랐다.

“아! 저 정유진입니다. 아시죠?”

윤휘는 일어나 정중히 인사를 했다.

“처음 뵙겠습니다. 정윤휘라고 해요.”

잘생기긴 했다. 아니, 잘생긴 정도가 아니고 얼굴 반반하기로 치자면 소라가 그리 그녀를 눈물을 줄줄 흘리며 부러워하는 것도 이해가 갔다. 그는 심하다 싶을 만큼 잘생겼다. 인물값 참 비싸게 하겠다 싶었다. 게다가 고개를 한껏 젖혀야 간신히 눈을 마주칠 수 있을 만큼 키도 컸다. 얼굴도 거의 그녀만큼 작은 것 같았다. 피부도 끝장이다. 요즘 말로 엘프족이라고 하던가. 하긴 이 정도는 돼야 연예인 해먹지. 경수 선배의 말이 이해가 갔다. 남자에게 전혀 관심없는 사람이 필요했다는, 스캔들 일으킬 확률 제로인 사람이 필요했다는. 그러고 보니 경수가 오지 않았다. 그의 뒤를 윤휘가 흘끔거렸다.

“경수 형은 주차하고 올 거예요.”

“네. 그런데 앉아도 되죠?”

“물론.”

“고개가 아파서요.”

침묵.

윤휘는 유진과 침대만한 테이블을 사이에 두고 앉았다. 클렌징크림도 없이 화장을 지워내느라 손 닦는 화장실 비누로 세 번이나 씻어댔더니 얼굴 피부가 갈라질 것처럼 당겨왔다. 신경이

쓰여 자꾸 올라가는 손을 어찌할 수가 없었다. 샘플 화장품 같은 것 역시 가지고 다닌 일이 없는 그녀였다.

"저, 혹시 샘플 로션 있으세요?"

그가 일반인이었다면 이런 질문 따위 하지 않았겠지만 연예인이니 혹시 가지고 있을지도 모른다는 생각이 들었다.

"네. 그런데 남자 건데요."

"역시, 연예인은 다르네요. 화장품도 가지고 다니고."

굉장히 신기하다는 듯한 그녀의 말에 건성인 피부 때문에 가지고 다닌다는 말을 할까 말까 유진은 살짝 고민이 들었다. 여자가 남자에게 화장품 있냐고 묻는 것이 더 웃긴 것 아닌가. 그가 뭔가 말을 하려 입을 달싹이는 순간 그녀가 그의 말을 막았다.

"괜찮으면 빌려주실 수 있어요? 세수를 했더니 얼굴이 당기네요."

유진은 재빨리 매고 있던 크로스백에서 남성용 샘플 로션을 꺼내주었다. 윤휘가 다시 안경을 벗었다.

"흡!"

역시, 그가 잘못 본 것이 아니었다. 하지만 아까 같은 떨림이나 두근거림은 다시 재발하지 않았다. 다시 봐도 그녀의 눈은 심하게 크고 얼마나 시력이 나쁜 건지 초점조차 흐렸다. 애 엄마라고 하더니 얼마나 외모에 신경을 쓰지 않으면 사회생활 하는 여자가 저런 안경을 그대로 쓰고 다닐까 싶었다. 안경알은

둘째 치고 촌스럽기 그지없는 금테라니.

"웬만하면 렌즈 끼죠?"

"제가 안경 쓰는 거랑 일하는 거랑 관련있나요? 통역사도 비주얼에 신경 써야 하나요?"

자꾸 그녀의 안경에 태클을 거는 그에게 똑 쏴 붙이긴 했지만 너무 과민하게 군 것은 아닌가 금방 후회가 되었다. 어쨌든 그녀는 그에게 고용된 입장이고, 좋으나 싫으나 앞으로 그와 매우 자주 부딪쳐야 한다.

"그런 건 아니지만……."

"안구 건조증이 심해서요, 렌즈 못 껴요."

"아, 그렇구나."

다시 침묵.

"경수 형 왜 이렇게 안 오지?"

유진의 말이 떨어지기가 무섭게 모직 코트에 찬 공기를 한 아름 담고 경수가 들어왔다.

"아, 오래 기다렸지?"

"삼십 분 조금 넘게 기다렸네요. 오랜만이에요, 선배."

"그래, 오랜만이다. 유진이하고는 인사했고?"

"네."

"날이 왜 이렇게 춥냐? 지하주차장 그거 잠깐 걸었다고, 코끝이 다 시리다."

"그건 선배가 운동 부족이라 그런 거 아니에요? 춥긴 뭐가 추워? 겨울 날씨가 이만도 안 하면 그게 겨울인가?"

"하긴 그건 그렇다. 나도 운동을 좀 해야 하는데 말이야."

경수가 윤휘와 유진의 중간에 자리를 잡고 앉았다.

"서로 친해지는 것이 좋을 거야. 이제 윤휘도 우리 스태프가 되는 거니까. 너도 누나다 생각하고 지내면 좋을 거고."

"누나?"

"아, 몇 살이세요? 저 29살인데."

일본어 선생이자 그의 통역사가 29살 아줌마라는 사실은 익히 들어 알고 있었다. 하지만 그녀의 첫인상 때문에 그런지 쉽사리 그보다 연상이라는 점, 더군다나 애 딸린 아줌마라는 사실이 인정되지 않았다. 저런 어린 얼굴로 29살이라니 말도 안 된다. 진짜 인생사 부조리라니까.

"뭐라고 불러야 되죠? 이름 부르는 것은 좀 그렇죠? 선생님이라고 부르는 것도 좀 어색하고."

"천천히 생각해요."

결국 호칭 문제를 결정짓지 못하고 공부 방식이라든지, 대화랄 것도 없는 소소한 문제들을 조율하는 것으로 화제를 돌렸다.

주말을 제외한 일주일에 오 일을 그의 빌라로 방문. 시간은 열 시부터 오후 네 시까지. 수업은 딱딱하지 않게 회화 중심으로 대화하듯이. 2월까지 간단한 인터뷰 정도와 대사의 어색함이 없을 정도의 발음은 되어야 함. 2월부터는 그의 일본 통역도 겸함. 수업은 내일부터.

"이왕 나온 김에 유진이 빌라에 들렀다 갈래? 초행길인데 내일 찾아오려면 힘들지 않겠어?"

"힘들긴요. 산골 외진 동네도 아니고 우리나라 부촌 중 하나인데 못 찾아갈 이유 있나? 그리고 이제 애 데리러 가야 해요. 유치원 네 시까지거든."

"아, 그렇구나. 데려다 줄까?"

그녀를 바라보는 경수의 눈빛이 남달랐다. 뭔가 안타까운 듯도 보이고, 심하게 따뜻해 보이기도 했다.

"아이고, 됐네요."

윤휘가 경수의 호의에 손사래를 쳤다.

"집이 어디세요?"

"신정동이요. 그럼 그렇게 조율된 걸로 알고 전 이만 가봐도 되겠죠?"

"식사라도 하고 가시죠?"

한눈에도 닳아 보이는 모직 코트에 그의 시선이 멈췄다. 실의 짜임이 그대로 보일 만큼 해어진 소맷부리 하며 검은색인지 회색인지 구분하지 못할 정도로 바랜 코트에 미간이 구겨졌다. 코트는 이미 방한 기능을 상실한 듯 보였다. 윤휘의 시선이 저절로 그의 시선을 쫓았다.

"아, 걱정 마세요. 공식적인 자리는 정장 입어요."

전혀 개의치 않으며 씽끗 웃는 그녀의 미소가 싱그러웠다. 남편은 어떤 사람일까, 문득 궁금했지만 그런 질문을 할 정도로 친한 사이도 아니었고, 더군다나 경수에게 사적인 질문 금지라는 경고를 받은 까닭에 그는 궁금증을 삼킬 수밖에 없었다. 하지만 얇은 모직 코트는 여전히 그의 신경에 거슬렸다.

"형, 나 사장님하고 할 얘기 있으니까, 모셔다 드리고 와. 오래 걸릴 거야."

"그래? 그럼 그럴까?"

경수의 얼굴에 화색이 도는 것을 보니 그도 내심 걱정을 하고 있었던 모양이다. 물론 아직 심기가 매우 불편하신 이모님과 마주치고 싶지는 않았다.

"선배, 안 바빠요?"

"바쁘긴. 내 스케줄이야 이 자식 한가하면 덩달아 쉬는 거지."

"그럼 좀 부탁할게요. 유진 씨, 만나서 반가웠어요. 내일 뵐게요."

그녀와 경수가 함께 회의실을 빠져나갔다. 지금 그가 이모와 대면하기 싫어할 상황이라는 것을 알면서도 모르는 척 그녀를 데리고 나가는 경수를 보니 그녀가 무슨 첫사랑쯤 되나 보다는 생각이 들었다. 역시 자신 때문에 장가를 못 간다는 경수의 말은 말짱 헛말이었다. 결국은 첫사랑 여자 하나 못 잊어서 연애도 못하는 것이 분명했다. 유진은 모자란 잠을 보충하려 테이블에 기대 엎드리며 상상의 나래를 펼쳤다.

눈을 감자마자 십 분이 채 되지 않아 잠이 든 그의 꿈속에 하얇고 동그란 찹쌀경단이 통통 튀어 다녔다.

"선배, 나한테 뭐 하고 싶은 말 있죠?"

"어?"

도둑이 제 발 전다고, 정곡을 찔린 경수가 흠칫 놀랐다.

"해야 되나 말아야 되나 고민하고 있었죠?"

"너 나 모르게 내림굿이라도 받았냐?"

"선배 봐온 지도 벌써 십 년이 다 되어가네."

"그러게."

신입생 시절부터 알아온 사이니 거의 십 년이 다 되어갔다. 하고픈 말이 있을 때 괜스레 입술을 달싹이는 버릇도, 손가락을 까딱까딱하는 습관도 알려고 해서 알아진 것은 아니었다. 경수는 머쓱해 그냥 웃고 말았다.

"다 아는 얘기 뭘 그렇게 할까 말까 고민해요?"

"알고 있었니?"

"응, 수라 있잖아."

당사자의 감회와는 상관없는 주변인들의 배려에 얼마나 더 상처를 받아야 무뎌질 수 있는 것일까. 이젠 무관한 사람이라고, 더 이상 자신의 인생에 그의 자리는 없다고 스스로에게 되뇌며 쌓아올렸던 담장은 타인의 이기적인 배려에 너무 쉽게 짓뭉개지곤 했다. 이제 그만 정윤휘의 인생에서 그 남자를 분리해 줬으면 좋으련만.

"갈 거야?"

"청첩장 오면."

"진이 데리고?"

그저 평범한 동아리 선배의 소식을 얘기하듯이 싱긋 웃기까지 하는 윤휘에게 왜 화가 나는지 모를 일이었다.

"진이를 왜 데리고 가? 선배 오늘 이상하네? 나한테 뭐 꼬인 것 있어요?"

"너 정말 아무렇지 않은 거야, 아니면 그런 척하는 거야?"

"정말 아무렇지 않아요. 내가 준혁 선배 결혼하는데 별다른 반응 보여야 하는 거예요?"

"그래도 애 아빠……."

"선배!"

그의 말이 채 끝나기도 전에 노여움이 뚝뚝 흐르는 윤휘의 목소리가 차 안을 쩌렁쩌렁하게 울렸다.

"애 앞에서 그 비슷한 말 한 마디라도 해봐요. 내 성격 알죠? 일이고 뭐고 선배 다신 안 봐. 대체 왜 이러는 거예요들!"

가뜩이나 일주일 전 소라가 답지 않게 우물쭈물하며 못할 말이라도 하는 것처럼 준혁 선배의 결혼 소식을 말할 때부터 가슴이 먹먹해진 윤휘였다. 이미 지워낸 사람인데, 아이를 부정한 순간부터 이미 그녀의 영역에서 딜리트(Delete) 키를 눌러 버린 사람인데, 그의 결혼 소식에 왜 그녀가 상처를 받아야 한다는 말인가. 진정 그녀에게 상처를 주는 것은 이런 주변인들의 반응이라는 것을 알지 못하는 것일까. 원하지 않는 배려와 동정은 결국 일어서려는 사람의 무릎을 꺾어버린다는 것을 진정 모르는 것일까.

"미안하다, 말 안 꺼낼게."

"말 꺼내지 말라고 그러는 거 아니에요. 경수 선배한테는 둘도 없는 친구잖아. 왜 내 앞에서 친구 얘기를 못하는 건데, 왜?"

차 안만 아니라면 벌써 방방 뛰고도 남았다. 아니, 차를 세워 내려서라도 발을 땅에 꽝꽝 굴러 버리고 싶었다.

"쓸데없는 배려가 나를 더 비참하게 만든다는 것 몰라요? 왜 그러는 건데요? 내가 그 사람 결혼식에 가서 깽판이라도 놓을까 봐? 그랬으면 좋겠어요? 진이 손 붙잡고 가서 여기 당신 아들 있다, 정 그렇게 못 믿겠으면 유전자 검사라도 할 수 있다, 이랬으면 좋겠어요? 그렇게 하기라도 바라는 거예요?"

"진정해. 진정하자, 윤휘야. 알았어. 무슨 말인지 알았으니까 얼굴 좀 식혀. 애가 놀라겠다."

경수의 앞에 말은 하나도 늘리지 않고, 애가 놀라겠다는 밀만 귀에 쏙 들어왔다. 놀이방이 가까워 오는데 씩씩거리며 얼굴 벌게진 엄마를 보면 정말 애가 놀랄지도 몰랐다. 온몸의 피가 얼굴에 다 몰렸는지 화끈거림에 윤휘는 차창을 성마르게 열었다. 1월의 얼음 바람이 더운 차 안으로 기세 좋게 밀고 들어왔다. 피부에 감각이 무뎌질 때까지 윤휘는 그대로 바람을 맞았다. 진이가, 그녀의 분신인 아들이 너무 보고 싶었다.

"엄마!"

그녀를 보곤 넘어질 듯 달려오는 유진을 윤휘는 한 품에 꼭 끌어안았다.

이 작고 말랑거리는 몸을 품에 안을 때마다 윤휘는 새로운 감동에 휩싸이곤 했다. 온전한 그녀의 편, 가족, 희망. 그 누구도 갈라놓을 수 없는 유일한 핏줄. 정윤휘가 살아가는 이유였다.

"아고, 내 새끼. 엄마 많이 보고 싶었어요?"

"웅!"

아이가 한 치의 거짓도 없다는 듯이 아래위로 고개를 힘차게 끄덕였다. 놀이방에서 얼마나 뛰어 놀았는지 머리카락이 다 축축했다.

"엄마랑 귀 잡고 뽀뽀할까?"

서로 양쪽 귀를 잡고 이마와 코를 맞대고 하는 뽀뽀는 두 모자만의 특별한 애정 표현이었다. 아이는 고사리 같은 손으로 제 엄마의 귀를 잡고 쪽 소리가 나게 입술에 뽀뽀를 했다.

"유진이 누구 새끼?"

"엄마 새끼!"

"유진이 엄마 새끼지?"

"웅!"

"'네' 해야지."

"네에!"

그제야 헛헛했던 마음이 채워지는 것 같았다. 상처로 쓰라렸던 심장에 훈훈한 열기가 퍼졌다.

땀이 촉촉한 이마와 목덜미를 손으로 쓸어주며 윤휘가 아이를 안아 올렸다. 빈 도시락과 실내화가 들어 있는 놀이방 가방을 들고 바람 한 줌 새어들어 가지 못하게 아이의 솜 잠바를 단단히 여며주곤 밖으로 나섰다. 그리곤 기다리고 있는 경수 차까지 후다닥 뛰어 뒷좌석에 아이를 안고 탔다.

"우리 유진이 삼촌 오랜만이네?"

"안녕하세요!"

"우리 유진이는 인사도 잘해요."

경수가 뒤돌아 아이의 볼을 한번 죽 잡아 늘어뜨리곤 차를 출발시켰다. 이제 태어난 지 사십칠 개월이 된 아이의 볼은 쫀득쫀득한 마시멜로우 같았다.

"우리 유진이 생일날 뭐 가지고 싶어?"

"그래, 유진이 생일에 뭐 가지고 싶어요?"

아이는 대답이 없었다. 고개를 푹 숙이는 품이 뭔가 말하면 혼날 것을 가지고 싶어하는 것이 틀림없었다. 윤휘는 그 모습마저도 사랑스러워 견딜 수가 없었다. 그녀는 큰마음 먹고 토마스 기차나 파워레인저 로봇만 아니라면 들어주리라 생각했다.

"파워레인저 로봇하고, 토마스 기차만 아니면 말해도 돼. 정유진."

윤휘는 언제 그랬냐 싶게 근엄한 엄마의 표정으로 돌아와 있었다. 집에선 TV를 못 보게 해도 놀이방을 보내다 보니 어쩔 수 없이 알게 된 것들이 그 두 가지였다. 토마스 기차는 어찌나 사달라고 보채는지 열두 가지 종류를 다 모았고, 그리고 나서는 이제 기차 레일을 사달라고 조르는 중이었다. 얼마나 토마스, 토마스 노래를 불러댔는지 고든, 제임스, 에드워드, 더글라스, 도날드, 디젤10, 버치, 조지, 차이나 드래곤, 하비, 헨리, 알피에 이르기까지 기차 이름까지 좔좔 외울 지경이었다.

"그거, 아닌데……."

진이가 다시 우물쭈물하며 손가락을 배배꼬았다.

"정유진, 엄마가 할 말이 있을 때는 똑바로 말하라고 했지?"

"애를 잡냐? 유진이 삼촌 귀에만 살짝 말해줄래? 엄마한테 안 이를게."

"선배, 애 자꾸 응석 부리게 하지 마요. 토마스 기차도 선배가 다 사준 거잖아. 사달라면 다 사주는 줄 알면 안 돼요. 안 되는 것도 알아야지."

아이는 잠시 고민하는 것 같더니 심각한 표정으로 경수의 귓가에 재빨리 말했다. 하지만 귓속말이라는 것을 아직 할 줄 모르는 아이의 목소리는 윤휘가 충분히 알아들을 수 있을 만큼 컸다.

"아빠요."

딴에는 속삭인다고 귓가에 두 손까지 모아서 얘기했지만 경수와 윤휘의 표정은 동시에 굳어져 버리고 말았다. 순식간에 차

안에 정적이 흘렀다. 윤휘는 말똥말똥한 눈망울로 그녀를 올려다보는 아이를 얼른 다시 안아다 무릎에 앉혔다.

"정유진, 아빠 어디 계시다고 했지?"

"미국이요."

"유진이랑 엄마 맛있는 것 많이 사주시러 돈 벌러 가셨다고 엄마가 말했지?"

"네에……."

아이의 풀 죽은 목소리에 가슴을 무딘 칼로 도려내는 것같이 아팠지만 태를 낼 수는 없었다.

"언제 오신다고 했지?"

"유진이 학교 들어가면요."

"엄마가 유진이가 자꾸 보채면 아빠 안 오신다고 했어, 안 했어?"

"했어요."

다시금 심장이 옥죄어왔다. 앞으로 이런 질문을 받게 될 날이 얼마나 더 많이 남아 있는 것일까. 언젠가 아이기 현실을 알게 될 때면 겪게 될 혼란과 상처는 어찌 감당해야 한단 말인가. 최근 들어 빈번해진 아이의 질문에 윤휘는 하루가 다르게 걱정이 늘어갔다.

눈이 시큰해져 윤휘는 다시 작은 몸뚱이를 품에 꼭 안았다. 한 번씩 이렇게 아이에게 윽박을 지를 때마다 수천, 수만 갈래로 찢어지는 가슴이었다.

“유진이가 엄마 말씀 잘 듣고, 밥에 콩 안 골라내고, 늦잠 자지 않고, 공부 열심히 하면 아빠 오신다고 했지?”

“네.”

“우리 유진이 어쩜 이렇게 착할까, 그치?”

아이의 머리를 쓰다듬으며 ‘희망고문’이라는 말을 떠올렸다. 한 손으로 보드라운 머리카락을 쓰다듬으며 비집고 나오려는 눈물을 꿀꺽 삼키는 윤휘였다.

독하게 살아야 한다, 이를 악물고 악바리처럼 살아야 한다. 끝없이 다짐하며 살아온 오 년이었다. 등 비빌 가족도, 의지 되어줄 친척도 하나 없는 윤휘가 혼자 몸으로 아이를 낳아 키운다는 것은 불가능에 가까운 일이었다. 24살. 장학금과 아르바이트 덕분에 학교는 간신히 졸업을 했다고는 하나 모아놓은 돈이 있을 리 없었다. 어렵사리 취업문을 통과해 들어간 직장은 ‘사내 미풍양속을 어지럽힌다’는 이유로 권고사직을 당했다. 배가 불러오면서 임신 사실이 드러나고 일주일이 채 되지 않아 일어난 일이었다.

하늘이 무너진들 그때와 같을까. 먹고 살려면 무슨 일이든 해야 했기에 이리저리 일자리를 구하러 뛰어다녀 봤지만 경멸, 혹은 연민의 눈빛 이상을 얻지는 못했다. 그때 서러움에 부른 배를 끌어안고 흘린 눈물이 서 말은 족히 되었다. 어찌나 이를 악물었는지 때문에 아직도 어금니가 좋지 못했다. 운이 좋아 대학 시절 아르바이트로 했던 번역 일을 하게 되며 이 바닥에서 커리

어를 쌓고 실력으로 인정을 받았지만 아직까지도 아는 사람들 사이에서 그녀를 수식하는 말은 '미혼모 정윤휘'였다. 그래도 그런 것쯤은 얼마든지 참아낼 수 있었다. 이젠 혼자가 아니니까, 진이가 있으니까.

경수는 그 뒤로 단 한 마디도 하지 않았다. 가슴속으로 피눈물을 토해내고 있을 윤휘를 알고 있는 것이리라. 히터의 세기를 높이며 뜨거운 바람이 윤휘의 저린 가슴을 풀어주길 간절히 바랐다.

"그러고 보니 선배."

"응."

먼저 입을 연 것은 윤휘였다.

"우리 유진이 개랑 이름이 같네."

하루 종일 뛰어 노느라 피곤했는지 아이는 어느새 제 엄마의 품에서 새근거리며 얕은 숨을 내쉬고 있었다.

"아! 정말 그러네. 난 왜 생각을 못했지?"

"나도 이제야 떠올랐어. 참 신기하지? 성도 똑같이. 정유진. 하긴 내 성이 정 씨니까 그건 당연한 건가?"

"그러게. 것도 인연이다."

경수가 아이가 깰세라 소리를 죽였다. '인연'이라는 경수의 말에 헛웃음이 절로 나왔다.

"치, 찍어 붙이기는. 인연은 무슨."

2. 아줌마

"이렇게 작대기가 두가 붙은 것을 탁음이라고 해요. 카행, 사행, 타행, 하행에만 붙어요."

오른쪽. 아니나 다를까, 왼쪽.

"여기 동그라미 붙은 것은 반탁음……."

15㎝ 전방으로 전진. 역시 거의 동시에 딱 15㎝ 후방으로 후진.

"유진 씨. 유진 씨, 내 말 듣고 있는 거예요?"

유진은 분명 윤휘의 말을 경청하고 있었다. 하지만 경청은 하되 동시에 반대쪽 귀로 스르륵 빠져나가고 말았다. 소리와 내용이 분리되어 버리는 것이다. 지나치게 나긋나긋한 윤휘의 말투는 어제의 뻣뻣하고 도전적이던 모습을 상상할 수 없게 만들었다.

책상을 가운데 두고 머리를 맞댄 자세가 그녀의 목소리를 더욱 모아주었다. 예의 바르고 또박또박 정확히 발음하는 말투, 40db의 안정감있는 음성.

"안 들려요."

"내 목소리가 너무 작아요? 그럼 말을 해주죠. 멍하니 반응이 없어서 눈 뜨고 졸고 있는 건 아닌지 했어요."

"아니, 그게 아니고 목소리는 들리는데 내용이 접수가 안 돼요."

"아! 설명이 너무 어려웠나요?"

어떻게 해야 더 쉽지? 라며 작게 중얼거린 그녀는 시선을 깔고 뭔가 생각하는 듯 눈동자를 굴렸다. 두꺼운 안경 너머로 파닥이는 속눈썹의 끝이 안경알에 닿고 있었다. 안경을 가까이 쓴 것인지 눈썹이 긴지조차 순간 판단이 서지 않았다.

"음, 그럼 히라가나, 가타카나 말고, 실생활에서 바로 쓸 수 있는 말부터 시작할까요?"

윤휘는 그녀의 설명이 어려워 유진이 헤매는 것으로 완전히 결론을 내린 듯 책을 덮었다.

"회화를 배운다고 해도 히라가나, 가타카나를 배우지 않고 넘어갈 수는 없어요. 첫 수업이니까 일단 일어에 대한 거부감을 없애는 것부터 하죠."

"저기요."

"네?"

유진은 그녀가 공부 방법에 대해 이런저런 생각을 하고 결론을 내릴 동안 그녀를 뭐라 불러야 할까를 고민하고 있었다. 조금 더 편한 관계가 됐으면 좋겠는데 그녀는 '넌 공적인 관계 이상도 이하도 아니야'라고 딱 잘라 선을 긋고 있었다. 웃고는 있었지만 오른쪽 입꼬리가 먼저 올라가는 것으로 보아 형식적인 미소가 분명했고, 그가 몸을 움직일 때마다 그녀 또한 미묘한 움직임을 보이며 일정 거리를 유지하고 있었다. 의도된 경계라기보다는 몸에 베인 습관인 듯 자연스러워 자세히 관찰하지 않았으면 알아채지 못할 정도였다. 다가오지 마. 여기 경계선 보이지? 너한테 허용하는 거리는 딱 이만큼이야, 라고 몸으로 말하고 있는 듯 보였다.

그녀가 조금 먹음직스럽게 생기긴 했지만 아줌마였고, 남의 가정 파탄 내면서까지 탐나는 것은 결코 아닌지라 이렇게 그를 경계하는 그녀의 행동 하나하나가 불쾌하기 짝이 없었다.

"조금 쉬죠? 피곤해서 그런지 수업 내용이 하나도 귀에 들어오지 않아요."

유진은 정말 피곤해 보였다. 눈이 빡빡한지 계속해서 두 눈을 문질러 댔고, 목을 뒤로 젖히며 기지개를 켰다. 사실 그녀가 이 집에 들어와 책을 펼친 지 한 시간도 채 되지 않았다. 유진의 피곤은 그녀의 행동과 말투를 관찰하느라 그런 것이었지만 그녀는 꿈에도 생각지 못했다.

윤휘의 두 눈동자가 좌우를 찾지 못했다. 수업이라면 자신있었다. 공부를 하는 동안에는 확실히 그의 우위에 있다는 자신감을 가질 수 있었고, 학생을 제압하는 방법 정도는 터득하고 있었다. 하지만 쉬는 시간이라든지 뭔가 적막이 오게 되면 어떻게 해야 하는지, 상대방이 사적인 질문을 던졌을 경우 어느 선까지 용인해야 하는지 매번 고민이 되었기 때문에 오십 분 수업, 십 분 휴식 이외의 남는 시간을 어떻게 써야 할지 몰랐다.

"커피 마실래요?"

유진은 어느새 일어나 부엌으로 향하고 있었다. 커피를 마신다고 해야 하나, 아니면 그냥 됐다고 해야 하나? 윤휘는 또 고민하고 있었다. 그녀에게서 대답이 없자 유진은 가던 걸음을 멈추고 그녀를 돌아보았다.

"음, 됐어요."

"정말 됐어요?"

"네?"

"아니, 커피 싫어하세요?"

"아니요, 특별히 그런 건 아니에요."

"그럼 왜요?"

윤휘는 할 말을 찾지 못했다.

"아니에요. 그냥 주세요."

유진이 커피메이커에 물을 붓고 커피콩을 가는 동안 윤휘는 애꿎은 책만 휙휙 넘겼다. 어색했다. 유진은 뭔가 계속 불편한 듯 보였고, 그런 그의 모습에 윤휘는 저도 모르게 눈치가 보였다. 이곳이 그의 집이라서 그런가. 다음 수업부터는 사무실에서 하자고 해야겠다.

“아악!”

부엌 쪽에서 갑자기 유진의 괴성이 들려왔다. 윤휘는 생각할 겨를도 없이 놀라 벌떡 일어났다. 뜨거운 커피에 손이라도 덴 것일까? 컵을 떨어뜨려 발등을 찧은 것은 아닐까? 약 0.1초 동안의 생각과 동시에 그의 이름이 튀어나왔다.

“정유진 씨!”

윤휘의 걸음이 채 부엌에 닿기 전, 유진이 양손에 머그잔을 들고 결의에 찬 표정으로 걸어나왔다. 윤휘는 깊게 들이마셨던 숨을 툭 내뱉었다. 손은 놀라 버린 가슴을 쓸고 있었다.

“불편해요.”

툭 던진 유진의 말이었다.

“네?”

아직 놀란 가슴이 진정되지 않은 탓에 윤휘의 목소리가 다소 격앙되어 버렸다. 유진이 내민 뜨끈한 머그잔을 무의식적으로 받아 든 윤휘가 소파에 털썩 앉는 유진의 대각선 방향의 자리에 따라 앉았다.

“내가 잡아먹어요? 그렇게 꼭 제일 먼 자리에 앉아야 돼요?”

윤휘의 눈썹이 휘어졌다.

“내가 애 딸린 아줌마한테 연애라도 걸겠어요? 나 이래 봬도,
아니, 보는 대로 차고 넘칠 만큼 여자 많거든요?”

다다다, 내뱉는 그의 말의 뜻을 알 수가 없었다. 나 당신한
테 관심없다, 그리고 여자 많다. 이런 내용인 것 같은데 왜 자신
에게 그런 말을 하는지 추정불가였다.

“무슨 소린지 모르겠어요. 아니 내용은 알겠는데, 왜 그런 말
을 하는 거예요?”

“그렇게 자신있어요? 자식 남편 있지만 아직까지 처년 줄 알
고 대시하는 남자 많은가 본데, 난 절대 아니거든요?”

참을 만큼 참은 유진이 씩씩대며 몸을 앞으로 숙이자 당연하
게 윤휘의 몸 뒤로 물러났다.

“안 잡아먹는다고!”

윤휘의 큰 눈이 빠르게 꿈뻑꿈뻑댔다. 손마디가 하얗게 드러
날 정도로 두 손으로 머그잔을 꼭 쥐고 몸을 한껏 뒤로 뺀 채 벙
찐 표정을 짓고 있었다. 그 모습은 마치 13살 때 분양 받았던 강
아지를 떠올리게 만들었다. 먹을 것을 줘도 냄새만 맡을 뿐 먹
지 않고, 최대한 구석진 자리를 찾아 헤매던.

“사실 처음에 하얀 경단이 통통 튀어 다니는 것 같아서, 내가
경단을 좋아해요. 흠, 어쨌든 좀 먹음직스럽다는 생각을 하긴
했지만 아줌마 건드릴 정도로 나 굶주리지 않았다고요. 내가 스
캔들을 조금 많이 일으키기는 하지만 스태프들하고 그런 적은
한 번도 없었고, 그쪽도 이제 우리 스태프니까 고로 내가 딴마

음 품을 걱정 1%도 안 해도 된다는 거예요. Are you with me?”

경단, 먹음직, 아줌마, 그리고 아 유 위드 미.

경단이 먹음직스럽고, 아줌마 함께하겠냐고? 이게 웬 외계어의 조합이야?

“자, 잠깐요!”

정신을 쏙 빼놓는 유진의 말에 윤휘는 다시금 할 말을 잊어버리고 말았다. 한 손으로 아무것도 없는 허공을 휘휘 저을 뿐 그의 말을 이해하기란 쉽지 않았다.

“좀 천천히 말해줄래요? 그리고 나 유진 씨가 말한 대로 아줌마라서 그렇게 빨리 말하면 잘 못 알아들어요.”

유진이 숨을 몰아쉬었다. 그럴 만도 했다.

“제 코디 한 번도 못 봤죠? 성윤이라는 여자앤데 저보다 한 살 어려요. 저 걔한테 이름 부르거든요? 그리고 경수 형은 아시다시피 형, 동생 해요. 더 말해요? 저 공적인 행사에 운전해 주는 로드 매니저도 저한테 형이라고 하고요.”

“잠깐만요! 그래서요? 그 말을 나한테 왜 하는 건데요?”

참 생긴 것답지 않게 말 많은 남자다, 라는 생각이 들었다. 입만 다물면 깜빡하고 넘어가게 생겨 가지고는 이런 남자가 뭐가 좋다고 여자들이 목을 매는지 정말 알다가도 모를 일이었다.

“호칭 바꿔요!”

하! 결국 이 말이 하고 싶었던 거였다. 호칭을 바꾸자, 라니.

그럴 필요성이 있을까? 학생과 제자. 아니, 학교가 아니니까 엄밀히 말하면 고용주와 직원 정도의 관계에서 따로 쓸 호칭이 필요하다는 그의 말에 동의를 할 수가 없었다.

"무슨 호칭을 바꾸자는 거죠? 굉장히 뜬금없는 말로 느껴지는데, 설마 그것 때문에 지금까지 집중 안 하고, 다다다 지껄이고, 부엌에서 간 떨어지게 소리 지르고 그런 거예요?"

어라? 다시 생각하니 기분 나쁘네? 윤휘의 미간이 내천 자를 그렸다.

"난 불편하면 못해요. 그게 공부든 일이든 한공간에 있는 사람이랑 불편하다는 느낌이 들면 뭐든 집중이 안 된다고요."

"후우! 그럼 말해봐요. 나를 뭐라고 부르고 싶어요?"

유진은 순간 떠오른 호칭이 없어서 말문이 막혀 버렸다. 윤휘가 팔짱을 끼고 그를 비스듬히 올려다봤다. 어서 말해보라는 신호였다.

"아, 아줌마!"

"하!"

정윤휘 이십구 년의 인생사에 정식으로 아줌마로 칭해지는 최초의 날이었다. 아줌마임을 인정하지 않는 것은 아니었지만 워낙에 동안이라 길거리를 지나다 보면 아직도 '학생!' 하며 그녀에게 길을 묻는 행인도 있었고, 유진이랑 다니다 보면 누나냐는 소리까지 듣곤 했다. 덕분에 아직까지 아줌마라는 말은 들어본 적이 없는 그녀인지라 그의 입에서 나온 아줌마란 호칭에 왠지 거부감이 들었다.

"아줌마는 조금 그런데요? 그냥 이름 불러요. 정윤휘 씨, 아니면 선생님. 대부분 이런 식으로 만난 분들은 저를 선생님이라고 부르더군요."

"나 27살인데 말 놔요. 난 한국인 존댓말이 너무 불편하더라."

"정유진 씨, 나는요, 공적으로 만난 사람한테 야자 안 터요. 그게 당연한 예의라고 생각하고 선이라고 생각해요. 외국 생활 오래해서 존댓말 불편한 것은 알겠지만 로마에 왔으면 로마 법을 따라야죠. 안 그래요? 그러니까 유진 씨랑 나, 둘 다 서로 존댓말 하기로 해요."

호칭이라는 것이 참 그렇다. 호칭을 물러주면 그 사람에게 그어놓은 선을 그만큼 자신 쪽으로 물러줘야 했다. 말을 놓는다는 것은 너무 가까워 싫었다. 상대방에게 가까운 사이라는 생각을 하게 하면 사적인 부분까지 선을 밀어달라고 한다. 그리고 보이는 관심에 화답해 주지 않으면 이내 서운하다고 생각해 버린다. 가까운 사이, 친밀한 사이라는 것은 윤휘에게 그런 의미였다. 서로 상처를 주고받는 관계. 그래서 되도록 피하고 싶은 경계 대상.

"진짜 말도 잘해요."

"직업이에요."

"한 마디도 안 져요."

"할 말 있는데 참는 것 잘 못해요."

"한 마디만 져줘요."

"왜 그래야 해요?"

"자꾸 그럼 아줌마라고 부른다?"

"반말 하지 마세요, 정유진 씨."

"아줌마도 나한테 반말 해, 그럼."

"이런 식이면 저 일 못해요."

유진은 더 할 말을 찾지 못하고 소파에 벌렁 드러누워 버렸다.

"아, 진짜 애 아빠 대단하신 양반이네."

유진은 그저 윤휘의 사람 같은 모습을 보고 싶은 마음으로 한 도발이었지만 그녀에게서 아무런 대답이 없자 뱉은 말이 민망해졌다. 짧은 적막 후 후루룩 커피를 들이키는 소리가 작게 들려왔다.

"대단한 양반 맞아요."

대단한 양반 맞아요. 유학 갈 거라는 사실 숨기고, 나한네 접근했고요. 뭣도 없는 애가 아등바등 사는 것이 부잣집 도련님 눈에는 신기하게 보였는지 참 잘 데리고 놀았어요. 임신했다는 내 말에 누구 자식인 줄 아냐고 비웃으며 돌아섰고요, 다음 달에 7살이나 어린 여자애랑 결혼을 한대요. 그 양반은 참 양심도 없나 봐요.

윤휘는 어이없게도 비죽 솟아나는 준혁에 대한 감정들을 쓴 물과 함께 넘겨 버렸다. 다시 토해내고 싶을 정도로 쓴 커피가 고맙게도 준혁을 속 깊숙이 처박아주었다.

"커피가 무지 써요."

의외의 반응에 누웠던 유진이 다시 일어났다. 아마 아까 커피 잔이 바뀐 듯싶었다. 분명 희석한 잔을 윤휘에게 내밀었다고 생각했는데 자신의 앞 탁자에 놓여 있는 커피는 한눈에도 묽어 보였다. 그런데도 인상 하나 구기지 않고 다시 마시는 여자란. 독하거나 그와 커피 취향이 비슷하거나.

"쓰다면서 왜 계속 마셔요?"

"그러게요. 흠흠, 어쨌거나 호칭 문제는 나 양보할 수가 없어요. 그리고 다음 수업부터는 사무실에서 했으면 해요. 뭐, 나를 해고하지 않는다면 말이에요."

"해고라니?"

"불편하면 집중 못한다면서요. 내 수업 방식에 적응하거나 날 해고하거나."

해고라니, 당치 않았다. 유진은 그녀를 뚫어지게 쳐다봤다. 그녀 또한 시선을 피하지 않았다. 마치 그들의 눈 사이에 금방 불꽃이 파박 튀길 것 같았다.

"시간당 페이 오천 원 추가!"

그가 의기양양하게 말했다. 사실 이렇게까지 할 필요는 없었지만 끝끝내 밀리지 않는 윤휘가 유진의 승부욕을 마구마구 자극했다. 이젠 불편함의 문제가 아닌 순전히 이기냐, 지냐의 문제로 뇌의 메커니즘이 돌아가고 있었다.

"싫어요!"

"칠천 원!"

"싫어요, 만 원!"

"좋아, 만 원!"

"좋아요!"

거의 일 초의 쉼도 없이 '예스!'를 외치는 윤휘의 말에 유진이 입을 '헉' 하고 벌어졌다. 순식간에 윤휘의 얼굴에 생글거리는 예의 업무용 미소가 감돌았다. 지금껏 했던 이런저런 말씨름들이 허무해지는 순간이었다. 당했다는 생각이 드는 것은 왜일까!

"좋다고 했어요?"

"네!"

윤휘는 굳이 고민할 필요를 느끼지 못했다. 시간당 만 원 상승이면 일당 육만 원 상승이었고, 한 달로 따지면 약 180만 원의 상승이었나. 아무리 자존심이 좋고 경계가 좋아도 그의 말대로 그녀는 그에게 여자의 의미가 아니란 것을 확인한 이상 호칭으로 경계 영역을 1㎝ 정도를 좁혀주는 대가로 일당 육만 원의 상승은 충분히 환영할 만한 협상 조건이었던 것이다. 그렇다. 정윤휘는 아줌마였던 것이다.

"우와, 진짜 아줌마네."

"그럼 계약서 수정할까요?"

“진짜 질린다, 질려.”

“어? 한 입 가지고 두말하는 것 아니죠?”

“알았어. 수정해, 수정하자고! 내 아주 그 아줌마 소리에 뿅을 뽑는다. 마르고 닳도록 불러 버릴 테니!”

유진은 다시 소파에 드러누우며 한 팔을 눈 위에 드리웠다. 커피를 홀짝이는 소리가 들려왔다. 그 쓴 물을 다시 한 모금 마시면서도 왠지 윤휘가 씨익 웃고 있을 것만 같아 그의 입꼬리도 저절로 당겨졌다. 분명히 당했는데, 기분이 하나도 나쁘지 않았다. 오히려 아드레날린이 마구 솟구치는 것같이 얼굴이 화끈거렸다. 정윤휘, 재미있는 아줌마다.

“그래서? 결국 계약서 수정하고 왔어?”

“뭐, 엄밀히 따지면 계약은 사무실하고 한 것이기 때문에 내일 경수 선배가 고쳐다 주기로 했어.”

유진이는 하루 종일 유치원에서 노느라 피곤했는지 집에 도착하자마자 곤히 잠들어 버렸다. 유치원이 네 시 반에 끝나기 때문에 다음 달 종일반으로 바꿀 때까지 소라에게 아이의 귀가를 부탁한 터였다.

“진짜 멋있다! 어쩜 돈도 많은가 봐. 하긴 그 기획사 지분도 엄청나게 가지고 있다며?”

“내가 그걸 어떻게 아니? 너는 참 아는 것도 많다.”

소라는 그녀가 돌아오자마자 기다렸다는 듯이 이것저것을 물어댔다. 집은 어떤지, 애인은 있는지, 집에서는 어떤 차림을 하고 있는지, 음식은 뭘 좋아하는지 등등…….

"야야, 시간당 만 원 추가면 얼마냐? 우와! 너 완전 수지맞았네. 혹시 정유진이 너한테 관심있는 것 아냐?"

"너 장난하냐?"

별말도 안 되는 소리 다 들어본다는 듯이 윤휘의 눈이 소라를 있는 대로 노려보았다.

"돈 많지, 얼굴 잘생겼지, 빠다 바른 혀로 영어도 잘 돌아가겠다, 여자들이 나 좀 잡아 잡쉬주세요 하면서 벌거벗고 덤벼들텐데 개가 눈이 삐었냐? 여자 같지도 않은 거한테 관심 가지게?"

"여자 같지도 않은 거? 진짜 너무해, 정윤휘. 너 일부러 그러고 다니는 거지?"

"무슨 소리야?"

"너 준혁 선배한테 시위하는 거지? 나 너 때문에 이러고 산다, 죄책감 느껴라, 뭐 이런 생각으로. 그래 봤자 소용없이. 니만 손해라는 것 모르니?"

대학을 졸업하고 그녀가 받은 첫 월급은 세금을 공제하고 팔십만 원이 조금 넘었었다. 조실부모한 탓에 항상 생활이 어려웠던 윤휘가 적금을 넣고, 윤휘가 세컨잡을 알아보는 동안 소라는 주말을 이용해 일본여행을 다니고, 아버지 카드로 쇼핑을 하기에 바빴다. 그런 소라와의 교집합이라곤 티끌만치도 없었다. 그럼에도 그녀와 가까워질 수 있었던 이유는 천진하고 때 묻지 않은 그녀의 성격 때문이었다. 가지고 있지 않은, 결코 가질 수 없는 것을 갈망하는 것은 인간의 당연한 심리인 걸까. 계산적이지 않은 소라의 투명한 성격이 윤휘는 부러웠다. 호의를 호의로 받아들이고, 하고 싶은 것은 꼭 해야 하고 다른 생각은 하지 않아도 되는 소라가 속한 세상이 부러웠다. 지금처럼 가끔 정신없는 소리를 해서 그렇지 그녀가 윤휘를 부러 상처 입히려고 하는 말이 아니라는 것을 안다. 그래서 윤휘는 당연한 진리를 얘기한다는 듯이 한 점의 망설임도 없는 소라의 얼굴을 멍하니 쳐다보며 고개를 설레설레 저을 뿐이었다.

"소라야, 어떻게 하면 그런 얼토당토않은 생각을 할 수 있는 거니? 난 가끔 네가 그렇게 속없는 소리할 때마다 얘가 매를 덜 맞고 커서 그런가 하는 생각을 하게 돼."

"뭐?"

"그러니까 잡소리 그만 하란 말이야. 내가 왜 준혁 선배 때문에 자학을 하고 사냐? 다행히도 난 참 주제 파악을 잘하거든? 주제 파악 못하고 날뛰었던 건 한 번으로 족해서 말이야. 그나저나 넌 안 가?"

"어쭈! 이제 다 써먹었다 이거지? 쳇, 밥 줘! 배고파서 못 가!"

"아휴, 내가 애를 둘 키우지."

윤휘의 혀 차는 소리가 점점 멀어져 갔다. 곧이어 부엌에서 달그닥거리는 소리가 들려왔다.

소라가 보기에는 전혀 그렇지 않음에도 윤휘는 스스로 애써 여자를 포기하려 하고 있었다. 20살, 부푼 기대를 품고 들어선 대학에서 윤휘는 유달리 눈에 띄는 아이였다. 고등학교를 막 졸업하고 마치 어른이 다 된 양 어설픈 파마를 하고, 익숙해 보이지 않는 화장으로 멋을 내기 바쁜 다른 신입생들과는 달랐다. 허름한 청바지에 손질하고 말고 할 것도 없이 짧게 자른 머리카락. 수업 시작 직전에 강의실에 들어와 수업이 끝나기가 무섭게 사라지던 윤휘는 미스터리한 아이였다.

그렇게 1학기가 지나고 다시 2학기에도 같은 일이 반복되자 과에 그녀에 관한 소문은 무성해져만 갔다. 신입생 환영회나 동아리에도 그녀를 본 사람이 없는 것으로 보아 위장 대학생이라느니, 다른 과면서 신청하지 않은 강의를 들으러 오는 거라느니, 말 만들기 좋아하는 아이들의 간식거리가 되기 일쑤였다. 나중에야 아르바이트와 도서관을 전전하느라 그랬다는 것을 알았지만 그 사실이 알려진 것은 2학년이 거의 끝나갈 무렵이었다.

그녀의 머리카락이 길어진 이유도 취업을 위해서였고, 자신과 친해진 계기도 취업을 위해 윤휘가 가입한 번역 동아리에서였다. 그때 당시 윤휘의 머릿속은 온통 빨리 학교를 졸업하고 취업을 하는 것으로 가득 차 있었다. 덕분에 당시 복학생이었던 준혁과 경수가 그녀를 찍었다는 것도, 준혁이 동아리 식구들을 포섭하고 있었다는 것도 알지 못했다. 소라가 지금 가장 후회하는 것이 그것이었다. 준혁의 윤휘 꼬시기 작전을 말리지는 못할 망정 적극 협조까지 했던 사실. 윤휘를 포장까지 예쁘게 해 준 혁 앞에 가져다 바친 사실. 그 생각만 해도 주먹이 저절로 머리를 쥐어박았다.

'미친년, 내가 미친년이었지.'

준혁은 과에서 선망의 대상이었다. 그는 180㎝가 넘는 키에 번듯한 외모와, 여성 인권운동가인 어머니에 준 대기업 수준의 사업체를 운영하는 아버지를 둔 부유한 집안의 외아들이었다. 과 남학생들에겐 영원한 물주였으며, 여학생들에겐 아이돌 같은 존재였다. 그걸 과시라도 하는 듯 학생 신분으로 당당히 외제 스포츠카까지 몰고 다녔으니 여학생들이 껌뻑 넘어갈 만도 했던 것이다. 게다가 리더십까지 타고나 과대표로서 신임을 한 몸에 받고 있었고, 졸업 후 유학, 다음엔 아버지 회사를 이어 받을 거라는 소문은 모르는 사람이 없을 정도였다. 물론 윤휘는 제외하고. 그 소문들은 준혁을 더욱 소녀들이 꿈꾸는 왕자님에 가깝게 만들었다. 소라 또한 그의 추종자 중의 한 사람이었다. 그런 그가 윤휘를 좋아한다며 소라에게 도와달라고 했을 때는 질투보다 그럼으로써 그와 가까워질 수 있겠다는 계산이 앞섰다.

당시 소라는 준혁에 대해 감히 탐낼 사람이라기보다는 연예인에게 느끼는 감정과 비슷한 감정을 갖고 있었기에 어떤 계기로든 그와 연결 고리가 생긴다면 그것만으로 만족이었다. 준혁의 친한 후배 진소라. 누군가 일문과 킹카에 대해 수군거린다면 아, 그 선배? 하면서 거들먹거릴 수 있는 자격이 그 시절 어린 소라에겐 손오공의 천도복숭아였다.

유일하게 윤휘와 스스럼없이 말을 섞는 친구가 그녀 하나여서 그런지 준혁은 시시때때로 소라에게 윤휘의 안부를 묻곤 했다. 학교 식당에서, 강의실에서, 복도에서 커피를 뽑아주며. 소라는 그때마다 아주 기쁘게 윤휘에 대해 말해주었다. 현재 거주지, 아르바이트 장소, 하루 스케줄…….

결국 삼 개월 후, 본 적 없이 수줍은 미소를 띤 채 준혁의 팔을 살포시 잡고 등교하는 윤휘를 볼 수 있었다.

“반찬 뭐뭐 내줄까?”

윤휘의 낭랑한 목소리가 잠시 상념에 빠져 있었던 소라를 건져 올렸다.

“내긴 뭘 내. 마늘장아찌 다 삭았냐?”

“응, 지금부터 먹으면 딱이야. 그거 내주리?”

“조오치!”

아! 일 년 만에 둘이 먹다가 하나가 죽어도 모르는 정윤휘표 마늘장아찌를 먹게 되다니! 과거의 상념이고 뭐고 싹 잊고 소라의 눈에서 감동의 눈물이 찔끔 삐져 나왔다.

3. 마늘장아찌와 헐리우드

"**이**야! 삼촌이다!"

레고 블록을 맞추는 데 열을 올리고 있던 유진은 경수가 들어
오자마자 냅다 뛰어 안겼다.

"아이쿠, 우리 유진이 그새 컸네? 어디 보자."

경수가 유진을 들고 무게를 가늠하듯 아래위로 올렸다 내렸
다 하자 아이의 까르륵하는 웃음소리가 온 집 안을 가득 채웠
다.

"요란스런 등장이셔. 얼른 코트 벗고 들어와요."

부엌에서 앞치마에 국자를 든 윤휘가 얼굴만 빠끔히 내밀고
경수를 맞았다.

“애 감기 걸려. 빨리 내려놓고.”

경수는 입을 삐죽이며 유진을 내려놓았다.

“소라는 언제 온대?”

“응, 오늘 일이 좀 있어서 일곱 시 넘어서나 도착할 것 같다네?”

“그래? 그럼 밥은 오면 같이 먹을까? 너 많이 배고프지 않으면.”

“나야 뭐 괜찮지. 선배 괜찮겠어요?”

“자식, 나는 집에서 따신 밥 먹을 수 있다는 것만으로도 영광이다.”

“그러게 빨리 장가를 가라니까.”

“인마, 너 시집가면 나 장가간다.”

“치이, 핑계는.”

경수의 따신 마음을 알기에 윤휘는 얼굴에 덩달아 미소가 어렸다.

일요일 하루 종일 유진이와 빈둥댈 수 있는 유일한 시간. 토요일은 가끔 당일 아르바이트 일이 들어오는 경우가 잦아 실제로 아이와 오롯이 함께할 수 있는 날은 일주일 중 일요일뿐이었다. 게다가 하루를 온전히 아이에게 할애한 것은 거의 한 달 만이었다. 최근 삼 주간은 동시통역 아르바이트가 들어와 일요일까지 매번 집을 비울 수밖에 없었기 때문이다.

깡장을 끓이고 호박잎을 삶고 오늘의 주인공인 마늘장아찌까지 꺼내어놓자 제법 구색이 맞았다. 거기다 고추장에 무쳐낸 쌉싸래한 머위대, 고추장불고기까지 가세해 여느 한식집 한 상이 부럽지 않았다. 하나하나 늘어가는 반찬들을 보며 윤휘의 마음도 푸짐해지는 것 같았다. 그래서 음식 하는 것이 좋았다. 음식을 하고 사람들을 불러 먹이는 것이 좋았다. 맛있게 먹어주는 친구들이 있어 좋았다.

"요즘 참 세상 좋아. 이 겨울에 머윗대가 어디 있고, 호박잎이 어디 있어? 마트 가서 놀랐다니까."

"그러게, 겨울도 한겨울인데. 비싸지 않던?"

"당연히 비싸지. 제철만한가. 그래도 갑자기 먹고 싶더라고. 경수 선배랑 소라 생각도 나고."

경수가 유진이의 블록을 열심히 쌓으며 대꾸했다.

"넌 정말 큰살림 했으면 잘했을 거야. 그렇게 사람들 음식해서 먹이는 것을 좋아하니."

"그건 그래. 그치? 누가 시켜주면 잘할 텐데."

"내가 시켜줄 테니까 시집올래?"

"후풉! 입에 침이나 바르셔. 소라한테 다 일러바친다?"

"자식, 까칠하긴."

경수가 유진이 만들다 실패한 거북선을 다 조립했을 때쯤 소라가 도착했다. 언제나 생기발랄한 소라답게 들어오자마자 풍기는 깡장 냄새에 꺄악 소리를 질러댔다.

"아우! 미쳐미쳐. 요 예쁜 것이 언니가 요즘 입맛없는 것 어떻게 알고 이렇게 예쁜 짓을 했데?”

“야, 내 덩치가 작아서 안 보이냐? 어째 나한텐 인사도 없냐?”

집 안에 발을 디디자마자 부엌으로 빨려 들어가 깡장 맛부터 보는 소라에게 경수가 한마디 던졌다.

“왔어요? 오랜만이네. 나 배고파 얼른 얼른 먹자, 응? 먹고 인사해.”

한쪽 눈을 찡긋거리며 코트를 벗어 던지는 소라에게 경수는 그저 웃을 수밖에 없었다.

“그래. 먹자, 먹어.”

“유진아, 이리 와.”

경수가 자리를 털고 일어나자 둘을 보고 있던 윤휘가 유진을 번쩍 안고 부엌으로 들어갔다. 언제 봐도 티격태격 둘의 통통거림은 어제오늘 일이 아니었다. 만나서 아무 말도 없으면 오히려 무슨 일이 있나, 불안할 지경이었으니 말 다 했다.

어른 셋에 아이 하나가 끼어 앉기에는 비좁은 식탁이었지민 어느 누구도 불만을 터뜨리는 사람은 없었다. 서로 숟갈을 부딪쳐 가며 깡장을 떠 호박잎 위에 올리고 쌈을 싸 먹기에 여념이 없었다. 밖은 자리끼가 얼어버리는 겨울이건만 윤휘네 식탁 위는 새봄이 그득했다.

“이햐, 진짜 유진 엄마 마늘장아찌 솜씨는 알아줘야 해. 설탕은 한 숟가락도 안 넣으면서 이렇게 맛 내는 비결이 뭐냐?”

경수는 한 숟가락당 탄성 한 번씩을 터뜨리며 윤휘의 음식 솜씨에 대한 찬사를 쏟아냈다. 마늘장아찌가 죽음이다, 머윗대가 어떻게 이렇게 하나도 쓴 맛이 없냐, 깡장 너무 잘 끓였다 등등 엄지손가락이 쉴 새 없이 오르락내리락 했다.

"식사하시랴, 말씀하시랴 바쁘셔. 얼른 자시기나 하시지?"

소라의 통박에 경수가 허험, 헛기침을 한번 하고는 다시 열심히 수저 운동을 했다.

벌써부터 혼자 밥을 떠먹는 유진이도 열심히 숟가락을 놀리고 있었다. 다만 입으로 들어가는 것보다 골라내는 것이 더 많아서 그렇지. 바쁜 숟가락만큼이나 파며 마늘 따위를 골라내는 손길 또한 바빴다. 그런 아이를 바라보던 윤휘의 눈초리가 점점 가늘어졌다.

"정유진."

단지 이름만 불렀을 뿐인데도 아이는 지은 죄가 있는지라 화들짝 놀라며 숟가락을 내려놓았다.

"엄마가 파랑 마늘 안 먹으면 어떻게 된다고 했지?"

아이의 고개가 떨어졌다.

"키도 안 크고 얼굴도 못생겨진다고 그랬어요."

"또?"

"혜원이가 싫어한다고 그랬어요."

아이의 목소리가 점점 잦아들었다.

"먹을 거지?"

“네.”

“한 번만 더 골라내면 엄마 맴매한다?”

“네!”

금세 씩씩한 목소리로 대답한 유진은 결연하기까지 한 표정으로 골라낸 파와 마늘을 입에 넣었다. 눈을 질끈 감고 우물우물하는 폼이 여간 우스운 것이 아니었다. 가만 보고 있던 소라와 경수가 동시에 웃음을 터뜨렸다.

“아무리 애라지만 어쩜 이렇게 야채를 싫어하나 몰라.”

윤휘는 고개를 설레설레 저었다.

“혜원이가 누구야?”

“어, 유치원에 있어. 예쁜 애.”

“어머, 요즘 애들 빨라. 정말.”

“유진이가 좋아하는 여자애야?”

“응, 뭐 그런가 봐.”

“아니야!”

윤휘의 말이 떨어지기가 무섭게 유진이 소리쳤다.

“혜원이가 먼저 유진이 좋아했어!”

“어머, 어머. 아하하!”

멍해진 윤휘와 경수가 서로를 어이없이 쳐다보는 사이 소라가 배꼽이 빠져라 웃어댔다.

“아, 진짜 유진이들은 하나같이 왜 이러는 거야?”

“유진이들?”

“아니, 우리 유진이 보면 가끔 큰 유진이도 어렸을 때 이랬나 싶어서.”

경수가 피식 웃으며 말했다.

“아니다, 갠 어려서부터 마늘은 무지 좋아했을 것 같다.”

“마늘 좋아해?”

“응, 유진이 마늘장아찌 무지 좋아하거든. 거의 환장을 하지. 자식, 그래도 한솥밥 먹은 지 오 년이 넘었다고 생각나네.”

“그래요? 특이하네, 외국 생활 오래한 사람이.”

윤휘가 무심한 척 말했다.

“입맛은 토종이거든. 마늘장아찌 하나만 있으면 밥 두 공기도 뚝딱이야.”

경수의 말에 소라가 박수까지 짝 치며 호들갑을 떨었다.

“정말? 세상에 어쩜. 그렇게 괜찮은 놈이 다 있냐. 난 입맛 까탈스러운 사람 질색인데.”

“네가 입맛 까탈스러운 놈 싫어하는 거랑 갸랑 무슨 상관인데?”

경수가 톡 쏘아붙이자 소라도 지지 않고 대거리했다.

“아우, 정말 말 한 마디를 못해요. 그냥 그렇다는 거지. 내가 뭐 갸랑 어쩐다고 했나?”

“애당초 꿈도 꾸지 말라는 말이다. 갸는 너 같은 타입 안 좋아해.”

“그럼 어떤 여자 좋아라 하는데?”

소라와 경수가 다시 투닥거리는 사이 윤휘는 일어나 상을 치우기 시작했다. 등 뒤로 경수의 목소리가 이어졌다.

"맛있게 생긴 여자."

"뭐? 뭐야, 변태 같잖아."

방금까지 호들갑 떨었던 사람 맞나 싶게 소라가 인상을 찡그렸다.

"그리고 음식 잘하는 여자."

'넌 절대 아니야' 라고 경수가 의기양양하게 못을 박고 있었다. 둘의 실랑이는 언제 봐도 재미있었다. 이제 슬슬 서로에게 가지고 있는 감정을 인정하면 좋으련만 덤덤하기만 했던 세월이 도리어 그들 사이의 장애물이 되고 있었다. 윤휘는 자꾸 웃음이 새어나왔다. 그래도 보기 좋았다. 강산을 한번 변하게 하는 시간이 그들에게는 비껴간 듯 항상 싱그러움을 간직하고 있는 소라와 경수가 윤휘는 참 좋았다.

그나저나 그 남자가 마늘장아찌를 좋아한다고?

한 자 높이의 상아씨 항아리를 바라보며 윤휘는 문득 유진이 마늘장아찌에 환장한다는 경수의 말이 떠올랐다.

올해는 더 기가 막히게 익었는데…….

윤휘는 커다란 찬합을 들고서 벌써 이십 분째 유진의 빌라 문 앞을 서성였다. 10시 20분. 그는 분명 아직 꿈속을 헤매고 있을 것이다. 외출 금지 명령으로 밖에 나가는 일도 없을 텐데 밤새

뭘 하는지 첫날 이후 아침 열 시에 단 한 번도 깨어 있는 그를
본 적이 없었다.

"휴우, 쓸데없는 짓은 왜 해가지고……."

저절로 한숨만 뿜어져 나왔다. 그냥 마늘장아찌를 나눠 주는
정도에서 끝냈어야 했다. 왠지 플라스틱 통에 덜렁 마늘장아찌
만 들고 가기가 계면쩍어 나물을 담고, 밑반찬 몇 가지를 더 담
다 보니 어느새 이층 찬합이 꽉 차고 말았다. 그냥 누나 같은 마
음에, 젊은 남자가 집 밖에도 못 나가는 것이 불쌍해서 쓰는 선
심을 오해나 하면 어쩌나 하는 생각이 초인종을 누르려는 윤휘
의 손을 자꾸만 끌어 내렸다. 그나마 한 층을 다 터서 쓰는 집인
지라 마주칠 옆집 사람이 없음이 천만다행이었다.

찬합 보자기를 들고 오느라 시린 손을 주머니 속에 집어넣었
다. 따뜻한 온기가 베인 열쇠 하나가 잡혔다. 자는 중에는 웬만
한 소리에 끄덕도 하지 않는 유진 때문에 번번이 집 앞에서 종
종걸음을 치는 그녀를 위해 얼마 전 그가 내어준 열쇠였다. 그
러나 남의 집을 따고 들어가는 것이 마음에 걸려 단 한 번도 사
용한 일이 없었다. 하지만 지금 윤휘는 몰래 들어가 후다닥 냉
장고에 쟁여놓고 모르는 척을 해야 하나, 하는 유치한 발상을
진지하게 고려하고 있었다. 그때 다른 주머니 속에 들어 있던
휴대폰이 요란하게 요동쳤다. 발신자는 '큰 유진'.

"여, 여보세요?"

괜스레 잘못한 것도 없이 말이 더듬더듬 나왔다.

―아줌마, 왜 안 와?

본전 뽑겠다는 말이 무색하지 않게 그는 줄기차게 그녀를 '아줌마'라고 불러댔다. 조금 어색했던 처음과는 달리 이젠 익숙한 호칭이었다. 그리고 더 이상 유진의 반말이 거슬리지 않는 것을 보면 그것 또한 적응이 된 것 같았다.

"어쩐 일로 이 시간에 깨어 있어요?"

―아줌마가 하도 안 와서 깼잖아. 어디야?

윤휘는 아랫입술을 질끈 깨물었다. 에라, 모르겠다. 뭐 죄진 것 있냐.

"나 집 앞이에요. 지금 초인종 누르려는 참이니까 문 열어줘요."

유진은 한동안 말이 없었다. 일 초, 이 초, 삼 초…….

"여보세요?"

―나 지금 샤워하려던 참이니까 문 열고 들어와. 열쇠는 뒀다고 국 끓여 먹을래?

"그, 그래도……."

―그래도는 뭘 그래도야. 그러라고 열쇠 준 거거든요? 아줌마 열쇠로 문 열고 들어오든지, 아니면 나 샤워 다 할 때까지 기다리든지.

유진은 사정없이 전화를 끊어버렸다. 크게 심호흡을 한 윤휘는 비장한 각오로 주머니 속의 열쇠를 꺼내 들었다. 철컥. 망설였던 지난 이십 분이 무색하게 문은 스르륵 열려 버렸다. 무슨 이런 큰 빌라에 잠금장치가 이렇게 허술하냐. 괜스레 투덜거리며 안으로 들어갔다.

집 안은 여느 때와 다름없이, 그리고 주인과는 어울리지 않게 잡지 하나 흐트러짐없이 단정하게 놓여 있었다. 그러고 보니 지금까지 이십 일이 넘는 기간 동안 옷가지 하나 널브러져 있는 것을 본 적이 없었다. 생각보다 깔끔한 남자였나. 어깨를 으쓱하며 윤휘는 부엌으로 들어갔다.

자, 이제 이를 어쩐다.

우선 찬합을 싸온 보자기를 펼치고 재빨리 냉장고에 넣었다. 따로 담아온 마늘장아찌 병도 거의 텅 비어 있다시피 한 냉장고 한 귀퉁이에 얼른 넣어버렸다. 냉장고 문을 닫고 나자 좋아하는 남학생 책상에 러브레터를 몰래 숨겨둔 여자 아이처럼 심장이 벌렁벌렁거렸다. 그 기분이 생각보다 불쾌하거나 거북하지 않아 윤휘는 한참이나 심장에 손을 얹고 있었다.

빈맥증이 생겼나…….

언젠가는 알게 되겠지만 혹시나 유진이 샤워하고 나오며 냄새라도 맡을까 싶어 재빨리 에스프레소 머신을 작동시켰다. 머릿속마저 포맷시켜 버릴 것같이 진한 커피를 즐겨 마시는 유진 덕분에 집 안은 금방 향긋한 커피의 향기로 가득 찼다.

"이햐, 향기 좋은데? 아줌마가 내린 거야?"

젖은 머리를 수건으로 털며 유진이 부엌으로 걸어왔다.

"뭐, 나도 커피 좀 마실 겸해서요."

“아줌마 진해서 이거 못 마시잖아.”

“물 타서 마시면 그런대로 넘길 만해요.”

“에이, 그러면 안 되지. 내가 커피메이커에 근사하게 내려줄 테니까 잠깐만 기다려.”

“그건 됐는데, 바지나 좀 입죠?”

커다란 수건만 달랑 한 장 두른 유진을 피해 어디다 시선을 두어야 할지 모르고 윤휘의 시선은 허공을 배회했다.

“아줌마, 샤워하고 물기 있는 몸에 옷 입는 게 얼마나 찝찝한지 몰라? 물기 좀 마르면 입을게. 정유진 나체를 아무나 구경할 수 있는 줄 아나? 영광으로 알아야지.”

“나 그 영광 누리고 싶은 생각 없거든요? 불편하더라도 한공간에 있는 사람 배려 좀 해줘요.”

넓디넓은 부엌에 유진이 들어오자 숨이 턱 막히도록 좁아지는 것 같았다. 윤휘는 서둘러 거실로 걸음을 옮겼다. 비단 그의 몸에서 풍겨오는 시트러스 향 때문에 그런 것만은 아니었다. 두 쪽으로 보기 좋게 살라진 그의 단단한 가슴이 눈앞에 있어서 그런 것도 결코 아니었다. 빈속에 진한 커피를 잔뜩 마신 것처럼 속이 울렁거리고 얼굴이 화끈거렸기 때문이다.

이상했다. 분명 낯설었지만 언젠가 이런 기분을 느꼈던 것 같기도 했다. 그게 언제더라……

“아줌마, 이마에 주름살 는다.”

“네?”

갑자기 등 뒤로 매우 가까이 들려오는 유진의 목소리에 윤휘는 본능적으로 한 걸음 물러섰다. 이미 그런 윤휘의 방어본능에 익숙해진 유진은 어깨를 으쓱할 뿐 딴죽을 걸진 않았다. 아니면 지금이 아침이여서일지도. 저혈압인 유진이 가장 약한 시간은 잠에서 깬 후 한 시간이었다.

“뭘 그리 골똘히 생각해요?”

“아니에요. 생각은 무슨.”

“이 커피 잔 안 받을 거예요? 팔 떨어지겠네.”

그의 건장한 팔은 두툼한 머그잔 열 개 정도는 하루 종일 들고 있어도 끄떡없을 것처럼 보였다. 윤휘는 피식 웃으며 그가 내미는 묽은 커피를 받아 들고 소파에 앉았다.

두 손으로 머그잔을 꼭 감쌌다. 언제 그랬냐 싶게 울렁거리던 속이 다시 편안해졌다. 손을 덥혀주는 온기 덕분이었다. 김이 모락모락 나는 커피를 후후 불어 두어 모금 정도 마셨을 때 반바지로 갈아입은 유진이 에스프레소가 가득 담긴 커피 잔을 들고 윤휘의 건너편에 앉았다.

이제는 일상이 되어버린 풍경이었다. 아침 한 시간의 커피타임. 유진이 완전히 잠을 떨쳐 버리기까지의 시간. 유진의 머리카락 끝에 매달린 물방울이 테라스에서 스며든 싱그러운 빛줄기와 만나 반짝였다. 자연스럽게 시선을 끄는 그의 모습에 윤휘는 잠시 생각을 잊었다. 그가 그런 윤휘를 빤히 바라보고 있다는 것도 모른 채.

"감기 걸리겠다."

무심코 입 밖으로 튀어나온 그 말을 다시 주워 담고 싶다는 생각이 든 순간.

"반찬 고마워요."

윤휘는 하마터면 입에 있던 커피를 뿜어낼 뻔했다.

"흠흠, 봤어요?"

"응."

잠이 아직 덜 깬 걸까. 샤워를 하고 나왔음에도 유진은 잠에서 막 깬 모습의 다른 날과 다르지 않게 차분해 보였다. 그리고 다행히 오해 따위는 하지 않는 표정이었다. 하긴 아줌마한테 무슨 오해를 하겠나, 싶었다.

"경수 선배가 그러더라고요, 유진 씨 마늘장아찌 좋아한다고. 이번에 너무 많이 했거든요. 식구도 없는데."

"서비스 고마워. 고마운데, 나 더 고맙게 한 가지만 더 해줘요."

"뭐?"

"갑자기 아침밥이 먹고 싶네. 마늘장아찌 보니까 밥이 막 당겨."

"평소에 아침 안 먹잖아요."

"자꾸 그러면 나 감동받는다?"

"응?"

"그런 사소한 버릇 하나하나 기억해 주면 나 감동받는다고."

"아아, 난 또 뭐라고."

"감동받으면 안 되는 거잖아요. '넌 딱 이만큼까지만 와' 하고 아줌마가 그어놓은 선 막 넘어서 더 친해지고 싶잖아."

피식. 그와 있으면 저도 모르게 웃고 있는 경우가 많았다. 그것도 재주라면 재주였다. 함께 있는 사람의 경계를 허물어뜨리는 것.

"밥은 있죠?"

"사실……."

유진은 싱끗 웃으며 입술을 깨물었다. 천진함이 가득 담긴 눈으로 생글거리는 그의 눈가가 소년 같았다. 역시 배우는 아무나 하는 것이 아닌가.

"밥이 없어."

아랫입술을 깨물고 답지 않게 멋쩍은 웃음을 짓는 그가 생소하면서도 눈부셨다. 이런 모습마저 화보처럼 보이다니. 햇반 CF 찍으면 잘 팔리겠다.

"하!"

그래, 밥 한번 해준다고 손이 닳나.

윤휘는 유진을 흘겨보며 소매를 둥둥 걷었다.

"쌀 어디 있어요?"

이건 정말 반칙이다. 먹음직스럽게 생긴 여자가 음식까지 끝내준다니. 다 좋은데 왜 하필이면 아줌마란 말인가! 윤기가 반

질거리는 하얀 쌀밥을 내려다보며 유진은 왠지 억울한 생각이 들었다.

"안 당겨요?"

차려놓은 밥상 앞에서 유진은 수저도 들지 않고 있었다.

"아니, 아니야. 너무 먹음직스러워 보여서. 이게 얼마 만에 먹어보는 아침밥인가 싶기도 하고."

김이 모락모락 나는 밥을 한 수저 듬뿍 떠서 한입에 먹었다. 그리고 한눈에도 잘 익어 보이는 마늘장아찌를 두 개나 입에 넣었다. 아! 정말 눈물 나도록 맛있었다. 입 안 가득 퍼지는 알싸한 마늘 향과 새콤한 식초 간장의 풍미란, 둘이 먹다 둘이 다 죽어도 모를 맛이었다.

"맛…… 있어요?"

윤휘의 조심스러운 질문에 유진은 고개를 삐딱하게 쳐들고 정말 몰라서 물어보냐는 듯한 눈빛으로 올려다봤다.

"알았어요. 계속 먹어요."

윤휘는 점점 자리가 불편해졌다. 남자에게 밥상을 차리고 먹는 것을 지켜보는 것은 처음이었다. 왠지 자꾸 아이에게 했던 버릇처럼 물을 따라줘야 할 것 같고, 반찬을 놓아줘야 할 것 같은 기분에 오히려 가만히 앉아 있는 것이 어색해졌다.

유진이 밥을 반 공기쯤 비웠을 무렵, 윤휘는 더 앉아 있지 못하고 일어났다. 그러자 바로 유진의 시선이 따라왔다.

"거실에서 수업 준비하고 있을게요. 다 먹고 나와요."

하며 유진의 자리를 지나치는데,

"앉아……."

"네?"

손목에 닿는 뜨거운 체온과 옥죄는 악력에 윤휘는 그 자리에 우뚝 서버렸다. 그리고 쏟아질 것같이 커진 눈으로 유진을 내려 봤다.

"……있어요."

장난기라곤 눈곱만치도 느낄 수 없는 목소리였다. 가슴속 심장이 요동쳤다.

"네?"

"앉아 있으라고요."

쿵쿵. 쿵쿵. 심장이 달리는 소리가 머릿속을 울렸다.

"이, 이것 좀 놔줄래요?"

"혼자 먹으면 심심하잖아."

유진은 손에 힘을 한번 꽉 줬다가 놓아주었다. 그리고 아무렇지도 않게 다시 밥을 먹기 시작했다. 윤휘는 그의 손이 닿았던 손목이 화인이라도 찍힌 듯 화끈거리는 통에 손목을 쓰다듬는 척하며 손을 심장에 가져다 대었다. 아, 정말 병원에 한번 가봐야 하려나 보다. 무슨 병이 아니고야 이럴 수가 없었다. 손이 부들부들 떨릴 정도로 심박이 빨라지다니.

"불쾌해요. 이러지 않았으면 좋겠어요."

윤휘는 애써 태연한 척 다시 유진의 맞은편에 앉았다.

"아, 미안."

유진은 더 이상 밥맛을 느낄 수 있었다. 입 안에 있는 것이 밥인지, 모래인지 모를 만큼 입 안이 깔깔해졌다. 거실로 나가려는 윤휘를 저도 모르게 붙잡은 순간 너무 가느다랗던 그녀의 팔목 때문이었다. 누군가가 그의 부엌에서 밥을 하고 그를 위해 상을 차리고 그의 먹는 모습을 물끄러미 바라보며 손을 달싹거리는 그 모습이 한 번도 느껴본 적 없었던 벅찬 감정을 안겨주었다. 조금 더를 기대하게 할 만큼.

"진짜 아줌마 반칙이야."

"뭐가요?"

윤휘는 무의식적으로 그의 물 잔에 물을 따라주었다.

"이거 봐."

"응?"

"아니다, 아니야. 아줌마는 좋겠소. 얼굴 예쁜 여자는 석 달이 좋고, 마음착한 여자는 삼 년이 좋고, 음식 잘하는 여자는 삼십 년이 좋다는데 지금 부군께시는 적이도 앞으로 이십오 년은 더 사랑해 줄 테니."

"그거, 맛있다는 말이죠?"

"아! 억울하다. 막판에는 밥이 입으로 들어가는지 코로 들어가는지도 몰랐네."

'억울?'

윤휘가 '억울하다' 는 말의 뜻을 채 생각할 겨를도 없이 유진이 일어서서 기지개를 쫘악 켰다. 눈앞에 살짝 드러났다가 사라지는 복근이 머릿속에 잠시 들어 있던 '억울하다'는 유진의 말을 밀어냈다. 윤휘는 어깨를 으쓱하며 일어나 반찬 뚜껑을 닫았다.

"놔둬요. 설거지까지 시킬 수야 있나, 남의 여자한테. 와서 공부나 하자고요."

유진은 나른하게 부엌을 빠져나갔다.

이대로 두면 냄새 날 텐데…….

"치울 거죠?"

"그냥 둬요. 점심때 또 먹지."

온갖 깔끔은 혼자 다 떨면서…….

거실로 통하는 모퉁이로 사라지는 그의 뒷모습을 흘겨보며 윤휘는 다시 상을 치우기 시작했다. 그런 그가 밉지 않았다.

어쩌면 이름 때문인지도 몰라. 그래, 이름 때문이야.

4. 다정도 병이라…

"너 갑자기 무슨 일이야? 크랭크인을 연기시키다니. 너 바보야? 지금 상황 몰라? 일본에 첫 발을 내디디는 상황에서 지금 이게 무슨 짓이야!"

도대체 무슨 생각인 건지 알 수가 없었다. 아무리 잉뚱하기로서니 개인 사정으로 크랭크인까지 연기시키다니. 게다가 그러마 요청을 넣어주는 사장의 입장도 이해할 수 없었다. 혈연이라고 해서 지금까지 단 한 번도 예외를 둔 적이 없었건만 이번만은 사장도 입을 다물었다. 시답지 않게 지껄이면 욕이라도 들입다 퍼부어줄 생각으로 경수는 유진을 다그쳤다.

"후우……."

유진은 다리 사이에 머리를 묻고 한참이나 아무 말도 하지 않았다. 나름대로 어렵게 결심한 일이겠지만 이럴 수는 없었다. 일본에서는 신인이나 다름없는 유진의 상황에서 볼 때 첫 단추부터 어긋나는 형상이었다. 그의 폭탄선언 때문에 이미 예정되어 있던 일본에서의 기자회견도, 촬영 일정도 모두 연기되고 말았다. 돈의 손실이야 말할 것도 없거니와 모든 스태프들의 일정에 차질을 빚었고, 현지 언론에 시건방진 배우라는 인상을 심어주기에도 딱 좋았다. 그 모든 것을 모를 리 없는 유진이 무엇 때문에 이런 결정을 내린 건지 도무지 짐작조차 되지 않았다. 경수는 답답한 마음에 애먼 담배만 축냈다.

"형, 돌아가 줘."

"뭐라고?"

"돌아가 달라고. 딱 한 달이야. 나 믿어, 믿고 돌아가."

단호한 유진의 말에 다른 말을 할 수가 없었다. 난데없이 크랭크인을 한 달이나 연기시켜 달라고 하더니 이제는 묻지도 말고 돌아가란다. 이런 적은 단 한 번도 없었다. 유진은 뼛속까지 프로였다. 촬영 중에 배우가 아픈 것도 예의가 아니라며 건강 관리 또한 철저했다. 공식적인 일정을 개인적인 이유로 취소한다든지 지연했던 유례도 없을 만큼 그는 일에 있어선 완벽주의자라는 말을 들어왔다.

"너 정말 무슨 일 있는 거야?"

"돌아가 달라고! 내 말 안 들려? 내가 지금까지 그렇게 못 믿게 했어? 한 달만 시간을 달라잖아!"

갑자기 유진이 길길이 날뛰며 소리를 질러대자 경수는 그만 물고 있던 담배를 떨어뜨릴 뻔했다. 예삿일이 아니다. 한없이 자괴가 묻어나는 저 얼굴이란. 지금껏 누군가에게 이렇게 화를 내는 유진을 경수는 처음 보았다. 유진은 손바닥에 핏물이 베어날 정도로 주먹을 꽉 쥐고 있었다. 더 캐물어봤자 그를 말릴 수 없다는 결론을 내린 경수는 한숨만 내쉬었다.

"알았다, 인마. 간다, 가."

담배를 태우는 건지 속을 태우는 건지 쓰디쓴 표정으로 내리 두 대를 아작 내고서야 경수는 현관으로 향했다.

"밥 굶지 말고, 빈속에 커피만 들이키지 말고."

돌아오는 건 유진의 한숨 소리뿐. 경수는 대답을 바라지 않고 문을 나섰다.

"좀 쉬었다 하죠?"

"네, 그러죠 뭐."

요 며칠 유진이 이상했다. 무슨 일이라도 있는 건지 수업을 하려고 앉으면 계속 딴생각만 하다가 삼십 분을 못 버티고 '타임'을 요청하곤 했다. 얼굴엔 항상 못 털어낸 피곤이 가득 담겨 있었고, 눈은 붉은 핏발이 서 있었다. 평소보다 커피의 양은 두 배 정도는 늘어난 것 같았고, 그날 이후 일주일 동안 밥을 먹는 것을 보질 못했다. 그래서 그런지 양 볼이 쑥 꺼져 있었다.

그전에도 열 시까지 늦잠을 자거나 깨우면 부스스 일어나서 '아침에 잠들었단 말이야' 하며 어린애 같은 투정을 부리곤 했지만 한두 시간이면 회복이 되곤 했었다. 지금처럼 세상 고민 혼자 다 하는 사람의 표정 따위는 찾아볼 수 없었었다.

경수에게 일본에서의 영화 촬영이 그의 요청으로 연기됐다며 지금 상황이 무척 곤란하다는 말을 들었다. 그 일 때문인 걸까. 자기가 요청해서 그리된 일에 왜 이리 괴로워한다는 말인가. 윤휘는 걱정되는 한편 그가 이해되지 않았다.

타임을 요청한 유진은 그대로 소파에 널브러져 눈을 감았다. 간간이 무거운 숨소리가 불규칙적으로 들려오는 게 자는 것 같지는 않았다. 윤휘는 슬며시 자리에서 일어났다.

"아줌마."

지친 기색이 역력한 목소리로 유진이 그녀를 불러 세웠다.

"네?"

"수업 그만 하자."

벽의 시계는 이제 한 시를 가리키고 있었다.

"컨디션 안 좋아요? 얼굴이 많이 상해 보이는데……."

혹시 아픈데 병원에도 못 가는 것 아닌가 싶어 윤휘는 덜컥 걱정이 앞섰다. 아무리 근신 중이라고 하지만 사람이 아픈데 병원도 못 가게 하는 것 아닌가 하는 생각에 괜스레 마음이 좋지 않았다.

"어디 아프면 병원에 가야죠. 설마 회사에서 병원도 못 가게 하는 거 아니죠?"

"병원? 후우······. 정신병원이라도 가야 할라나."

허탈한 웃음과 그보다 더 허탈한 표정을 하고선 그가 내뱉은 말이었다. '정신병원'.

"정······ 신 병원이라뇨?"

"아니야, 못 들은 걸로 해요. 나 좀 잘 테니까, 있으려면 있고 가려면 가도 돼. 페이에서 제하진 않을 테니까."

뭐? 페이에서 제하진 않을 테니? 오냐오냐 했더니 이게 사람을 물로 보나?

윤휘는 비아냥거리는 그의 말에 인상이 확 구겨졌다. 며칠 동안 되도록 그의 신경을 거스르는 행동을 하지 않기 위해 눈치를 살살 봐왔었다. 가끔 수업 도중 말도 없이 벌렁 누워 자는 척을 한다든지 이유없이 후다닥 책장의 책을 펴서 보다 집어 던지는 둥, 말도 안 되는 행동을 해도 모두 참아왔었다. 아무것도 묻지 말라는 경수의 당부와 하루하루 축나는 얼굴이 차마 봐주지 못할 지경이었기 때문이다.

하지만 참는 것도 한계가 있다. 자존심 하나로 이십구 년을 버텨온 윤휘였다. 무리 그녀가 그에게 고용된 입장이라고 해도, 할 말이 있고 안 할 말이 있는 거다. 남은 진심으로 걱정이 돼서 하는 말에 정신병원이나 운운하면서 돈에 환장한 아줌마 취급을 하다니. 잘못한 것 하나 없이 왜 그의 심술을 받아줘야 하나.

"여보세요, 정유진 씨."

"가도 된다고 했잖아. 사람 말 못 믿어? 혹시나 해서 그래? 페이에서 안 깐다고 각서라도 써줘? 오랜만에 일찍 들어가서 신랑이랑 둘째나 만들든지!"

윤휘는 더 이상 참을 수 없었다.

"야! 정유진!"

자존심을 박박 긁어대는 유진의 발언은 이미 이해의 한도를 훨씬 넘어서 버렸다. 윤휘는 씩씩 콧바람을 내뿜으며 소매를 둥둥 걷어붙였다. 항상 조곤조곤 말하던 윤휘가 소리를 빽 질러버리자 그도 놀랐는지 눈을 번쩍 뜨고 자신을 쏘아보고 있는 그녀의 시선에 맞섰다.

"너, 사람이 가만 가만있으니까 가마니로 보이니? 이게 어디서 성질이야? 한강에서 뺨 맞고 종로에서 화풀이해? 내가 그 돈 몇 푼 못 받을까 봐 전전긍긍하는 걸로 보이니? 사람을 뭘로 보고!"

끝까지 소리를 낮추지 않고 아이를 혼내듯이 잡는 그녀의 소리에 유진은 순간 멍해져 버렸다. 윤휘는 몇 번 숨을 고르더니 할 말을 계속했다.

"네가 배우라고, 네 팬들이 너 떠받들어 준다고 세상 다 네 발밑에 있다는 생각 하지 마. 내가 너보다 두 살이나 많거든? 지금까지 반말 하는 것도 봐줬더니 이젠 아주 사람 취급을 안 하네? 너 그렇게 잘났어? 그렇게 대단해? 응?!"

유진이 소파에서 몸을 일으켰다. 그리고 윤휘의 코앞까지 다가왔다.

"가라 그랬지, 응?"

이를 악물고 으르렁거리는 그의 위협에도 윤휘는 끄떡하지 않았다. 너무 가까이 다가온 거대한 남자 때문에 한 발 멈칫 뒷걸음질을 치긴 했지만 결코 깨갱 하고 물러날 생각은 없었다. 처음으로 뚫어지게 쳐다보는 남자의 눈이 옅은 갈색이라는 것도, 그 눈이 죽일 듯이 윤휘를 쏘아보고 있다는 것도 그녀를 막지 못했다.

"그래 봐야 너 딴따라야. 딴따라가 달리 딴따라 소리 듣는 줄 아니?"

'딴따라' 라는 그녀의 말에 그의 얼굴이 무시무시하게 변했다. 윤휘는 무섭게 다가오는 남자의 몸짓에 한 발짝 한 발짝 뒷걸음질을 치면서도 말을 멈추지 않았다.

"다시 한 번 말해봐."

"못 들었니? 머리에 든 것 없이 세상 다 가진 줄 알고, 지 배알 꼴리면 주변 사람 다 고양이 앞에 쥐 만드는 너 같은 인간. 어린 계집애들이 '오빠 오빠' 하면 그저 좋아서 헬렐레 하는 놈들! 딴.따.라!"

등에 벽이 닿았다. 더 물러설 곳이 없었다. 하지만 윤휘는 겁먹지 않았다. 적어도 그가 양손으로 벽을 짚고 그녀를 가둬 버리기 전까진. 그는 당장이라도 씹어 삼켜 버릴 것 같은 맹수의 얼굴을 하고 있었다. 그의 얼굴이 천천히 아래로, 아래로 내려온다.

"네가 뭘 알아."

노기가 뚝뚝 떨어지는 그의 목소리, 화를 억지로 내려 참는 듯한 거친 숨결. 윤휘는 고개를 돌려 버렸다.

"비, 비켜."

"네가 뭘 아냐고!"

그가 쾅 하고 벽을 내려쳤다.

"딴따라? 딴따라! 그래, 나 딴따라다. 맞는데, 맞는데! 자존심은 있거든? 꼴에 자존심은 있어서 도저히 안 되겠어. 그래서 촬영 연기해 달라고 한 거야. 젠장!"

그는 도저히 분이 가라앉지 않았다. 경수가 다그치고, 주경이 무슨 말을 하든 간에 한 귀로 흘릴 수 있었지만 지금은 그게 되질 않았다. '딴따라' 지금껏 그가 혼신을 바쳐 걸어온 그 길을 '딴따라'라는 말 한 마디로 간단히 뭉개 버리는 그녀를 참을 수 없었다. 네까짓 게 뭘 알아!

"뭐가 안 되는데? 내가 보기엔 너 지극히 정상적이었어. 왜? 컨디션이 안 좋다고 하려고? 만날 밤에 뭐 하니? 뭐 하는데 매일 해가 중천에 뜰 때까지 퍼자고 하루 종일 졸고 그러는데? 네가 뭘 열심히 해봤어? 치열하게 살아봤어? 얼굴 반반하게 태어난 건 네 능력 아니야. 결국 네 부모님 덕 보며 사는 거라고."

"안 보여! 씨발, 안 보인다고!"

"뭐?"

유진이 그녀를 가두고 있던 몸을 돌려 버렸다. 천장을 보며 화를 가라앉히는 것 같더니 이내 발을 쿵쿵 구른다. 폭발 일보 직전이었다. 그 누구에게도 말하지 않았던 것을 실토하게 하는 이 여자가 싫었다. 남의 자존심을 건드리는 도발에는 천부적인 재능을 가진 여자였다.

"좀 가라, 응? 나 혼자 있고 싶으니까."

"너, 무슨 말이야? 안 보이다니?"

방금까지도 그를 할퀴어댔던 악다구니가 거짓말처럼 잦아들었다. 유진은 터벅터벅 침실로 향했다.

"더 할 말 없어. 너 가."

"정유진!"

윤휘는 방으로 들어가려는 그를 잡아 돌렸다.

"뭐가 안 보인다는 건데? 너 계속 이렇게 혼자 끙끙거리고 있을 거야? 네 주변 사람들 생각 안 하니?"

유진은 자신의 팔을 붙잡는 윤휘를 힘없이 뿌리쳤다.

"아줌마랑 말씨움할 기분 아니야, 내일부디는 수업 시간에 인 자고 열심히 할게. 돌아가 줘."

그녀와 더 마주하고 있다가는 그나마 남은 자존심마저 구겨질 것 같아 유진은 어서 윤휘를 돌려보내고만 싶었다. 하지만 윤휘는 유진의 방 안까지 따라 들어왔다.

"하아! 이, 이게 뭐야?"

방 안 가득 발 디딜 틈 없이 책들이 어질러져 있었다. 모두 제 모습을 잃고 갈기갈기 찢어진 채로. 유진은 억지로 그녀를 잡아 끌어냈다.

"좀 말 좀 들어라. 응? 아줌마. 시간당 만 원 올려줄 테니까 그냥 좀 가."

순간 그동안 그가 보여줬던 이상한 행동들이 뇌리를 스쳤다. 매일 밤새고 아침에 소파에서 대본을 얼굴에 덮고 자고 있던 일, 수업 시간에 계속해서 눈을 비비던 일, 점점 집중력을 잃어 가던 그, 말도 없이 후다닥 방으로 달려가더니 일 분도 안 돼 우당탕하고 뭔가를 집어 던지는 소리가 났던 일, 그리고 점점 말라갔던 유진. 더 이상 장난기는커녕 미소조차 찾아볼 수 없이 변해 버린 유진. 설마…….

"설마……. 너, 너……!"

유진의 얼굴이 삽시간에 질려 버렸다.

"안 보인다는 소리가 이거였니?"

유진이 한숨을 푹 내쉬었다. 그리고 소파에 털썩 주저앉아 버렸다. 바닥으로 떨어지는 한숨만이 무게를 더하고 있었다.

"말을 해봐. 정말 그런 거냐고."

유진은 계속해서 거칠게 머리를 쓸어 넘겼다. 그의 손짓 하나에 짜증이 잔뜩 묻어났다.

"이제 시원해? 시원하냐고!"

"정말이에요? 글씨가 안 읽혀?"

윤휘는 놀란 마음도 마음이지만 일단은 그를 진정시키는 것이 우선인 것 같아 소파에 같이 앉았다.

"고개 좀 들어봐."

"다 알았으니까 됐잖아. 그냥 좀 혼자 내버려 둬."

"답답한 것 알겠는데 일단 이러고 있는다고 해결되는 문제가 아니잖아."

윤휘는 갑자기 후회가 되었다. 그에게 퍼부었던 모진 말들을 주워 담을 수 있다면 백 번이라도 그렇게 하고 싶었다. 혼자서 얼마나 힘들었을까. 보아하니 아무에게도 말 안 한 것 같은데, 촬영은 하루하루 다가오고 대본은 안 보이고, 혼자 끙끙 앓으며 온갖 비난을 다 받았으니 속이 오죽할까.

"언제부터야?"

"그냥 모르는 척해줘. 부탁할게."

"경수 선배한테는 말 안 한 거야?"

"뭐라고 말할까? 응? 쪽팔리게 지금까지의 배역하곤 달라서, 욕심 부리면서 캐릭터 잡다가 스트레스 받아서 독서 장애가 왔다고? 하! 진짜 골고루 한다고 하겠다."

다시금 화르륵 타오르려고 하는 유진을 간신히 진정시키고 윤휘는 생각했다. 길어야 한 달이다. 그 안에 독서 장애를 치료하든지 아니면 다른 대책을 강구해야 했다. 그의 말대로 스트레스성이라면 언제 치료가 될지도 모르고, 더군다나 이런 증상은 안과나 신경외과가 아닌 정신과를 가야 했다. 하지만 톱배우가 정신과에 들락거린다는 소문은 호사가들의 입을 거쳐 어떻게 와전될지 몰랐다. 그리고 사람들의 인식상 '정신과' 라는 것만으로도 충분히 이미지에 타격을 입을 수 있었다. 유진은 그동안 이 모든 가능성을 생각했던 것이다. 그래서 혼자 집에 칩거하며 골머리를 썩고 있었던 거였다. 그녀에게 들켰다는 것만으로도 이렇게 자존심이 상해하는데 누구에게 도움을 청했겠는가.

윤휘는 유진이 한없이 측은하게 보였다. 그에게 '딴따라' 라며 생각없는 깡통 취급했던 일이 너무나 미안했다. 독서 장애가 올 정도로 스트레스를 받았다면 그동안 얼마만큼의 중압감을 가지고 있었다는 걸까.

"보이는 건, 그러니까 활자 말고는 다 잘 보여요? 시력에 다른 이상은 없냐고."

유진은 가만히 고개를 끄덕였다. 윤휘는 가만히 일어나 부엌에서 따뜻한 물 한 잔을 떠왔다.

"자, 따뜻한 물 마셔. 마시고 좀 진정하자."

유진은 윤휘가 내미는 물 잔은 받을 생각도 하지 않고 그녀의 얼굴만 물끄러미 바라봤다.

"누가 애 엄마 아니랄까 봐. 나 아줌마 애기 아니야."

"들키고 나니까 좀 시원하지? 혼자서 얼마나 끙끙댔어?"

"하! 점점."

굳어 있던 유진의 얼굴이 풀리기 시작하자 윤휘도 긴장의 끈을 놓았다.

"이건 정말 부탁하는 건데, 아무한테도 말하지 마. 내가 알아서 할 테니까. 사실 이번이 처음도 아니고 예전에 얼렌 증후군 아닌가 해서 미국에서 검사 받았던 적도 있었어. 내 뇌가 다른 사람들보다 스트레스에 조금 더 민감해서 과도한 스트레스에 대한 방어 기제로 원인을 차단해 버리는 거래. 그때도 놀고먹고 쉬고 하니까 나았었거든."

"얼렌증후군은 뭐예요?"

"난독증의 일종이지. 시신경 세포가 정상보다 작거나 기능을 제대로 하지 못하는 경우야. 하지만 난 난독증은 아니야."

"난독증도 아닌데, 그런 일이 가능해요?"

"왜? 사이보그 같아? 혹시 레이 찰스 알아? 형이 물에 빠지는 걸 보고 눈이 멀어버린 사람이야. 그건 강박증하고는 조금 다른 데, 일종의 트라우마거든. 자율신경계에 이상으로 와. 난 뇌의 전두엽 안에 세로토닌 대사의 이상으로 이런 증상이 오는 거 고."

윤휘의 입이 떡 벌어졌다.

"자기 증상에 대해 그렇게 질 일아요? 혹시 의학 선공했어 요?"

윤휘의 질문에 유진이 피식 웃었다.

"우리 모친께서 한때 내가 얼렌 증후군인 줄 알고 여기저기 병원 많이 데리고 다녔었거든."

"아아! 그럼 어떻게 해야 하는데요?"

"말했잖아. 그냥 스트레스 안 받고 쉬면 낫는다고."

"혼자?"

"그럼, 여자라도 불러서 놀까?"

"지금 스트레스 안 받을 수 있는 상황 아니잖아. 크랭크인을 한 달 뒤로 늦췄다지만 하루하루 촬영 일자는 다가오는데."

"아악! 상기시켜 주지 않아도 되거든? 좀 가라. 또 생각났잖아. 그냥 혼자 있을게. 응?"

"힘들어요?"

유진은 아무 말도 하지 않았다. 그저 무거운 한숨만 내쉴 뿐이었다.

윤휘는 그를 마냥 모른 척할 수만은 없었다. 모르면 모를까, 알면서 어떻게 모른 척을 할까. 뻔히 힘들어하는 것을 알아버렸는데. 힘들 때 아무도 없다는 것이 얼마나 절망적인지 누구보다도 잘 알고 있는데.

윤휘는 가만히 그의 축 처진 어깨에 손을 얹었다.

"유진 씨."

어깨에 닿은 윤휘의 손은 따듯했다. 한쪽 어깨의 반도 감싸지 못하는 작은 손이 왠지 모를 편안함을 주었다. 이상한 힘을 가지고 있는 여자였다. 방금 전까지 발톱을 잔뜩 세운 들고양이같이 덤벼들더니 언제 그랬냐 싶게 다시 천사 같은 얼굴은 한다. 너 진짜 얼굴이 뭐야.

"있잖아요, 나도 힘들어해 봤거든요. 아무한테도 말 못할 고민 안고 끙끙거려 봤는데 정말 미치게 힘들더라. 그때는 물론 누가 옆에 왔어도 자존심에 밀어냈겠지만 지금은 그래요. 누군가 내 옆에 있었으면 덜 힘들었을 것 같은데, 아무것도 안 하고 알아만 줘도 얘기만 들어줘도 큰 힘이 됐을 것 같은데, 이런 생각 하거든. 사람 밀어내지 말아요. 이건 누나 같은 마음에 하는 말이야. 아무에게도 말하고 싶지 않으면 그렇게 해요. 나도 입 다물고 있을게. 근데 나는 아는 척하고 싶어. 도울 수 있는 방법 찾고 싶고, 그냥 혼자 끙끙거리는 것 모르는 척할 수가 없을 것 같아.”

유진은 거칠게 마른세수를 했다. 윤휘의 말이 맞았다. 아무에게도 약한 모습을 보이기 싫은 만큼, 딱 그만큼 누군가에게 기대고 싶었다. 힘들다고 토로하고 싶었다. 한 명이라도 그의 진심을 알아주는 아군이 필요했다. 마음에 들어갔다 나온 것처럼 잘 아는 너는 대체 얼마나 아팠던 건지, 왜 아팠던 건지 유진은 묻고 싶었다. 하지만 지금은 그가 처한 상황만으로도 충분히 견디기 힘들었다.

“어떡하지?”

그가 낮게 뇌까렸다.

“어떻게 해야 하는지 모르겠어. 촬영 날짜는 다가오는데, 시나리오가 머릿속에 하나도 들어오지 않아.”

그가 혼란이 가득한 낮은 목소리로 자신이 겪고 있는 괴로움을 고스란히 드러냈다. 매일 밤 보이지도 않는 대본을 붙잡고 밤을 샜을 그가 눈앞에 그려졌다. 윤휘는 하얀 손마디가 드러나도록 주먹을 꼭 쥐고 있는 그의 손을 들어 손가락 하나하나를 조심스레 폈다. 그리고 두 손으로 꼭 감쌌다. 유진이 그런 윤휘를 바라봤다.

"이러면 좀 낫더라고. 내가 뭘 해줄 수 있을지는 모르지만, 아무것도 못해도 손은 잡아줄 수 있거든. 자기 주먹에 힘줘봤자 상처밖에 안 나요."

유진이 그런 윤휘를 물끄러미 바라봤다.

"아줌마는 참 신기해. 경계선 딱 긋고 발톱 세우고, 여기 안에 들어오면 죽어, 하고 있다가 또 가끔 보면 어린애 같은 얼굴로 세상 다 산 노인네 같은 말도 하고. 바락바락 덤벼들다가도 새끼 상처 핥아주는 어미 같기도 하고. 진짜 얼굴이 뭐야?"

"진짜 얼굴?"

"어, 진짜 얼굴."

유진은 그녀에게 자존심 저 밑바닥까지 내보인 것이 멋쩍은지 다시 고개를 숙였다. 그 모습이 진이가 몰래 잘못을 저질러놓고 고백할 때와 비슷해 윤휘는 저도 모르게 웃음이 나왔다.

"왜 웃어?"

"어, 아니. 우리 아들 생각나서."

무심코 한 윤휘의 말에 유진은 가슴 한구석이 뜨끔했다.

아, 그렇군. 다른 남자의 여자였지.

유진은 윤휘의 두 손에 감싸여 있던 손을 빼냈다. 그녀의 손이 닿아 있던 자리에 휑하니 한기가 들었다. 남의 여자에게 감히 기대려 하다니, 잠깐 정신이 나갔었나 보다. 아무리 힘들어도 그렇지 그걸 잊어버릴 수가. 유진은 그녀와 전혀 다른 의미의 웃음이 나왔다. 따뜻하게 채워졌던 마음이 다시금 싸늘하게 비워지고 있었다. 유진은 자리에서 일어났다.

“아줌마, 십계명 알아?”

“십계명?”

“나 이래 봬도 어렸을 때는 성당에 꽤 열심히 다녔었거든. 그래서 아직 십계명 외워.”

방금까지 그녀에게 보여주었던 아이 같던 표정은 거짓말인 듯 유진은 다시 철갑 같은 가면을 뒤집어쓴 얼굴을 하고 있었다.

“웬만하면 십계명 지키면서 살고 싶거든. 그러니까 아줌마는 그냥 거기 살아. 딱 그어놓은 선 바깥으로 애써 나올 생각 말고, 동정심에 조금 길 터서 자리 만들어줄 생각도 하지 말고 그냥 거기 살아. 나도 더 이상 금, 아줌마 쪽으로 밀어달라고 안 할 테니까.”

“유진 씨.”

갑자기 그가 왜 이러는지 알 수가 없었다. 그리고 무슨 뜻에서 하는 말인지도 몰랐다. 가끔 모를 소리를 하곤 했지만 지금은 그럴 상황도 아니었다. 윤휘는 십계명의 내용을 떠올리려 애썼다. 하지만 단 하나도 떠오르지가 않았다. 당연했다. 교회라곤, 다녀본 적이 없기 때문이었다. 그녀가 기억하는 한 일요일은 그녀에게 가장 바쁜 날이었다. 다른 날보다 새벽에 한두 시간 더 잘 수 있어 좋긴 했지만 하루 종일 아르바이트가 있어 다른 계획은 상상도 할 수가 없었다. 그러다 보니 교회라곤 정말 지치고 힘들 때 십자가에 매달려 있는 분을 보며 저분보다는 낫구나, 하며 위로를 삼는 정도의 목적으로밖에 가본 적이 없었다. 당연 십계명도 외웠을 리가 없었다.

유진이 뒤도 돌아보지 않고 터벅터벅 방으로 걸어가자 윤휘도 따라 일어났다. 이대로 다시 그가 스스로를 가두는 것을 볼 수가 없었다.

"지금 무슨 말 하는지 난 잘 모르겠지만, 동정은 아니야. 이제 남은 기간 한 달밖에 없잖아. 촬영 더 미룰 수도 없는 노릇이고. 그러니까 내 말은, 음…… 맞다! 내가 대본 읽어주고 유진 씨가 외우는 건 어때? 어차피 번역도 내가 한 거고 요미가타(일본어 한자 읽는 법)도 내가 달아준 건데, 발음도 봐주기로 한 거잖아요."

유진은 방문 앞에 우뚝 섰다. 그녀가 한 제안은 사실 가장 좋은 방법이라고 할 수 있었다.

이성적인 사고로는 그녀의 제안을 받아들이는 것이 옳았다. 달리 방법이 없는 것도 사실이었다. 그녀의 제안을 받아들이지 않으면 결국 경수나 주경에게 도움을 청하는 길밖에 없었다. 다른 사람에게 약점을 보이는 것은 죽기보다 더 싫었다. 그녀 하나만으로도 충분했다. 그녀가 알아차리지 못했다면 끝까지 아

무에게도 말하지 않을 작정이었다. 하지만 이미 밑바닥까지 다
보여 버렸다. 어쩔 수 없다. 꼼짝을 할 수 없게 만드는군……

"아줌마."

"어."

유진은 오늘 몇 번째인지도 모를 한숨을 내뱉었다.

"다정도…… 병이야."

5. 君がいれば良いから…

칼날 같은 바람이 코끝을 에이는 것 같았다. 라디오 뉴스에서 몇 년 만에 강추위니 어쩌니 하더니 헛말이 아니었나 보다. 매일같이 신문과 책을 끼고 살았다던 유진은 답답한지 하루 종일 라디오를 틀어놓곤 했다. 덕분에 뉴스와 날씨 등 각종 정보를 놓치지 않게 된 것이 장점이라면 장점이었다.

유진과 대본 읽기를 시작한 지 이제 일주일 남짓. 그녀가 읽어주면 유진이 듣고 외우는 방식이었다. 어떻게 하면 그를 도와줄 수 있을까 고민 끝에 그녀가 생각해 낸 방법이었다. 비밀을 공유한 사람들만의 유대감 때문일까. 예전처럼 그가 남 같지만은 않았다. 오래된 친구처럼 혹은 남동생처럼 스스럼이 없었다.

그는 다시 활기를 찾았다. 처음 며칠은 읽어주는 것을 들으면서 감정을 잡는 것이 힘들어 보였지만 놀라운 적응력으로 이제는 오히려 편안해 보이기까지 했다. 대사를 읽는 것이 국어책 읽는 것보다 더 딱딱하다고 어찌나 놀려대던지 한 대 쥐어박고 싶은 때가 한두 번이 아니었다. 쥐어박으려고 하면 잽싸게 피하며 일어나 버리는 바람에 단 한 번도 적중한 때는 없었지만. 그녀보다 족히 30㎝는 큰 키 덕분에 그가 일어나 버리면 쥐어박을 재간이 없었다.

그렇게 읽어주는 딱딱하기 그지없는 대사에 그가 감정을 입혀 연기하는 것을 보면 정말 놀라울 따름이었다. 진지한 얼굴로 여주인공을 향한 대사를 할 때는 그녀가 마치 여주인공이라도 된 것처럼 얼굴이 화끈거렸다. 그때만큼은 유진은 철저히 케이였다. 눈빛도, 표정도, 숨소리 하나도 완벽히 달랐다. 처음 생각했던 것과 같이 얼굴만 반반한 딴따라가 아닌 유진은 진짜 배우였다.

윤휘는 코트 깃을 단단히 여미며 아파트 입구로 쏙 들어갔다. 이런 추운 날엔 낭군님께 좀 데리러 오라 하라며 어찌나 재촉을 하던지, 여간 곤란한 것이 아니었다.

"진이 엄마 왔니?"

"진이는?"

"응, 방금 잠들었어."

소라는 윤휘가 들어오는 것은 보는 척도 하지 않고 TV 화면

만 빨려 들어갈 것같이 보고 있었다. 안방으로 들어가니 진이가 엎드린 자세로 새근새근 자고 있었다. 윤휘의 얼굴에 봄볕 같은 미소가 어렸다. 혹시나 단잠이 깰세라 아이의 볼에 닿을 듯 말 듯 뽀뽀를 하고 코트를 조심스레 벗어 걸어놓았다. 다시 거실로 나오니 소라는 이젠 입까지 헤벌리고 황홀한 표정을 짓고 있었다.

"뭘 그렇게 뚫어져라 보니? 침 떨어지겠다."

윤휘는 아직까지도 소라의 시선을 붙잡고 있는 TV 화면을 보았다.

"뭐 보는 거야?"

"D.E.A."

"그게 뭔데?"

"너도 빨리 이리 앉아봐 봐."

소라가 서 있는 윤휘의 손을 끌어 내렸다. 화면에는 회색 트레이닝복을 입은 남자가 러닝머신에 분풀이라도 하듯 뛰고 있었다. 검정에 가까운 갈색머리, 그에 반해 옅은 눈동자, 조각 같은 턱 선, 빚어놓은 것같이 높고 반듯한 콧대. 정말 잘생겼다.

"어랏!"

가만 보니 유진이었다. 물씬 풍기는 남성미에 하마터면 그인 줄 모를 뻔했다. 머리가 훨씬 짧고, 더 피부가 그을리긴 했지만 분명 유진이 틀림없었다. 그는 뚝뚝 땀을 흘리며 눈에선 분노가 이글거렸다. 그녀가 보기에 충분히 이국적으로 생겼다고 생각했는데 백인들 사이의 그는 완벽한 동양인처럼 보였다. 유진이 배우란 것을 알고 있으면서도 매일 얼굴을 맞대고 있는 사람이 TV에 나온다는 사실이 새삼 이상했다.

"아, 진짜 멋있지 않냐? 'D.E.A.' 라고 작년에 시즌1 끝난 미국 드라만데, 내가 미쳐. 저 구릿빛 피부 좀 봐. 어쩜, 한번 만져 봤으면 소원이 없겠다."

이제 화면은 유진이 샤워하는 장면으로 넘어갔다. 욕실의 벽을 양손으로 짚고 머리서부터 쏟아지는 물을 맞는 유진. 앵글이 정면으로 옮겨가며, 분을 삭이고 있는 그의 얼굴을 비췄다. 그리고 그의 단단한 가슴도 자연스럽게 드러났다. 윤휘는 저도 모르게 화면을 뚫어져라 응시했다. 갑자기 머릿속에 언젠가 한 번 보았던 유진의 상체가 떠올랐다. 윤휘의 얼굴이 순식간에 홍당무가 되었다. 저것보다 조금 더 하얀 피부의 물기가 남아 있던 그의 가슴이 머릿속에서 떠나질 않았다.

"어랏, 애 봐라. 아하하! 얼굴 빨개지는 것 좀 봐."

"내가 언제!"

윤휘는 재빨리 얼굴을 감싸며 화장실로 뛰어갔다. 방금까지만 해도 얼음장같이 차가웠던 얼굴이 이제 불을 지른 듯 화끈거렸다. 세면대에 차가운 물을 틀고 연거푸 얼굴에 끼얹어봤지만 이미 달궈진 얼굴은 쉽게 가라앉지 않았다.

'미쳤어, 미쳤어. 정윤휘!'

화면 속의 유진은 다른 사람이었다. 그녀가 매일같이 밥을 먹고, 차를 마시는 유진이 아니었다. 가끔 죽도록 쓴 커피를 그녀의 커피와 바꿔놓곤 인상을 구기는 그녀를 보며 배꼽을 잡는 유진이 아니었다. 누구보다 그가 배우라는 것을 실감하는 요즘이면서, 왜 또 화면 속의 그는 다른 사람처럼만 보이는 것일까. 진짜 얼굴이 뭐냐고? 그대야 말로 진짜 얼굴이 뭐요.

"유진 엄마야, 전화 오나 보다!"

"어, 나가!"

윤휘는 심호흡을 두어 번 하고 거실로 나왔다. 가방에서 진동 소리가 요란했다.

"양반은 못 된다니까."

윤휘는 액정화면에 뜬 이름을 보곤 혼잣말로 중얼거렸다.

"네, 여보세요."

―어, 난데요, 혹시 내가 오붓한 저녁 시간 방해한 건 아닌가?

그가 조심스럽게 물었다. 답지 않은 소심함이란.

"그런 것 신경 쓰는 사람이었나? 괜찮으니까 말해요."

저도 모르게 말투가 퉁퉁거렸다.

―부탁이 있는데…….

"뭔데요?"

―내일 올 때, 나 햄버거 좀 사다 주라. 맥도널드 빅맥으로. 응?

하! 웃음밖에 나오지 않았다. 윤휘는 다시금 몸을 타이트하게 감싸는 슈트에 브리프케이스를 들고 어디론가 가고 있는 화면 속의 유진을 보았다. 정말 동일 인물 맞아? 하는 생각이 들었다.

─여보세요?

"듣고 있어요."

윤휘의 목소리에 웃음을 참는 기색이 역력했다. 윤휘는 본토 발음의 영어로 공항 검색대 직원과 뭔가 심각한 얘기를 나누는 유진을 다시 바라봤다. 윤휘의 눈앞에 소파에 벌렁 누워 전화기를 귀 위에 올려놓고 있을 유진의 모습이 그려졌다. 지금 고작 햄버거가 먹고 싶어 사다 달라고 조르는 이 남자가 저 화면 속의 완벽한 남정네와 동일 인물이라니! 세상은 부조리다.

─프렌치프라이는 필요없고, 아! 집에 장도 봐야 하는데. 그건 그냥 경수 형 시킬까?

"됐어요. 내가 내일 장 봐가지고 갈게. 뭐 특별히 살 것 있어요?"

─그냥 먹을 거랑 음료수랑 이것저것. 아, 욕실 세제도 떨어졌다.

"알아서 사가면 되죠?"

─어련히 알아서 잘하시려고.

"알았어요. 내일 봐요."

─신랑 분 옆에 있어?

"아니요. 왜요?"

─급하게 끊으려는 것 같아서.

"친구 와 있어요."

─아! 알았어요. 그럼 진짜 내일 봐.

"네. 들어가요."

언제부터인가 소라가 눈빛을 초롱초롱 빛내며 그녀를 바라보고 있었다.

"사람 처음 보니?"

"너, 지금 저, 정유진이랑 통화한 거야?"

"응."

"뭐래? 왜 전화했대? 너랑 유진 씨 막 사적으로도 전화하고 그래?"

"사적은 무슨. 그냥 내일 올 때 뭐 좀 사가지고 오라는 그런 전화지."

"뭐 사 오래? 응? 길게 좀 말해봐."

소라는 사탕을 바라는 아이처럼 윤휘에게 착 달라붙어 질문을 퍼부었다. 이 나이가 되도록 연예인에 열광할 수 있는 그녀가 참 대단해 보였다. 이런 소라에게 어찌 당신 우상이 내일 햄버거 따위를 먹고 싶다 말할 수 있겠소.

"응, 에프터쉐이브 떨어졌다고, 오는 길에 가게 들러서 하나 사다 달라고."

윤휘는 눈 하나 깜짝하지 않고 말했다. 예상대로 소라는 숨을 헉 몰아쉬더니 제품은 뭐 쓴다더냐, 자기는 어떤 향기가 좋은데 그걸로 사다 주면 안 되냐, 별별 소리를 다 늘어놓았다.

"다음 주부터는 유진이 종일반이니까 네가 좀 편해지겠다. 나 때문에 일도 별로 못했지?"

"별소리를 다 해요. 일이야 뭐, 인문서 하나 번역하고 있는 것 밖에 없는데 아직 마감 많이 남아서 괜찮아."

"내가 내일 네가 좋아한다는 그걸로 꼭 사다 줄게. 큭큭."

"진짜? 아후! 상상만 해도 소름이 쫙 끼친다. 누가 알겠어, 천하의 정유진 에프터쉐이브를 내가 골라줬다는 걸!"

소라의 오두방정에 잠에서 깼는지 진이가 눈을 비비며 걸어 나왔다.

"어휴, 우리 유진이 깼어? 이리 엄마한테 와."

아이는 아직 잠이 덜 깼는지 비적비적 걸어와 다시 윤휘의 품을 꼬물거리고 파고들었다. TV에는 아직 끝나지 않은 드라마 속 낯선 유진이 금발의 미녀에게 키스를 퍼붓고 있었다. 잡아먹을 듯이 여자의 입술을 핥으며 블라우스를 풀어헤치는데, 왠지 모를 불쾌감이 스멀스멀 피어올랐다. 마침내 블라우스가 뜯겨 나가고 둘이 침대 방으로 뒷걸음질을 쳤다.

"소라야, 애 깨겠다. 꺼라."

스스로 생각해도 궁색한 이유였다. 진이의 눈은 자기는커녕 점점 말똥말똥해지고 있었다.

"꺄! 몰라, 몰라."

TV의 화면이 픽 하고 꺼졌다. 소라는 난리 브루스를 추며 어쩔 줄을 몰라 했다.

"네가 끄라고 안 해도 못 봐. 어떡해. 어떡해!"

그런 소라를 보며 혀를 끌끌 찼다. 참, 어리다고 해야 하나, 철이 없다고 해야 하나. 윤휘는 방금 본 광경을 애써 못 본 척 노력하며 진이를 안은 팔에 힘을 주었다.

"으이그, 우리 아들. 누굴 닮아서 이렇게 예뻐. 응?"

"하음!"

오늘로 벌써 몇 번째 하품인지 몰랐다. 윤휘는 참으려고 할수록 더 터져 나오는 하품을 주체할 수 없었다. 그런 그녀를 유진이 바라보고 있었다. 상당히 마뜩치 않은 표정으로.

"어젯밤에 뭐 했기에 아침부터 그렇게 하품을 해?"

말에 뼈가 장난이 아니다. 윤휘는 그를 한껏 흘겨봤다.

누구 때문에 잠을 못 잤는데! 아휴, 저 인상파랑 어제 그 D.E.A.의 제임스랑 같은 인물 정말 맞냐? 윤휘는 갑자기 그의 드라마를 보느라 밤새 잠 한숨 못 잔 시간이 아까워졌다. 내가 미쳤지. 뭐라고 그걸 밤새 보고 있었냐.

"커피 한 잔 마시고 하죠."

어울리지 않게 존댓말까지 하며 유진이 부엌으로 향했다. 뭐가 또 마땅치 않아서 저리 인상을 쓰고 있는지 가뜩이나 졸려 죽겠는데 눈치까지 보느라 짜증이 밀려왔다.

어제 결국 안 본다, 안 본다 하면서 소라가 빌려온 DVD를 끝까지 다 봤다. 그가 악당들에게 쫓기는 장면에서는 쿠션을 꼭 쥐며 가슴을 졸이고, 여주인공과의 러브신이 시작되면 서슴없이 FF 버튼을 눌러 장면을 넘겨 버리며 눈을 떼지 못했다. 그렇게 시간이 어떻게 가는 줄 모르고 보다가 시즌1의 엔딩 크레딧이 올라가고 나니 아침 일곱 시였다. 몇 년 만에 밤샘을 한 건지 기억도 나지 않았지만 역시 체력은 나이를 속이지 못했다. 테이블에 털썩 엎드린 윤휘의 눈이 감길 무렵 볼에 닿는 뜨거운 느낌에 놀라 벌떡 일어났다.

"뭘 그렇게 놀라요? 커피나 마셔."

"미안해요. 자꾸 졸아서 미안한데 나한테 왜 이렇게 까칠한 거예요?"

유진은 윤휘를 한번 흘끔 쳐다보더니 커피만 홀짝였다. 왜냐고 묻는 그녀에게 해줄 말이 없었다. 그냥 기분이 나빴다. 어젯밤에 잠을 못 잔 이유를 묻고 싶어 기분이 나빴다. 사실, 왜 잠을 못 잤는지 짐작이 가 괜히 심술이 났다. 그녀가 밤새 다른 남자의 품에서 잠도 못 잘 만큼 뒹굴었다는 상상이 머릿속을 떠나질 않았다. 그 다른 남자가 그녀의 남편임에도 말이다.

그가 하등 기분 나빠할 이유는 없었다. 그녀가 기혼이라는 것, 게다가 아이까지 있다는 것은 이미 처음부터 알고 있었다. 그리고 그것은 그와는 전혀 관계없는 일이다. 기분 나쁜 것 자체가 오히려 잘못된 감정이다. 그걸 알고 있음에도 불쾌함을 떨치지 못하는 스스로가 한심스럽기 그지없었다.

뭐라고. 내가 이 여자에게 뭐라고……. 아무것도 아니다. 아무것이 되어서도 안 된다.

“제길!”

“뭐라고요?”

윤휘가 금방 인상을 찌푸린다. 그의 혼잣말을 들은 것이 분명했다.

“방금 뭐라고 했어요?”

“이 신 마음에 안 들어. 감정이 안 잡혀.”

괜히 말도 안 되는 핑계를 대며 유진은 휙휙 소리 나게 대본을 넘겼다.

“그럼 그렇다고 말을 하지, 왜 욕을 하고 그래요?”

“다음 신부터 하자.”

연기에 대한 유진의 열정이야 이미 잘 알고 있었지만 이런 막무가내의 태도까지 받아줄 수는 없었다. 감정이 잡히지 않아서 다른 신부터 하자. 이렇게 말하면 될 일을 짜증 부리고 인상 쓰고 욕까지 내뱉어가며 옆의 사람 긴장하게 하는 것. 너무 이기적이다. 윤휘는 테이블 위의 대본을 덮어버렸다.

“쉬었다가 해요. 열 좀 식혀야겠어. 나 유진 씨 짜증 받아주는 사람 아니야.”

“후우!”

유진은 눈을 감고 소파 헤드에 머리를 기댔다. 사실 짜증이 나는 것에는 속이 좋지 않은 이유도 한몫했다. 괜히 전화는 해서 먹지도 않는 햄버거는 사다 달래 가지고. 하고많은 핑계 중에 왜 갑자기 떠오르는 것이 햄버거였을까. 덕분에 오전 내내 속이 매스꺼워 커피를 몇 잔을 마셨는지도 모르겠다.

"뭔가 잘 안 풀릴 때 기분 나쁜 건 알겠는데, 그거 다른 사람들한테까지 당신 눈치 보게 그러는 것 아니에요. 그 정도 생각 못할 만큼 어린애 아니잖아?"

"아줌마가 내 눈치를 봐?"

별 말도 안 되는 소리를 다 듣겠다는 듯 그가 황당한 표정을 지었다.

"당연한 것 아니에요? 유진 씨는 고용주고 난 피고용인이니까."

친구도 아니었다. 그렇다고 동생이나 그런 관계는 더더욱이 아니었다. 그녀의 말대로 고용주와 피고용인의 관계가 맞았다. 하지만 그런 식으로 단칼에 경계선을 그어버리는 그녀의 말이 가뜩이나 나빴던 기분을 더욱 악화시켰다.

"그래? 그렇지. 나랑 아줌마는 고용주와 피고용인의 관계지. 그럼 돈을 지불하고 고용한 고용주 입장에서 당신이 왜 컨디션 관리를 못했는지에 대해 물어볼 권리 있는 거지? 응? 그렇잖아. 나는 아줌마가 졸든 수업을 하든 이 집에 와 있는 동안의 시간에 대해서 페이를 지급하는데 그 정도 권리는 있는 것 아냐?"

"하!"

기가 막혔다. 또 무슨 배알이 꼴려서 이러는 걸까.

"말해봐. 어젯밤에 뭐 했어? 신랑이랑 밤새 놀았다고 하면 더 이상 안 물어볼게."

팔짱까지 끼고, 예의 어제 드라마의 수사관 같은 표정으로 그가 캐물었다. 다분히 개인 프라이버시에 관한 질문이다. 아니, 질문이 아닌 그렇다고 100% 확신한 상태에서 인정을 강요하는 것이다. 그런 사람에게 어제 네가 나오는 드라마 보느라고 밤 샜다고 말하느니 차라리 이 자리에서 죽는 것이 나았다.

"그래요, 맞아요. 됐어요?"

"Shit!"

갑자기 그가 퉁겨 오르듯 벌떡 일어나더니 연방 입에서 알아 들을 수 없는 욕설을 지껄이며 거실을 서성거렸다.

지금 유진의 안에서 드는 감정은 명백한 질투였다. 자기 여자 에게나 가질 법한 감정. 이미 가정을 가지고 있는 여자를 상대 로 말도 안 되고, 용납할 수 없는 감정이었다. 머릿속으로는 끊 임없이 브레이크를 걸어봤지만 마음은 멈추질 않았다. 이미 저 멀리 앞서가서 그를 괴롭혔다. 안 된다고, 제발 멈춰달라고 외 치는 이성의 절규를 무시한 채 심장은 걷잡을 수 없이 달려나가 고 있었다. 바라보아선 안 되는 사람을 향해. 잡을 수 없는 손을 향해.

"요즘 외로워요? 욕구 불만이야? 한 며칠 조용하다가 왜 또 그러는데?"

그녀의 말이 끝나기가 무섭게 유진이 성큼성큼 다가와 테이 블을 두 주먹으로 내려쳤다. 쾅 하는 굉음이 집 안을 쩌렁쩌렁 울렸다. 윤휘는 저도 모르게 어깨를 움찔했다.

"후! 아줌마 혹시 동생 없어? 여동생 말이야. 아줌마 말대로 내가 요즘 아주 외로운 것 같거든? 밖에도 못 나가고, 하루 종일 집에만 있으려니 인간관계도 점점 편협해지는 것 같고. 혹시 아줌마 쏙 빼닮은 여동생 있으면 소개 좀 시켜줘."

진심 반, 도발 반이었다. 그녀의 남편에 대한 맹렬한 질투심도, 요즘 들어 그녀가 집에 간 후에 자꾸 전화기를 들었다 놓는 것도 모두 지금 처한 상황 때문이다. 거의 한 달 동안 만난 사람이라곤 그녀와 경수가 다였으니 무리도 아니라고 애써 자위했다.

"나 여동생 없어요. 그리고 있어도 얼굴값 하게 생긴 사람하고는 안 붙여줘."

그녀도 만만치 않게 신경이 곤두서 있었다. 유진이 그녀를 노려봤다. 서로의 시선이 첨예한 대립을 하고 있었다.

윤휘에게 뭐라 한마디 쏘아붙이려던 유진은 대신 심호흡을 하고 욕실로 향했다.

"삼십 분만 쉽시다. 서로 머리 식히고 연습 계속해요."

나지막이 뇌까린 유진이 욕실로 들어간 후 윤휘는 소파에 몸을 푹 묻었다. 진한 커피 탓인지, 유진과의 말다툼 때문인지 방금까지도 한 소금이 간절했던 잠이 싹 달아나 버렸다.

이가 딱딱 부딪칠 만큼 차가운 물줄기를 온몸으로 맞았다. 화가 나서 견딜 수가 없었다. 제길! 지금 그가 하는 유치하기 짝이 없는 행동 하며, 아는지 모르는지 한 마디도 지려 하지 않는 그녀 하며 모든 것이 화가 났다. 그의 도발에 순순히 인정하는 그녀가 얄미웠다. 그가 모르는 얼굴로 밤새 다른 남자의 품에서 뒹굴었을 모습을 상상하고 만 자신이 혐오스러웠다.

그래, 그녀의 말대로 욕구 불만일지도 모른다. 언제 마지막으로 여자를 안았는지 사실 기억도 나지 않았다. 젠장! 젠장! 젠장! 유진은 욕실 벽을 맨주먹으로 마구 쳤다. 그리고 스르르 욕실 바닥에 무너져 내렸다. 벽도, 바닥도 차가웠다. 물줄기 또한 여전히 시렸다. 하지만 그의 몸을 달구어 버린 뜨거운 열기를 식혀내진 못했다.

욕실로 들어갔던 유진은 정확히 삼십 분 후 지독한 한기와 그보다 더 지독히도 냉정한 얼굴을 하고 나타났다. 머리카락에선 시린 물방울을 뚝뚝 떨어뜨리면서.

"머리 말리고 와요. 감기 걸려요."

"남이사. 대본이나 읽어줘요."

의미없이 내뱉는 윤휘의 말 한 마디 한 마디가 그에겐 더 이상 무의미가 아니었다. 왜 하필이면 이 여자일까. 지금껏 누구도 담지 않았던 가슴에 이 여잔 무슨 재주로 당당히 들어와 버린 걸까. 밀어낼 틈도 없이, 싹둑 잘라내지도 못하게 그의 심장을 차지해 버린 걸까. 바라보기만 해도 심장이 옥죄어올 만큼 이 여자 정윤휘, 그에겐 너무 아픈 사람이 되어버렸다.

그녀가 정말 고용주와 피고용인의 관계로밖에 생각하지 않는

다면 이런 말은 차라리 하지 않았으면 좋겠다. 마음 알아주는 척, 다정하게 대해주지 않았으면 했다. 대본 연습 중 숫처녀처 럼 얼굴을 붉혀 자꾸 만지고 싶게 만들지 않았으면 했다.

“어디부터 해요? 아까 건 감정이 안 잡힌다면서요.”

유진은 대본을 들고 휘리릭 넘기다 그저 잡히는 대로 펼쳤다.

“오늘 내가 뭐 잘못한 것 있어요? 졸았던 것 빼고. 자꾸 이렇 게 뚱할 예정이에요?”

그녀는 이미 다 풀었다는 듯 하는 말에 유진은 어쩐지 조금 미안해져 버렸다. 생각해 보면 그녀의 탓은 조금도 없는데. 모 두 그가 감정 컨트롤을 하지 못한 탓인데. 그녀가 24살에 결혼 을 한 사실도, 5살 난 아들이 있다는 사실도 모두 그와 무관하게 벌어진 일이다. 그녀가 유진을 배려할 필요는 일절 없는 것이 다. 불가항력. Act of God. 어쩔 수 없는 일. 유진은 잔뜩 굳었 던 표정을 조금 풀었다.

“불가항력이 일어로 뭐예요?”

“ふかーこうりょく(후카―코―료쿠). 왜요?”

“‘후카―코―료쿠’ 라…….”

유진은 입가에 씁쓸함이 걸렸다.

“그냥 아까 하던 신 계속하죠.”

당최 알 수 없는 유진의 행동 하나하나가 윤휘의 신경을 야금 야금 갉아먹었다. 예상도, 추측도 할 수 없는 남자다. 그의 말대 로 신경이나 끌 수 있었으면 좋겠는데. 이상하게 그게 잘되지 않았다.

후우, 다른 날보다 더 힘들다. 신경 쓰지 않겠다고 결심했는데 사람 마음은 참 의지대로 되는 것이 아니었다. 저도 모르게 그가 무의식중에 내뱉는 한숨 한번, 머리를 쓸어 올리는 손짓 하나에도 의미를 찾고 있는 자신을 발견할 때면 어김없이 심박이 빨라지곤 했다.

지금처럼 그가 눈을 내리깔고 뭔가 생각에 잠겨 있는 표정을 지을 때, 속눈썹이 참 길구나, 하는 생각보다 그의 눈 속에 담긴 생각을 읽고 싶었다. 백 평이 넘는다는 넓디넓은 집의 벽이 점점 좁혀져 오는 것 같았다. 윤휘는 일어나 테라스의 문을 열었다. 한겨울의 칼바람이 문틈을 파고들어 왔다. 하지만 춥기는커녕 오히려 숨이 탁 트이는 것 같았다.

윤휘는 다시 앉아 그가 예의 감정이 잡히지 않는다는 신을 펼쳐 들었다. 그제야 그의 몸에 아직 마르지 않은 물기가 눈에 들어왔다. 윤휘는 다시 일어나 테라스의 문을 닫았다. 찬바람이 물방울에 닿아 감기라도 놓고 갈까 걱정이 됐다. 순간 몸에 배인 듯 자연스럽게 그를 배려하고 있다는 사실에 윤휘는 놀라고 말았다. 예의상이나 인사치레가 아닌 진심으로 그가 걱정이 됐던 것이다. 지금껏 그녀에게 있어서 감기가 걸리면 안 되는 사람이란 아이와 소라 정도였다. 잔잔했던 심중에 작은 파문이 일었다. 윤휘의 손끝이 테라스 문의 새시 근처에서 서성였다.

"시원한데 그냥 두지?"

보지 않는 척하면서 그녀의 행동을 모두 보고 있었나 보다. 윤휘는 닫은 문을 다시 열지 않았다.

"감기 와요."

이번엔 유진은 그녀의 말에 일체 눈길도 주지 않았다. 마음대로, 라고 말하는 것 같았다.

"여기 지문 좀 봐줘. 해석이 빠졌네."

다시 일할 때의 유진. 차라리 이게 더 편했다.

〈景´ 哀切な目つきで秋を眺める.〉

"'케이, 애절한 눈빛으로 아키를 바라본다.'"

"다음은 외울 수 있어."

유진이 차분히 내리깔았던 시선을 거둬 올렸다. 이미 그의 얼굴엔 유진은 남아 있지 않았다. 아키를 사랑하는 케이, 죽은 친구의 연인이었던 여자를 사랑하는 케이만이 있었다. 표현해서는 안 되는 사랑을 안고, 죽도록 힘늘어하는 남자가 눈앞에 있었다. 그의 시선이 윤휘의 눈을 응시했다. 안타까움과 죄책감을 가득 담긴 눈으로 그녀를 바라보고 있었다. 순간 움직이지 못하는 저주라도 걸린 듯, 윤휘는 꼼짝도 할 수 없었다. 그의 시선이 그녀를 꽁꽁 묶어버렸다. 심장이 미친 듯이 뛰었다.

"君がぼくのそばにいれば良いよ(네가 내 곁에 있으면 좋아)."

(키미가보쿠노소바니이레바이이요.)

낮은 숨소리, 그보다 더 낮은 목소리, 일렁거리는 눈동자. 윤휘의 머릿속이 깨끗이 비워져 버렸다.

"愛して……いる(사랑하고…… 있어)."

(아이시테…… 이루.)

쿵쿵쿵. 지금 제 박자를 잃고 날뛰는 심장 소리가 혹시 그의 귀에도 들리진 않을까. 심장에서 펌프질 한 피가 모두 얼굴로 몰린 것 같았다. 숨조차 편히 쉴 수 없었다. 눈앞이 핑 돌았다.

유진이 아니야, 케이다. 그가 바라보고 있는 사람은 내가 아닌 아키야.

윤휘는 애써 사실을 상기하며 멈췄던 숨을 푸후, 하고 내쉬었다. 한번 날뛰기 시작한 심장은 제 박자를 찾을 줄을 몰랐다. 할 수만 있다면 가슴을 두 손으로 꾹 누르고 싶었다. 하지만 그의 눈빛에 묶여 버린 그녀는 손가락 하나 까딱할 수 없었다. 남자를 상대로 이런 반응을 보인 것은 준혁 이후 처음이었다. 아니, 그때도 이처럼 가슴이 아플 만큼 심장이 날뛰지는 않았었다. 제발, 제발 평정을 되찾아줘. 윤휘는 마음속으로 간절히 외쳤다.

그녀의 눈에서 시선을 떼지 않고 있던 유진이 갑자기 자리를 박차고 일어났다. 그리고 방 안으로 들어가더니 있는 힘껏 문을 쾅 닫았다. 쿵쿵쿵쿵, 그 뒤로도 한참 동안 윤휘의 심장은 전력 질주를 했다.

6. Big Match! 큰 유진 VS 작은 유진

피할 수 없으면 즐겨라!

가급적이면 이 말을 실천하며 살려고 노력해 왔다. 하지만 도무지 즐기려고 해도 즐길 수 없는 일들만 일어나는 요즘이었다.

"유진 엄마야, 어떡하니. 갑자기 스케줄이 잡혀 버린 걸. 웬만하면 고사하려고 했는데, 사정이 너무 급하게 돼서. 당일 통역사가 쓰러졌다고 부탁할 사람은 나밖에 없다는데 어떡해. 미안하다, 정말."

윤휘는 진이의 목에 두툼한 목도리를 둥둥 둘러주며 콧바람을 씩씩거렸다. 소라가 아이를 봐줘야 하는 의무는 없었다. 오히려 너무 자주 부탁을 해온 것이 미안할 따름이었다. 하지만 이런 식으로 예정이 틀어질 경우에는 제아무리 이해를 하려고 노력해도 화가 나는 것은 어쩔 수 없었다.

유치원의 겨울방학. 아니, 무슨 초등학생도 아니고 유치원에서 겨울방학이람. 것도 길지도 않게 삼 일밖에 안 쉬면서 방학이라는 말을 끼워 맞춘 것이 영 마뜩치 않았다. 한 달에 오십만 원이나 받아먹으면서 정규 휴일 말고 삼 일을 더 쉬다니! 윤휘는 괜스레 유치원 선생들이 밉살맞아 보였다.

"엄마, 어디 가는 거예요?"

목도리에, 장갑에, 오리털 잠바에 털 장화까지. 혹여 바람이라도 새어들어 갈까, 아이에겐 중무장을 해놓고는 그녀는 달랑 해진 더플코트만 하나 덧입고 집을 나섰다.

"응, 엄마 공부하는 데 가는 거야. 그러니까 유진이 오늘 하루 얌전하게 있어야 돼. 알았지?"

"네!"

나만 믿으라는 듯 큰 소리로 대답하는 아이를 번쩍 안아 들고 윤휘는 택시를 잡았다. 유진이 진이를 어떻게 생각할지 몰라 참 난감했다. 그래도 일터인데 아이까지 데리고 나타났다며 한심하다고 생각할까. 아니면 프로답지 못하다고 생각할까.

"휴우!"

"엄마, 한숨!"

"어, 그래, 알았어."

한숨이 잦은 윤휘의 습관을 고치려 소라가 가르친 것이었다.

어찌나 잊어버리지도 않고 지적을 하는지 심난한 생각을 하다가도 웃음이 터진 적이 한두 번이 아니었다.

그녀와 대본 연습을 시작하고 난 후, 유진은 더 이상 열 시가 되도 잠자리에 들어 있지 않았다. 오히려 기다리고 있었다는 듯이 그녀가 일 분이라도 늦으면 전화를 해서 재촉하곤 했다. 윤휘는 그래서 아침 시간을 더욱 서두르곤 했는데 오늘은 어쩔 수 없이 십 분 정도 늦고야 말았다. 하지만 전화는 잠잠했다. 역시 화가 나도 단단히 난 모양이다. 이런 상태에서 진이까지 데리고 가야 하다니. 정말 산 너머 산, 설상가상이었다.

결국 이십 분이나 늦어 한남동 빌라에 도착한 윤휘는 진이를 안아 들고 종종걸음을 쳐야 했다.

"늦었네. 어! 이거 뭐야?"

"이거라뇨. 보면 몰라요? 우리 진이 인사하자."

유진은 말문이 막혀 버렸다. 퉁명스럽게 한마디 내뱉으려다 제 엄마 바짓가랑이를 붙잡고 있는 꼬물거리는 아이를 본 것이었다.

"안녕하세요."

유진이 뭐 하는 짓이냐, 라는 표정으로 윤휘를 바라봤다. 차마 그의 눈에 뻔뻔하게 마주할 용기까지는 없었던 윤휘는 시선을 스리슬쩍 아이에게 돌렸다.

"일단 들어가서 얘기해요."

유진은 심장이 콕 찔린 것 같았다. 제 엄마를 닮아 동그랗고 쌍꺼풀 예쁘게 진 눈망울이 그의 가슴 한구석을 자극했다. 아, 저리다. 이 잔인한 여자.

아무 말도 하지 못하고 서 있는 유진을 뒤로하고 윤휘가 아이와 함께 거실로 들어섰다. 얼마나 황당하면 문 앞에 우뚝 선 채 아무 말도 못하고 있을까. 요즘 심기가 매우 불편한 유진을 알기에 어쩐지 생각보다 더 많이 미안해졌다.

"우리 진이 레고 블록 놀이 하고 있을래?"

아이는 처음 와보는 곳이 낯설었는지 쭈뼛쭈뼛 윤휘의 곁에서 떨어지려고 하질 않았다. 윤휘는 가져온 레고 블록을 풀어놓고, 한쪽에 토마스 기찻길도 조립을 해주었다. 그러자 아이는 언제 그랬냐는 듯 앉아서 장난감을 가지고 놀기 시작했다.

그때까지도 유진은 문 앞에서 한 발자국도 움직이지 않고 있었다. 예상보다 훨씬 더 싸늘해진 분위기에 윤휘는 애먼 소라만 원망하게 되었다.

'이놈의 계집애, 아주 오기만 해봐!'

"저, 얘기 좀 해요."

"어? 어, 그래."

무슨 딴생각을 골똘히 하고 있었던 건지 유진은 윤휘의 부름에 멍한 표정으로 터벅터벅 걸어왔다.

"커피 마실래요?"

유진과 윤휘는 부엌의 식탁을 가운데 하고 마주 앉았다. 유진의 표정이 꽤 심각해 윤휘는 서둘러 변명을 늘어놓았다.

"사실 오늘 애가 유치원 방학인데, 친구가 봐주기로 했었거든 요. 그런데 갑자기 사정이 생겨서 못 봐준다고 오늘 아침에 연 락이 온 거예요. 어쩔 수 없이 데려왔어요. 정말 미안해. 미안하 게 생각해. 부산스러운 아이 아니니까, 크게 방해될 건 없을 거 예요."

말을 해놓고 윤휘는 연신 그의 눈치를 살폈다. 여전히 좋지 못한 표정. 역시 아줌마는 어쩔 수 없다, 정도의 생각을 하고 있 는 것일까.

"애기가 엄마를 많이 닮았네."

"나랑 똑같죠?"

아이 얘기가 나오자 언제 그랬냐는 듯 웃음을 짓는 그녀의 얼 굴이 인정하기 싫지만 참 보기 좋았다. 온화하고, 따뜻했다. 그 리고 자신은 아팠다.

"애기 이름이 뭐야?"

"이름이요?"

이름을 묻는 유진에게 선뜻 말이 나와주시 않았다. 밀하지 않 은 것도 거짓말이 되나, 하는 생각이 들어서였다.

"음, 이거 농담 아니고 진담이거든요. 사실, 우리 애 이름이 유진이야."

"뭐라고?"

"유진이. 정유진."

"헙!"

유진은 말 그대로 홍두깨로 뒤통수를 맞은 것 같았다. 고사리 같은 손으로 레고 블록을 꼼지락거리고 있는 아이의 이름이 나와 같다고?!

"내가 나서서 말하는 것도 웃기잖아요. 그래서 말 안 했던 건데 기분 나빴다면 미안해요."

"진짜 정유진이야? 나랑 성도 똑같아? 그럼 애 아빠도 정 씨란 말야?"

퍼붓는 그의 질문에 뭐라 답을 해줘야 할지 몰라 윤휘는 그냥 멋쩍은 웃음만을 지어 보였다. 그런 그녀의 웃음을 긍정이라 생각한 유진은 의자에 퍽 기대더니 천장으로 보고 허탈하게 웃었다.

"그랬구나. 그런 거였어. 젠장!"

그랬던 거다. 그녀가 지금까지 그에게 살갑게 굴었던 것들, 그의 아픈 모습을 그냥 지나치지 못했던 것들, 모두 그런 이유에서였다. 세상에 하나뿐인 사랑해 마지않는 아들과 이름이 같다는 그 이유 하나 때문에. 그래, 결국 그녀가 말한 대로 아무것도 아니었다. 고용인과 피고용인의 관계. 아니, 더 정확히 정의하자면 '아들과 이름이 같아 왠지 낯설지 않은' 고용인과 피고용인의 관계. 참 허탈했다. 바늘 끝 하나 들어갈 틈도 없는 완벽한 벽.

"아줌마, '벽'은 일어로 뭐라고 해?"

"'壁(かべ)'."

“카베? 카베…….”

유진은 그 말을 두어 번 중얼거렸다.

“아줌마 만나서 두 가지는 확실히 알았다.”

“뭔데요?”

“후카—코—료쿠, 카베.”

불가항력과 벽. 무슨 말일까.

“에잇, 나도 오늘 하루는 좀 놀고 싶다. 그냥 놀자.”

유진은 방금 죽상을 쓰고 있었던 것이 무색하게 밝은 목소리로 말했다. 그러나 얼굴 한 구석에 허탈한 표정이 남아 있었다. 유진은 기지개를 쭈욱 켜더니 어슬렁어슬렁 커피를 가지고 거실로 나갔다.

“촬영 이십 일밖에 안 남았는데 놀아도 돼요?”

“아줌마는 가끔 나를 띄엄띄엄 보는 것 같은데, 나 생각보다 능력있거든. 걱정하지 말아요.”

사실 대본은 이미 다 외웠다. 둘째가라면 서러울 정도의 암기력을 자랑하는 유진이었다. 다만 그녀와의 연결된 유대감을 잃고 싶지 않아 외운 부분을 반복, 또 반복했을 뿐. 유진은 마음을 다잡았다. 이왕 이렇게 된 것, 그녀의 마음이라도 편하게 해주자.

“고마워…….”

윤휘는 작게 중얼거렸다.

“아줌마, 아니, 유진 엄마!”

오랜만에 들어보는 유진의 장난스러운 목소리였다. 윤휘는 그런 유진을 믿지 않게 흘겨봤다.

"뭐 해? 나는 오늘 노는 날이니까, 놀 거야. 아줌마는 두 유진이 먹을 간식거리나 만들어줘요."

윤휘는 아이의 옆에 털썩 주저앉아 뭔가 간섭하려고 폼을 잡는 큰 유진의 모습을 보니 웃음이 나왔다. 두 유진의 등이 나란히 테라스로 들어오는 햇빛을 받아 반짝였다. 아이의 옆에 거의 네 배가 넘는 덩치의 유진이 앉자 늘어놓았던 장난감들이 하나도 보이지 않았다. 그 모습에 사뭇 가슴이 아렸다. 제 아빠가 있었으면 매일같이 보게 되었을 모습이었다.

"뭐 먹고 싶은 것 있어요? 유진 군들!"

"난 새우튀김!"

유진이 아이처럼 외치자 작은 유진이도 외쳤다.

"나도, 나도! 새우튀김 주세요!"

그렇게 동상이몽의 소꿉놀이가 시작되었다.

"에이, 형아. 그렇게 하는 것 아닌데."

자신의 새끼손가락 반 토막만한 블록들을 들고서 낑낑대는 유진이 안쓰럽게 보였는지 아기 유진이 종알종알 간섭을 했다.

"있어봐. 이게 맞다니까."

"아닌데, 삼촌은 이렇게 안 했는데."

아이가 고개를 갸웃거리며 못미더운 눈초리로 유진을 바라보았다.

“삼촌?”

“응!”

“삼촌도 있어?”

“응! 경수 삼촌.”

경수 삼촌. 윤휘와 경수가 친하다는 것은 이미 알고 있었지만 삼촌이라고 부를 만큼이나 친한 사이였나. 그럼 경수는 아이 아빠와도 잘 아는 사이일까.

“흠흠, 유진아. 아, 이상하네.”

자기 이름을 아이에게 부르려니 여간 어색한 것이 아니었다.

“경수 삼촌하고 아빠하고 친해?”

궁금함을 참지 못하고 말을 뱉어놓고는 온몸에 닭살이 돋았다. 정말 유치하기 짝이 없다, 정유진.

“아빠?”

아이의 얼굴이 금세 어둑해졌다.

“몰라요.”

귀 기울여 듣지 않으면 알아듣기도 힘든 목소리로 아이가 대답을 했다. ‘몰라요’ 라니.

“음, 그러니까 아빠 계실 적에 경수 삼촌이 자주 놀러오고 그래?”

아이는 뭐라고 말해야 할지 적절한 말을 찾지 못하는 듯했다. 뭔가 기억을 뒤적여 보는 듯도 했고, 적절한 단어를 찾는 것 같기도 했다.

“아니야, 경수 삼촌은 만날 혼자 와. 아빠랑 같이 안 와. 유진이 학교 가면 온다고 그랬어.”

이건 또 무슨 소리람. 유진은 아이가 지금 정확히 말을 하는 건지 말이 꼬여 버린 건지 알 수가 없었다. 학교 가면 온다고?

“누가?”

“아빠.”

“아빠가 어디 계신데?”

“미국.”

어랏, 이거 어디서 많이 들어본 스토리다. 까마득히도 오래전, 그러니까 모친인 정민자 여사의 손에 이끌려 한국을 떠나기 전 한 백 번은 족히 들었던 말이다. ‘우리 아빠는 어디 있어?’라는 질문의 답으로. 구김살이라곤 없던 정민자 여사는 언제나 티끌만치의 거짓도 없는 맑은 표정으로 말했었다. ‘우리 유진이 아빠는 미국에 계시지’. 그래서 7살, 미국으로 가는 비행기에서 내내 얼마나 설레었던지, 곧 아니라는 사실을 알고 나서는 삼 일 밤낮을 죽도록 울었다. 사실 너무나 낙천적인 어머니 덕분에 아버지가 안 계시다는 절망이나 소외감을 느낀 적은 별로 없었다. 울었던 것도 그 때문만으로 울었던 것은 아니었다. 그저 믿었던 모친이 그동안 쭈욱 자신을 속여왔다는 사실에 느낀 배신감 때문이었다. 그리고 이젠 기대조차 할 수 없게 만드는 가능성의 상실 때문이었다.

정민자 여사는 ‘너는 하늘에서 장난치다 벌을 받아 땅에 내려온 천사' 따위의 미화는 하지 않았다. 주먹을 불끈 쥐며 '네 아빠라는 작자는 이태리에서 한국으로 발령받은 네고시에이터(negotiator: 주로 회사에서 물건을 싼값에 구매하기 위해, 가격을 협상하는 직무를 수행하는 사람)였는데, 지독한 바람둥이에다가 알고 보니 그쪽에 가족까지 있었다. 나아쁜 놈의 시키!' 라고 했었다. 그 당시 유진은 슬프다거나 '난 불륜의 증거다' 라는 생각은 하지 않았다. 그저 엄마한테 쥐 잡히듯이 혼났을 때 자기편을 들어줄 누군가가 없다는 것이 못내 아쉽고 서러웠을 뿐. 아마 한국보다는 미혼가정에 대해 관대한 곳에서 살아서였는지도 몰랐다.

유진은 자꾸만 떠오르는 옛날의 기억과 아이의 말을 끼워 맞추고 있었다. 그러다 다시금 고개를 설레설레 저었다. 그런 경우는 흔한 경우가 아니었다. 요즘은 출장도 잦고 해외라도 단신부임이 있을 수 있으니 모든 상황을 자신의 경우와 같다고 생각하는 것은 무리가 있었다. 아휴, 정유진 별생각을 다 하는구나. 말도 안 되는 소설은 그만 쓰자. 일말의 기대가 장황한 소설을 쓰고 있었다.

이리저리 블록을 밀고 당기는 동안 부엌에선 솔솔 고소한 냄새가 풍겨왔다.

"이거 가지고 놀고 있어봐."

내심 유진의 손에 들려 있던 블록을 뺏고 싶었던 아기 유진은 좋아라고 얼른 받았다.

"형아, 많이 놀고 와도 돼."

"야, 인마. 내가 너하고 놀아준 거지, 네가 나랑 놀아준 거냐?"

유진은 아이의 당돌함에 고개를 훼훼 저으며 고소한 냄새를 따라갔다.

"어이, 유진 엄마."

튀김기에서 새우를 건져 내고 있던 윤휘가 유진의 이죽거림에 획하고 뒤를 돌아보았다.

"내가 못할 말 했어? 유진 엄마 맞잖아."

"그래요, 그래. 나 유진 엄마예요, 됐어요?"

금방 건져 올려 튀김 옷 위에 기름이 아직 보글거리고 있는 새우를 유진이 날름 하나 집었다.

"아, 뜨거워! 후! 후!"

"뜨거워요. 한 김 빠지고 먹어."

유진은 윤휘의 말은 아랑곳하지 않고 입을 후후 불어가며 새우 맛보기를 포기하지 않았다.

"그러다 입천장 홀랑 다 벗겨지지."

"하, 하. 왜 이렇게 뜨겁냐. 후우!"

"그럼 방금 펄펄 끓는 기름에서 건져 낸 건데 안 뜨거워요?"

"아, 저 꼬마 녀석은 좋겠다. 이런 것 매일 먹을 것 아냐. 근데 그거 알아? 우리 집 부엌 쓰는 여자 아줌마가 처음이야."

"꽤 많이 들락날락했을 것 같은데, 아닌가 보죠? 어쨌든 영광이에요.”

유진은 뜨겁다면서 계속해서 쟁반으로 손이 갔다.

“그나저나 왜 말 안 했어?”

“뭘요?”

“남편 분 외국에 있다며.”

“네?”

“저 꼬마 녀석이 그러던대, 아빠 미국에 있다고. 애들은 외국은 다 미국인 줄 아니까.”

윤휘는 방심하고 있다가 허를 찔린 것 같았다. 아이와 그런 대화를 할 거란 생각을 왜 못했을까. 뭐라고 말해야 하나. 이 사람에게도 다른 사람들에게 했던 거짓말을 해야 하는 걸까, 고민이 되었다.

진이를 낳고, 백일이 채 되지 않았을 무렵 계약 기간이 만료되어 집을 옮겨야 했던 적이 있었다. 핏덩이를 들춰 업고 이리저리 집을 구하러 다녔지만 돌아오는 대답은 모두 ‘미혼모를 들이기엔 애들 교육상 좋지 않다’, 혹은 ‘문제 생길 것 같은 사람은 안 들인다’ 등의 대답이었다. 윤휘는 발을 동동 구르며 심지어 경기도 광주, 구리까지 내려갔지만 사정은 다르지 않았다.

그렇게 이사 일이 일주일 앞으로 다가왔을 때 막막한 가슴으로 생각해 낸 방법이 거짓말이었다.

세상은 참 재미있다. ‘애 아빠가 중공으로 돈 벌러 갔어요’ 그 한 마디에 모두 새댁 혼자 애 키우느라 얼마나 힘드냐며 월

세까지 깎아주며 방을 내주었다. 그리고 비가 철철 내리는 장마 한가운데서 윤휘는 진이를 들춰 업고 도망가듯 이사를 했더랬다. 눈물인지 빗물인지 모를 물기가 얼굴로 범벅된 얼굴을 하고.

그 후, 버릇처럼 그 스토리를 써먹고 있었다. 유진이의 유치원에, 지금 살고 있는 전셋집 주인에게, 간혹 마주치는 옆집 사람에게…….

그런 사람들과 이 사람을 동류로 취급해도 되는 것일까. 윤휘는 오 년 동안 달고 살았던 거짓말이 선뜻 나오지 않았다.

"새우 타는 것 아냐?"

"어맛!"

윤휘는 노랗다 못해 갈색으로 변해가고 있는 새우를 얼른 건져 내었다.

"무슨 생각을 그리 골똘히 했어요?"

"아니, 아니. 그냥."

"에이, 내가 애 아빠 얘기 했더니 생각나서 그래? 못 본 지 오래됐나 보지?"

사람 심리라는 것은 정말 간사하다. 한 번씩 확인할 때마다 심장을 베이면서 또 묻고, 또 확인한다. 다시 베이고, 베인 상처에 소금을 뿌리고……. 담금질이라도 해서 무뎌지려는 걸까. 스스로 생각해도 우스웠다.

"오래…… 됐죠."

“많이 보고 싶겠네.”

“뭐, 그냥 그렇죠.”

그녀의 얼굴에 아련하게 미소가 떠올랐다. 윤휘가 다시 가스레인지 쪽으로 몸을 돌리자 그의 얼굴에 미소는 흔적도 없이 사라졌다. 너에게 그런 웃음을 짓게 만드는 남자, 미안하지만 돌아오지 않았으면 좋겠다.

“엄마, 엄마. 유진이도 새우 주세요.”

진이가 언제 왔는지 제 엄마가 입고 있는 앞치마 귀퉁이를 잡아당겼다.

“야, 리틀 유진! 너 왜 엄마한테는 존댓말 하고 나한테는 반말해?”

“형은 형이잖아.”

“야, 내가 일찍 결혼했으면 너만한 아들이 있어, 인마. 알아?”

“엄마, 새우!”

두 유진이 콩닥거리는 것을 보던 윤휘는 기가 막혀서 말도 나오지 않았다.

“애랑 똑같이 놀려고 해요, 아주. 그리고 아들! 아저씨한테 형이라고 하면 어떡해? 아저씨 이거 하나 드세요, 하고 드려. 어서.”

진이는 윤휘가 호호 불어 건네준 작은 노릇한 새우튀김 하나를 유진에게 내밀었다.

“아저씨, 이거…….”

“‘드세요’ 해야지.”

“드세요…….”

못내 자존심이 상하는지 목소리가 기어들어 갔다. 그 품새가 어찌나 우스운지 유진은 아이가 얄미워하리라는 것을 알면서도 망설이지 않고 한입에 새우를 쏙 넣어버렸다.

“으음! 맛있다.”

세상에 이렇게 맛있는 것은 처음 먹어본다는 듯 온몸에 진저리를 치며 먹는 유진을 보곤 작은 진이도 입맛을 다셨다.

“엄마, 나도.”

“애나 어른이나 똑같아요. 정말.”

둘이 하는 양이 얼마나 웃긴지 윤휘는 정말 카메라라도 들이대고 싶은 심정이었다. 서로 경쟁하듯 새우를 달라며 입을 벌리고 있는 모습이 어미 기다리는 새끼 제비들 같았다.

윤휘는 문득 그런 생각이 들었다. 이 그림에 준혁 선배를 갖다 놔도 이런 느낌이 날까. 하지만 곧 생각을 포기할 수밖에 없었다. 이젠 얼굴조차도 떠오르지 않았다.

“엄마! 나도 주세요!”

작은 진이의 입으로 다시 윤휘가 호호 불어 식힌 새우가 들어가자, 옆에 있던 큰 유진도 몸을 움츠리며 아기 유진의 흉내를 내었다. 윤휘의 매서운 손바닥이 사정없이 등짝으로 날아들었음은 말할 것도 없었다.

아기 진이는 제 엄마의 품에 안겨 새근새근 잠이 들었다. 넓은 유진의 집에서 피곤하도록 뛰어놀고, 새우까지 배부르게 먹었으니 잠이 솔솔 쏟아질 만도 했다. 복숭아마냥 분홍색 뺨을 하고 윤휘의 가슴에 부비적거리며 달게도 잔다. 윤휘는 아이의 이마를 연신 쓸어주며 등을 토닥였다. 유진은 그런 모자를 보며 커피를 마셨다.

"팔 안 아파? 방에다 뉘어."

"아직 덜 자. 지금 누이면 깨요."

"아! 나도 졸리다. 난 안 재워주나?"

윤휘가 능청스럽게 딴청을 하는 유진을 곱게 흘겼다.

"오늘 애랑 너무 재미있게 놀아줘서 고맙다고 하려고 했는데 취소다."

"내가 놀아줬나? 애기가 나랑 놀아줬지."

말은 그렇게 해도 아이랑 놀아주는 것이 얼마나 힘든지 윤휘는 알고 있었다. 그래서 더 고맙고, 잠시나마 아이에게 온전한 가족 놀이를 해준 깃 같이 미음이 좋았다.

"유진 씨는 나중에 결혼하면 정말 좋은 아빠 될 것 같아. 아이랑 그렇게 놀아주는 것이 쉬운 일이 아니거든."

"꼬마 유진이가 낯가림이 없던데 뭘."

유진은 아이 이마에 흘러내린 머리카락을 조심스럽게 넘겨주었다.

"남자 아이가 머리카락이 참 가느네."

“응, 제 아빠를 닮아서.”

스스럼없이 준혁의 애기를 한 것이 스스로 생각해도 놀라웠다. 소라와 경수 앞에서는 절대 꺼내지 않는 말인데. 아무래도 그는 준혁을 모르기 때문일지도. 윤휘는 문득 준혁의 가느다란 머리카락이 떠올랐다. 언제나 가늘다며 무스나 스프레이를 잔뜩 뿌려야만 세워졌던 힘없는 머리카락. 준혁은 언제나 그것이 콤플렉스라고 했다. 아, 그러고 보니 준혁의 결혼식이 바로 다음 주였다. 어쩐지 윤휘는 눈물이 날 것만 같았다.

“울…… 어?”

윤휘의 두 눈동자에 눈물이 그렁그렁 맺혀 버렸다. 유진은 ‘제 아빠를 닮아서’라는 윤휘의 말보다 그녀의 눈동자를 가득 채우고 있는 눈물에 더 가슴이 아파왔다. 뭔가 모르게 그리움과는 달라 보이는 얼굴이 그의 가슴을 할퀴고 지나갔다. 어딘지 모를 먼 곳에서 무작정 기다리게만 하는 모르는 얼굴의 남자가 무책임하다는 생각이 들었다. 자신이라면, 절대 혼자 두지 않는다. 일이라고 해도, 몇 년씩이나 처자식을 따로 떼어놓지는 않을 것이다.

유진은 윤휘의 어깨를 감싸주는 대신 커피 잔을 꼭 쥐었다. 안아줄 수도 없는 여자. 눈물을 감출 어깨도 빌려줄 수 없는 여자.

“아이 참, 눈에 티끌이 들어가서.”

윤휘는 재빨리 눈을 깜빡깜빡거리며 눈물을 집어넣었다. 꼴

사납게 이제와 웬 눈물바람이람. 그것도 유진 앞에서.

"내가 말했잖아요. 안구 건조증이라고……."

"시력이 나쁜 것보다 안구 건조 방지용으로 안경을 쓰고 다니는구나?"

"어떻게 알았데?"

숨죽여 웃는 소리에 품 안에 안겨 있던 작은 유진이 들썩였다. 윤휘는 아이를 깨우지 않기 위해 자리에서 일어났다.

"방에 눕혀도 돼요?"

"얼마든지."

아이를 가로대로 안고 자신의 방으로 들어가는 윤휘를 바라보는 기분이란 천 조각의 퍼즐 마지막 조각을 끼워 넣은 기분과 흡사했다. 모든 것이 제자리인 양 보이는 것. 안정되고, 다시 흐트러뜨리고 싶지 않은 것. 오늘이 영원했으면 좋겠다는 허황된 바람이 약 오 초간 그를 훑고 지나갔다.

7. 침묵과 거짓말의 차이

사람이 사람을 마음에 들여놓는 과정에 '준비, 땅!' 이 있다면 얼마나 좋을까. 마음에 들여놓아서는 안 되는 사람이 뛰어들 경우 피할 수 있도록. 하지만 현실은 그렇지가 않다. 방심하고 있다가 정신 차리고 나면 이미 걷잡을 수 없이 상대방에게 달려가고 있는 마음을 발견하고 만다.

언제부터였을까. 처음 만날 날? 그녀가 그를 위해 정성스레 차려준 밥을 먹은 날? 아픈 그를 눈치 챈 날? 역시 알 수 없었다. 모르는 새 그의 마음에 들어와 버린 여자.

'안 돼요' 라고 소리치면 '돼요, 돼요' 가 돼서 돌아오는 메아리처럼 자기 것이면서도 자기 마음대로 할 수가 없는 것이 사람의 마음이다. 그래서 사랑은 운명인 거고, 그래서 언제나 쌍방향일 수만은 없는 거다. 흔히들 '짝사랑'이라고 정의하는 것들이 이에 해당한다.

그 '짝사랑'도 두 가지로 나뉜다. 가능과 불가능. 가능한 짝사랑은 도전이며 투자다. 반면에 불가능하다는 것을 알면서도 정리하지 못하는 감정은 지리한 소모전만 될 뿐이다. 가능은 불확실성에 대한 기대라면 불가능은 기대와 실망이 반복되는 무한루트이다.

유진은 지금 자신이 무한루트에 빠진 것을 인정해야 하는 건지 심각하게 고민 중이었다. 눈앞에 없으면 불안하고, 못 보면 보고 싶고, 습관적인 배려에 '혹시' 하는 기대를 품다가 '역시' 하는 가슴앓이를 반복하는 것이 사랑의 일종이 맞다면, 그는 지금 불가능의 무한루트에 빠진 것이 확실했다.

새벽 서너 시에 잠들어도 언젠가부터 아침 아홉 시 전에 눈이 떠지기 시작했다. 열 시를 기다리며 서성이는 자신을 발견할 때마다 커피를 내리고, 다시 한 번 샤워를 하고, 음악을 들이봤지만 머릿속은 오직 한 가지 생각뿐이었다. 얼른 저 문이 열리길. 내 하얀 경단이 통통 튀어 들어오길.

화려한 스캔들의 경력과는 달리 지금까지 실제 그의 연애 경험은 단 두 번이었다. 그것도 전부 데뷔 전 일로, 처음 사귀었던 멜라니 말고 다른 한 명은 이름조차 기억이 나지 않았다. 제니퍼였던가, 제시카였던가 그랬다. 한 번 보면 누구라도 절대 잊을 수 없을 아이리쉬계 특유의 붉은 머리카락만 기억에 남아 있다.

멜라니는 17살 때 첫 경험 상대였다. 그 당시는 동정을 거둬 갈 여자라면 누구라도 좋았다. 결국 지독히도 어설펐던 처음 이후 서로를 피하게 되었고, 유야무야 없었던 일로 치부하기로 무언의 합의를 보고 헤어졌다.

두 번째인 붉은 머리는 20살 때였는데, 그녀는 그에게 온몸으로 대시를 해오는 여자들 중 한 명이었다. 학교 축제에서 우연치 않게 노예경매에 오르게 된 유진을 그녀는 거금 오천 달러에 샀다. 다른 남자들이 이삼백 달러에 낙찰된 것에 비하면 정말 파격이 아닐 수 없었다. 나중에 알게 된 사실이지만 그녀는 유진을 사기 위해 반년 치 용돈을 몽땅 쏟아 부었다고 한다.

사실 그 열성에 감동받아서 사귀었다고 하면 거짓말이고 순전히 귀찮게 달라붙는 여자들에게서 방패막이가 필요했던 것뿐이다. 결국 그녀와는 딱 육 개월 만난 후 헤어졌다. 아니, 차였다. 여자 친구가 있으면서도 모든 여자들에게 친절한 그를 참을 수 없다는 이유에서였다. 그래도 그녀는 육 개월 용돈의 본전은 뽑은 셈이고, 그는 육 개월 동안 여러 여자에게 당했을 시달림은 한 여자로 줄였으니 둘 다 손해 본 것은 없었다.

어쨌든 그렇게 두 번 다 그가 먼저 좋아해서 사귄 것도 아니었고, 솔직히 사귀는 내내 연인과 친구의 차이를 실감하지 못했었다. 사정이 이렇다 보니 지금 윤휘에게 느끼는 끌림을 딱히 뭐라 정의하기가 힘이 들었다.

어려서부터, 정확히 말하자면 7살 때부터 그는 '책임감'이라는 것의 무게를 느끼기 시작했다. 모친에게서 생부에 대한 이야기를 들은 그날 무의식에 새겨진 것이었다.

감정에는 책임이 따른다. 하물며 책임질 수 없는 감정은 표현도 해선 안 된다. 그건 본인에게도 상대방에게도 상처로만 남을 뿐이다. 알고 있다, 너무나 잘 알고 있었다.

그래서 지금 유진은 전화기 대신 땀이 베어나도록 주먹만 꽉 쥐고 있었다. 10시 30분이었다. 평소 같으면 일 분만 늦어도 뽀로록 전화를 했겠지만, 이젠 그럴 수가 없었다. 떨어져 있는 남편을 생각하는 아련한 그녀의 얼굴을, 그렁그렁했던 눈물을 봐버렸기 때문이다. 아무도 책임질 수 없는 그의 감정으로 인해 그녀마저 혼란을 줄 수는 없었다.

윤휘를 그의 생부 같은 인간으로 만들 수는 없었다.

째깍, 째깍. 있는지 없는지도 몰랐던 거실 벽의 시계 초침 소리가 오늘따라 요란스러웠다. 유진은 느릿한 몸짓으로 오디오를 틀었다. Richard Marx의 'Right Here Waiting'이 흘러나왔다. 느긋하게 소파에 기대어 리차드 막스의 감미로운 목소리를 감상하던 유진은 1절의 후렴부가 끝나자 오디오를 꺼버렸다. 젠장! 중증이다. 이젠 노래 가사에까지 몰입하다니.

Wherever you go,

Whatever you do

I will be right here waiting for you.

Whatever it takes,

Or how my heart breaks

I will be right here waiting for you.

당신이 어딜 가든지,

당신이 무엇을 하든지

바로 여기에서 당신을 기다릴게요.

어떤 희생을 치르고서라도,

내 가슴이 무너지는 한이 있더라도

바로 여기서 당신을 기다리겠어요.

째깍, 째깍. 애써 무시하려 했던 시계가 다시 존재를 과시하기 시작했다. 이제 시간은 10시 35분. 겨우 삼십 분에서 오 분이 더 지났을 뿐이었다.

답답했다. 늦는다, 전화 한 통 없는 그녀가 답답했다. 시간은 너무 더디다.

유진은 다시 벌떡 일어나 부엌으로 향했다. 쓴 커피 한 잔이 간절했다. 그때였다. 엘리베이터가 땡하고 울리는 소리가 들렸다. 이 층에 집은 유진의 집 하나였다. 그리고 이 시간에 방문객이란 굳이 생각할 필요도 없었다. 그는 거실 한가운데에서 멈춰 섰다. 곧이어 찰칵찰칵 금속의 마찰음이 나더니 문이 끼익 열렸다. 심장이 갈빗대를 뚫고 나올 것만 같았다. 유진은 손바닥으로 지그시 왼쪽 가슴을 눌렀다. 그리고 굳어진 얼굴을 풀었다. 입꼬리를 한번 당겨보고, 아무렇지도 않은 척 뒤돌아섰다.

"왜 이렇게 늦……!"

"미안해요."

"얼굴이 왜 그래!"

유진은 한 걸음에 윤휘의 코앞까지 갔다.

"괜찮아요."

하얀 경단에 콩가루라도 입혀놓은 듯 얼굴색이 노랬다. 한눈에도 알아볼 수 있을 만큼 눈도 움푹 들어가 있었다.

"뭐가 괜찮아?"

유진은 윤휘의 어깨를 부축해 소파에 억지로 앉혔다. 그리고 바닥에 무릎을 꿇고 윤휘의 얼굴을 살폈다. 그녀의 숨소리가 거칠었다.

"그냥 감기예요. 겨울인데, 감기 한 번 안 앓고 지나가나 했지."

윤휘는 애써 웃고 있었지만 말라 부르튼 입술만 도드라져 보이게 했을 뿐이었다. 방금까지도 요란스럽게 날뛰었던 유진의 심장이 이젠 바닥을 향해 추락하는 것만 같았다. 그의 눈에 그녀가 매일같이 입고 다니는 낡은 더플코트가 들어왔다.

"그럼 옷을 이따위로 입고 다니는데, 감기가 안 걸려? 이 더플코트, 해어져서 실이 다 보이는데 바람이 안 들어가냐고, 응?

너 돈 없어? 내가 차고 넘칠 만큼 주잖아! 신랑도 벌어다 줄 것 아냐, 옷 사 입을 줄 몰라? 누가 알아준다고 그렇게 궁상맞게 살아!"

유진은 지금 왜 화를 내고 있는지도 몰랐다. 그냥 화가 났다. 오늘따라 소매 끝이 있는 대로 닳아빠진 더플코트가 눈을 찔러서 미치도록 화가 났다. 얼마나 아프냐고, 열이 높은 것 같다고, 약은 먹었냐고, 정작 하고 싶은 말은 하지 못하고 윤휘를 다그쳤다.

"왜 이래요. 나 정말 괜찮아. 밥도 먹었고, 약도 먹었어. 걱정하지 말아요."

"됐어. 일어나. 일어날 수 있겠어?"

유진은 윤휘의 팔을 잡아 일으켰다.

"어딜 가려고. 괜찮다니까요."

그녀가 말 한마디 할 때마다 입에서 뜨거운 입김이 훅 끼쳐 왔다. 열이 보통이 아닌 게 분명했다. 유진은 윤휘의 귀를 잡고 이마를 맞대었다. 아니나 다를까, 체온의 차이는 확연했다.

"기다려."

유진은 방 안으로 들어가더니 오 분도 채 되지 않아 차 키를 들고 나왔다. 청바지에 야구모자를 푹 눌러쓰고.

"가자."

"어딜 가요?"

"몰라서 물어? 집!"

"나가면 안 되잖아요. 더군다나 여자 데리고 병원같이 사람 붐비는 데 나타나면 너무 눈에 띄어요."

"야, 이 바보야! 지금 그런 걱정할 정신이 있어?"

"소리 지르지 마요. 머리 지끈거려. 왜 화를 내는데?"

"아휴, 곧 죽어도 안 지려고 하지. 빨리 나와. 안 나오면 확 들쳐 매고 간다."

유진은 그녀가 늦었던 시간 동안 했던 감정의 정의와 책임감에 대한 문제는 깡그리 날려 버렸다. 책임질 수 없는 감정이라고 해도, 지금 이 여자를 그냥 둘 수가 없었다.

"그럼 택시 불러줘요. 혼자 갈 거야."

"고집 엔간히 부려. 지금 얼굴색이 어떤지 알아? 군고구마 속 알맹이 같아."

윤휘는 끝까지 일어나지 않았다. 몸은 천근만근이고, 열을 펄펄 끓었지만 그가 운전하게 할 수는 없었다. 계약할 때 첫 번째 조건이 그것이었다. 스캔들 금지. 지금도 빌라 정문에는 기자로 보이는 사람늘이 두어 명 진을 치고 있었다. 몰라 빠져나가는 것은 거의 불가능이었다. 한국에 몇 대 없다는 그의 페라리는 너무 눈에 띄었다. 선팅이 되어 있지 않을 리 만무했지만 혹시라도 여자가 옆에 타고 있다는 것을 눈치라도 챘다면 내일 신문 1면은 보나마나 유진의 얼굴로 장식될 것이다.

"그만! 그만 해요. 이럴 줄 알았으면 그냥 안 올 걸 그랬어!"

윤휘가 쉰 목소리로 소리쳤다.

차라리 오지 말 걸 하는 후회가 밀려왔다. 하루 못 간다고 하고 쉬면 좋았을 걸. 왜 굳이 유진에게 와야 한다고 생각했는지 몰랐다. 그냥 오고 싶었다. 유진이 살뜰히 걱정할 것을 알면서 오고야 말았다. 하지만 생각보다 더 걱정과 화로 가득한 얼굴은 말 그대로 생각 이상이었다. 빨리 나오라고 방방 뛰는 그가 걱정되는 한편 기대고 싶은 마음 또한 있었다. 아프다고 아파 죽겠다고 유진에게 어리광이라도 부리고 싶었다. 다른 누구도 아닌 유진에게……. 아무래도 오랜만의 몸살에 마음이 약해진 모양이다.

"도대체 남편은 뭐 하는 사람이야! 돈도 좋지만 처자식 떼어 놓고 얼마나 어마어마하게 돈을 벌려고!"

유진은 정말이지 참을 수가 없었다. 이젠 외국에 나가 있다는 그녀의 남편에게까지 화가 났다. 아니, 어쩌면 처음부터 얼굴도 모르는 그 남자 때문에 화가 났는지도 몰랐다. 그러면 절대 혼자 두지 않는다. 닿을 수 없는 곳에서 혼자 아프게 하지 않는다.

"빨리 안 일어나?"

"왜 이래요, 이러면 나만 곤란해져. 밖에 아직도 기자들 있다고. 당신한테 꼬투리 하나 잡으려는 승냥이들이 고개 빠끔히 내밀고 있는데 어딜 간다는 거예요, 정말!"

윤휘는 머리가 점점 지끈거렸다. 고집은 도대체 누구보고 세다고 하는 거야!

유진은 성큼성큼 다가와 채 어찌할 새도 없이 윤휘의 겨드랑이와 무릎에 팔을 넣어 번쩍 들어올렸다.

"미쳤어!"

"그러니까 말 들으라고 했지?"

"내려줘요."

윤휘의 말에는 아랑곳하지 않고 유진이 빌라 현관을 나섰다. 그리고 그의 애마가 주차되어 있는 지하 삼층 버튼을 눌렀다.

"이거 놓으라고요!"

윤휘가 발버둥 칠수록 유진은 그녀를 안은 팔에 더욱 힘을 주었다.

"안 놔! 못 놔! 네 말대로 병원에 안 갈 테니까 좀 잠자코 따라와."

유진은 단호히 소리 질렀다. 엘리베이터는 어느새 지하 삼층에 도착했다. 그는 한 번의 주춤거림 없이 악마처럼 새까만 자신의 페라리의 문을 열었다. 끝끝내 발버둥 치는 그녀를 간단히 차에 밀어 넣고 시동을 걸었다. 그리고 힘껏 액셀러레이터를 밟았다.

"유진 씨, 나 보면 화만 나나 봐."

'다정하게 대하면 안 되니까.'

유진은 핸들을 쥔 손에 잔뜩 힘을 주었다.

그의 얼굴이 단단하게 굳어져 있었다. 윤휘는 헤드레스트에 머리를 기댄 채 눈을 감았다. 매일 장난만 치고 연기할 때를 제외하면 진지한 구석이라곤 없는 사람이라고 생각했는데, 지금 그의 모습은 자신보다 오빠라고까지 느껴졌다. 이것이 그의 진짜 모습일까. 장난스러운 얼굴 뒤에 감춰진 어른의 얼굴.

유진이 남자…… 같았다.

"젠장, 하이에나 같은 새끼들!"

유진은 액셀러레이터를 밟은 발에 더욱 힘을 주었다. 빌라 근처에서부터 그의 차 뒤로 바짝 붙은 흰색 소나타 때문이었다. 가뜩이나 낮고 딱딱한 차체 때문에 진동이 고스란히 느껴져 골이 울리는데 속도계가 100㎞/h를 넘어가자 윤휘의 얼굴은 하얗게 질려 버렸다.

"소, 속도 좀 줄여요."

하지만 유진은 속도를 줄이기는커녕 그 속도 그대로 차 한 대만 들어갈 공간만 있으면 추월을 서슴지 않았다. 페라리는 속도만 깡패가 아니었다. 유진은 연신 룸미러를 흘끔거리며 핸들을 돌렸다.

"미안해. 쥐새끼가 따라붙어서."

파파라치 따돌리는 것쯤이야 이젠 익숙했다. 하지만 옆에 아픈 윤휘가 있다는 생각 때문인지 여느 때처럼 도로를 헤집고 다니진 못했다. 윤휘는 그가 한 번씩 추월을 할 때마다 안전벨트를 꼭 붙잡고 온몸을 긴장시켰다.

바로 앞의 사거리 신호가 노란 불로 바뀌었다. 유진은 이때다 싶어 있는 대로 속도를 올렸다. '부앙' 하는 요란한 부스터 소리와 동시에 차는 가공할 만한 속도로 사거리를 향해 돌진했다. 롤러코스터가 최고점에서 낙하를 하는 것과 같이 몸이 시트로 바짝 밀렸다. 110, 120, 130, 통과! 직진을 알리는 신호가 노란불에서 빨간불로 바뀌는 동시에 유진의 페라리는 사거리를 통과했다.

"Safe!"

룸미러를 보니 그 흰색 소나타는 안타깝게도 신호에 걸려 있었다. 유진은 안도의 한숨을 내쉬었다.

"괜찮아?"

아무렇지도 않은 목소리. 찔러도 피 한 방울 나오지 않을 것 같은 냉정한 얼굴. 지금까지 헐렁하게만 보였던 유진이 아니었다.

"미쳤어!"

유진은 그제야 윤휘의 안색을 살폈다.

"미안해."

그녀의 얼굴에 핏기가 싹 사셨다. 가슴이 뻐근할 정도로 윤휘의 심장은 날뛰고 있었다. 손발이 부들부들 떨리고 말도 할 수 없었다. 미쳤어, 미쳤어. 정유진!

"너, 넌 사람 죽여놓고도 미안하다고 할 놈이야!"

유진은 아무 말도 없었다. 윤휘는 꼭 잡은 안전벨트를 놓지 못하고 속도계만 주시하고 있었다.

"60km/h 이상 안 밟을 테니까, 편히 기대서 가."

‘편하게 기대’ 라는 말에 윤휘는 콧방귀를 뀌었다. 이런 딱딱하고 온몸을 감싸는 시트에 어떻게 편히 기대라는 말인가.

더 이상 유진은 아무 말도 하지 않았다. 그리고 윤휘도 방향을 알려주는 말 외에는 하지 않았다.

“내리지 마.”

“됐어.”

유진은 먼저 내려 윤휘 쪽 문을 열어주었다.

“얼른 가.”

차에서 내리자 그제야 숨을 편히 쉴 수 있었다. 윤휘는 숨을 몰아쉬며 유진을 재촉했다.

“올라가자. 몇 층이야?”

다짜고짜 어깨에 팔을 두르며 부축을 하는 그를 윤휘는 있는 힘껏 뿌리쳤다.

“실랑이할 시간 없어. 나 그럴 기운도 없고. 빨리 가요.”

윤휘의 이마에 식은땀이 송골송골 맺혔다. 유진은 그런 그녀의 어깨를 단단히 옭아맸다.

“이러는 게 사람들 눈에 더 띄어. 몇 층이야. 얼른 말해.”

윤휘는 다시 한 번 그를 뿌리치려고 했지만 불가능이었다. 그는 표정 하나 변하지 않고 저항쯤은 간단히 제압해 버렸다. 주차를 하던 동네 아줌마 한둘이 서민아파트에선 좀처럼 볼 수 없는 고급 외제차와 남녀의 실랑이를 구경하기 위해 멈춰 섰다. 지하주차장이라 얼굴이 보이지 않는 것이 다행이라면 다행이었다.

"사람들이 보네. 어떡할래?"

유진은 그녀의 귓가에 속삭였다. 귓속을 간질이는 그의 숨소리와 낮은 목소리에 펄펄 끓던 열이 1도는 더 올라간 것 같았다.

"삼층. 삼층 육 호예요."

유진은 모자의 챙을 더욱 당겼다. 다행히 엘리베이터에는 사람이 없었다. 윤휘는 열쇠를 문고리에 넣고 돌리는 순간에도 긴장을 늦추지 않았다. 드디어 문을 열고 현관에 발을 디디는 순간 다리에 힘이 풀려 그 자리에 털썩 주저앉고 말았다.

"정윤휘!"

뒤따라 들어오던 유진이 놀라 소리쳤다. 윤휘의 눈에서 닭똥 같은 눈물이 뚝뚝 떨어지더니 이내 방성대곡을 했다.

"으아앙! 나 아파, 나 아프다고! 어떻게 그럴 수가 있어. 무서워 죽는 줄 알았잖아. 왜 내 말 무시해. 왜 이렇게 지치게 해! 네가 뭔데!"

윤휘는 어린아이처럼 주저앉아 통곡을 했다. 유진은 어쩔 줄 몰라 그냥 윤휘를 안아버렸다. 언제나 어른 행세를 하려 드는 그녀의 처음 보는 모습에 당황해 진땀이 다 났다. 이 상황에도 윤휘가 귀엽다는 생각을 하다니, 머리를 쥐어뜯고 싶었다.

"미안해, 무시한 것 아니야. 미안해. 다시는 안 그럴게. 한 번만 용서해 줘."

유진은 연신 미안하다고 용서를 빌었다. 그래도 윤휘는 울음을 그칠 줄을 몰랐다. 그의 가슴에 윤휘의 울음이 진동이 되어 울렸다. 유진은 아이를 달래듯이 윤휘의 머리를 쓰다듬었다.

"울지 마, 유진 엄마야."

더는 울 기운도 남아 있지 않은 건지 윤휘는 연신 꺽꺽대며 유진의 품 안에 늘어졌다.

"이제, 밀어낼 힘도 없어⋯⋯. 울 기운도 없어."

그녀는 완전히 지친 듯 유진이 어깨를 쓸어내리는 동안에도 아무런 반응을 보이지 않았다. 유진은 그의 집에서 윤휘를 데리고 나왔을 때와 같이 그녀를 번쩍 안아 들었다. 아까는 화가 나서 몰랐던 윤휘의 무게에 유진의 마음이 먹먹해지고 말았다.

"잘 먹어야겠네. 자기 몸 하나 못 챙기면서 남 해 먹이는 건 왜 그렇게 좋아해?"

안방으로 보이는 방의 침대에 윤휘를 뉘었다. 윤휘는 비적비적 일어나 코트를 벗어놓았다. 상표 택의 글씨가 완전히 지워진 코트를 보자 유진은 다시금 화가 치밀어 올랐다.

"그 코트 정말!"

"나 옷 갈아입을 거예요. 나가."

나가라며 손을 휘휘 젓는 윤휘 때문에 유진은 거실로 발걸음을 돌릴 수밖에 없었다. 내 반드시 저 코트 갖다 버리리라! 유진은 다짐했다. 유진은 그가 앉기엔 작은 소파에 걸터앉았다. 그리고 집은 한 바퀴 돌아보았다.

집은 한눈에 전체가 다 보일 정도로 작았다. 열일곱 평이나 열아홉 평쯤. 안방 하나, 작은 방 하나, 거실이라기엔 민망한 하나로 트여진 거실과 부엌, 욕실로 이루어진 아파트는 전체를 합쳐도 그의 거실보다 좁은 것 같았다. 그래도 곳곳에 드러나는 윤휘의 흔적들이 썰렁하기만 한 그의 빌라보다 사람 사는 집 같았다.

유진은 크게 숨을 들이쉬었다. 집 안 가득 윤휘의 향기였다. 윤휘의 옷에서 나는 섬유유연제 냄새, 아기 바디클렌저 냄새, 방문마다 매달려 있는 허브 포프리 냄새. 강하지 않은 그 향이 유진의 정신을 아찔하게 만들었다. 가족이 있는 냄새. 편안하고 아늑했다.

곰돌이 푸와 피글렛이 뛰어놀고 있는 커튼엔 아기 유진이 낙서를 한 건지 군데군데 크레파스 자국이 나 있었다. 웃음이 났다. 어렸을 적에 벽에다 낙서한다고 어머니께 참 많이도 혼났었는데……. 눈앞에 아이를 혼내는 윤휘의 그림이 그려졌다.

벽에는 윤휘의 아이에 대한 사랑이 고스란히 묻어나는 사진들이 줄지어 걸려 있었다. 돌 사진으로 보이는 제일 가운데 사진부터 조금씩 커가는 유진이 거기 있었다.

'아빠 사진은 없네…….'

그 사실에 왜 안도가 되는 건지. 죽어도 눈으로 확인하는 것은 싫다는 걸까. 그런다고 없는 사람이 되는 것이 아닌데.

얼마나 오래 해외에 나가 있었던 걸까. 얼마나 오래 집을 비웠기에 아이랑 찍은 사진 한 장이 안 걸려 있는 것일까. 조금 이

상한 생각도 들었다. 아까 잠시 들어갔던 윤휘의 방에도 남편의
사진은 보질 못했었다.

그러고 보니 그녀의 손가락에는 반지 비슷한 것이 껴 있는 것
도 본 적이 없었다. 부부 사이에 무슨 문제라도 있는 걸까.

"유진 씨…… 나 물 좀 가져다 줘요."

다시금 제멋대로 달려가는 추측에 윤휘가 발을 걸었다.

"하아, 하아. 힘…… 드네."

그녀의 곁에 가는 것만으로도 열기가 훅 끼쳐 왔다.

"체온계 어디 있어?"

"저기, 화장대 첫 번째 서랍이요."

윤휘가 말한 서랍을 열고 체온계를 꺼내는데 유난히 화려한
카드 한 장이 그의 시선을 끌었다. 그것은 청첩장이었다. '신랑,
신부' 라는 말을 보지 못했다면 청첩장인 줄은 생각지 못할 만큼
모양이 화려했다. 신랑 한준혁, 신부 우윤영. 청첩장 전면에 행
복에 젖은 예비부부의 사진이 큼지막하게 박혀 있었다. 언뜻 봐
도 호남형의 신랑에 귀염성있게 생긴 신부였다. 잘 어울린
다……. 윤휘가 웨딩드레스를 입은 모습은 어떨까. 그러고 보니
방 안에 그 흔한 결혼사진 한 장이 걸려 있지 않았다.

"그거 귀 체온계예요. 열 좀 재줄래요?"

멍하니 서서 체온계를 들고 있는 그가 일반 수은 체온계랑은
다른 모양새의 그것 때문에 그러는 줄 알았던 모양이다.

"응."

　유진은 전원을 켜고 그녀의 귀에 체온계를 댔다. 삐— 소리와 함께 놀라운 숫자가 눈에 들어왔다.

　"젠장!"

〈39.5도.〉

　"진짜 미련한 거야, 아니면 무딘 거야? 이렇게 열이 나도록 왜 참고 있어?"

　밤새 앓았던 건지 침대의 협탁 위는 종합감기약 겉포장이 널려 있었다.

　"이딴 걸 먹으니 안 낫지. 빨리 병원 가자."

　"유진 씨, 경수 선배한테 전화해 놨으니까 오면 같이 가요."

　유진은 진즉 병원으로 데려가지 않은 것이 죽도록 후회가 되었다. 그깟 스캔들이 뭐라고 보듬고 싶은 사람이 아픈데 병원에도 못 데려간다는 말인가.

　"정윤휘 씨, 제발 말 좀 들어라. 응? 빨리 병원 가자고요."

　"경수 선배가 약 사 온다고 했어요. 유진 씨 여기 와 있다고 하니까 펄쩍펄쩍 뛰더라."

　"언제 올 줄 알고 기다려? 그리고 약으로 해결될 문제야? 병원엘 가서 진찰을 받아야지. 고집 부릴 걸 부려."

　"후우, 정말 힘들게 하네. 지금 유진 씨가 이러는 게 나 더 힘들게 하는 거예요. 불안해서 견딜 수가 없어. 내일 신문에서 유진 씨 기사 볼 것만 같아서 불안하다고. 제발 유진 씨야말로 말 좀 들어. 이러는 게 여러 사람한테 피해 주는 거라는 것 아직도 모르겠어요?"

한 마디도 틀리지 않은 그녀의 다그침에 유진은 반박조차 할 수 없었다. 그는 고슴도치였다. 품으려 하면 할수록 상대방을 상처 입히고 마는. 처음으로 그가 선택한 일에 대한 회의가 밀려왔다.

"정말 이성적이야. 이렇게 아파서 죽으려고 하면서도 참 이성적이야."

"세상, 감정대로만 사는 것 아니잖아."

윤휘가 침대에 누우며 나지막이 말했다.

그래, 맞다. 세상은 감정대로 사는 게 아니지. 그거 모를 만큼 어리지 않은데 당신만 보면 자꾸 이성이란 놈이 도망을 가. 이 집에서 남자 느낌이 들지 않는 것에 안도해. 지금 당신을 보살펴 주고 있는 사람이 나라는 것에 감사해. 남의 청첩장을 보면서 당신의 웨딩드레스 입은 모습을 상상해.

이런 놈이 되어버렸어.

경수가 도착한 것은 유진이 윤휘의 이마에 물수건을 다섯 번쯤 갈아줬을 무렵이었다. 그는 오자마자 책임감이 있는 놈이냐, 네 경솔한 행동에 몇 명이나 가슴을 졸이는 줄 아느냐, 부터 시작해 사진이라도 찍혀서 입수되는 날이면 일본 진출이고 뭐고 싹 다 철수라는 협박까지 한 바가지 퍼부은 후에 윤휘의 방으로 들어갔다. 그의 손에는 한 보따리는 될 법한 약봉지가 들려 있었다.

"유진 엄마, 병원 가자."

이불 속에서 온몸을 웅크리고 끙끙거리고 있는 윤휘를 보자마자 경수가 내뱉은 첫마디였다. 윤휘의 마르고 갈라진 입술 사이로 거친 숨소리가 새어나왔다.

"왔어요? 나 약 좀 줘. 감기약이 영 안 듣네."

누워 잠과 의식의 경계를 헤매고 있던 윤휘가 끙끙거리며 몸을 일으켰다.

"약 내려놓고, 유진 씨 데려다 주고 와요. 밖에 죽치고 있을 것 생각하니까 마음이 영 불편해."

"아휴, 그 자식 온 것도 제 발로 왔으면 가는 것도 알아서 하겠지. 내버려 둬."

"치이⋯⋯. 마음은 안 그러면서."

"저 녀석은 혼 좀 나야 해."

말은 그렇게 했지만 유진이 한 번 한다면 누구도 말리지 못하는 짓을 경수는 이미 잘 알고 있었다. 그리고 매니저 입장에서야 회사하고의 약속을 깨고 멋대로 행동한 것에 대해 화가 머리 끝까지 치밀었지만 다른 한편으론, 그가 윤휘를 혼자 보냈어도 마음이 안 좋았을 것 같았다.

"약 먹자. 물 가져올게."

“내가 알아서 먹을 테니까, 저 사람이나 보내요. 갔다 와서 우리 진이도 데려다 주면 고맙고.”

윤휘가 미안한 표정을 지었다.

“자식, 알았다. 그런데 병원 안 가도 되겠어?”

“나 병원 안 좋아하는 것 알면서…….”

“아! 그래, 알았다.”

“물 화장대 위에 있어요. 좀 집어줘.”

경수는 유진이 가져다 놓은 화장대 위에 물병을 집어 들었다. 그때 낯익은 얼굴이 눈에 들어왔다. 순간 거짓말처럼 얼굴이 굳어버렸다.

“청첩장…… 받았니?”

“아니, 소라가 가져왔더라고.”

경수는 얼굴을 들 수가 없었다. 차마 윤휘를 똑바로 볼 용기가 나지 않았다. 그래서 아픈 거니? 몇 년 동안 감기 한 번을 안 걸리던 너를 이렇게나 아프게 할 만큼 아직도 그런 거니? 펼쳐진 채 다른 여자와 환하게 웃고 있는 준혁을 경수는 고이 접어 봉투에 다시 넣었다.

“아, 진짜 소라 그 기집애는 무슨 생각을 가지고 사는 거야!”

무슨 생각으로 윤휘에게 준혁의 청첩장을 가져다 준 건지 경수는 철없이 구는 소라에게 화가 났다.

“무슨 청첩장을 그렇게 화려하게 만들었나 몰라. 남의 청첩장 누가 보관을 한다고. 한 번 보고 다 버려질 걸.”

경수는 항상 이런 식으로 감정을 억누른 채 덤덤함을 가장하는 윤휘를 잘 알고 있었지만 가끔은 너무 억누르기만 하는 것이 답답했다.

윤휘는 입술을 꽉 깨물고 있었다. 색을 잃었던 입술에 붉은 핏기가 돌았다. 간헐적인 떨림마저도 숨기려 억지 미소를 짓고 있는 모습이 그의 가슴을 서걱서걱 베어내었다.

"차라리 울어, 울기라도 해!"

경수는 참지 못하고 소리를 질렀다.

"경수 선배, 내가 왜 울어야 하는데요?"

벌떡 일어난 그를 윤휘는 메마른 눈으로 올려다보았다. 눈물 한 방울도 내보일 수 없다는 맹세라도 한 듯, 말간 얼굴로 그를 향해 물었다.

왜 울어야 하는데요? 내가 그 사람 결혼 소식에 왜 울어야 해요? 그래야 하는 건가요? 목 놓아 통곡해야 옳은 거예요? 그러고, 한참을 멍하니 정신 놓고 있다가 우리 유진이 보면서 불쌍해해야 하는 거예요? 경수 선배나 소라가 나 동징하는 것 그대로 받아들이면서 동정 받아 마땅한 여자라고 생각하며 살아야 하는 거예요?

윤휘의 눈이 묻고 있었다.

하지만 어쩌죠? 나 한 번으로 족하거든요. 내가 나 버렸던 것, 한 번으로 족해서 이젠 두 번 다시 그럴 생각 없어요. 이제 나는 엄마니까. 우리 유진이 있으니까. 나 이제 안 울어요. 못

울어요.

윤휘의 입술이 파르르 떨렸다.

"나 괜찮으니까, 그만 하고 물이나 줘요."

습관처럼 반복하는 그녀의 '괜찮아' 소리를 더 이상 경수는 듣고 있을 수가 없었다.

"괜찮다, 괜찮다! 너는 뭐가 그렇게 괜찮은데? 응? 정윤휘! 따지고 보면 준혁이 그대로 떠난 것, 네 잘못도 있어. 알아?"

경수는 윽박을 질렀다. 목소리가 밖까지 들릴 거라는 생각도, 문밖에 유진이 있다는 생각도 못한 채…….

"너, 그때 준혁이 유학 간다고 했을 때, 뭐라 그랬어? 괜찮다고 했어, 안 했어? 그러고 네가 괜찮았어? 응? 말해보라고, 정윤휘! 다들 바짓가랑이에라도 매달려서 잡으라고 했을 때 너 괜찮다고 했어, 안 했어!"

"그럼 어떡해!"

뇌관을 건드리는 경수의 말에 윤휘도 그만 참아왔던 감정을 터뜨리고 말았다.

"어떡하냐고. 내가 뭘 할 수 있었을 것 같아요? 나 아기 가졌다고 말했더니 대뜸 누구 아이냐고 부터 묻는 사람한테 내가 뭘 어떻게 할 수 있었을 것 같아요? 응? 정답이 있었으면 나한테 말 좀 해주지 그랬어요."

어느새 윤휘의 얼굴은 눈물로 범벅이 되어버렸다. 범람 직전 댐의 수문을 연 듯이 눈물은 하염없이 계속, 계속 볼을 타고 흘러내렸다.

"나 임신했단 말 한 다음날 나한테 유학 간다고 말하더라. 내가 그런 사람 바짓가랑이 붙잡고 늘어졌어야 했어요? 나 그 정도 자존심은 지켜도 됐던 것 아니었어요? 자존심이고 뭐고 그 사람 잡아야 했던 거였냐고요! 그 사람이 내가 잡는다고 안 갈 사람 아니란 것 선배가 더 잘 알잖아."

"그럼 정말로 괜찮든지! 이렇게 아파할 거면서 왜 그동안 괜찮은 척, 다 잊은 척했던 건데? 아프면 아프다, 힘들면 힘들다, 왜 말을 못하고 혼자 앓아!"

"말하면, 말하면 뭐가 달라져요?"

윤휘의 목소리가 점점 잦아들었다.

"아프다고 말하면 약해지잖아. 힘들다고 징징거려도 어차피 이겨내야 하잖아. 말한다고 뭐가 달라져요?"

흐르는 눈물을 닦을 생각도 하지 않고 윤휘는 계속 경수를 바라봤다. 제발 정답을 알려달라는 듯.

"착각하지 말아요. 나 아직도 그 사람 사랑해서 아픈 것 아냐. 그런 마음 이미 오래전에 버렸어요. 내가 왜 아프냐면, 내가 왜 지금 우냐면, 나도 사람이라서, 나도 사람인지라! 나 버리고 간 사람 행복해하는 얼굴로 잘사는 게 억울해! 억울하다고! 죽을 만큼 억울해! 어어엉!"

급기야 윤휘가 울음을 토해냈다. 두 손으로 가슴을 쥐어뜯으며 곧 숨넘어갈 사람처럼 오열을 했다.

“이게 다 무슨 소리야.”

그때 방문이 스르륵 열렸다. 유진이었다. 무시무시한 얼굴의 유진이 경수를 죽일 듯이 바라보며 서 있었다.

“넌 빠져. 네가 상관할 일이 아니다.”

경수는 아차 싶었다. 밖에 유진이 있다는 것을 깜박한 것이다.

“무슨 말이냐고 묻잖아!”

“네가 상관할 일 아니라고 했다. 나가.”

경수는 단호히 유진을 밀어냈다.

“나 미치는 꼴 보고 싶어? 빨리 말 안 해?”

“너 지금 주제넘어. 네 일 아니니까 상관 말고 나가. 낄 자리 안 낄 자리 구분 못해?”

날이 바짝 선 경수의 말에도 유진은 물러설 기미가 없었다.

“내 일이야.”

“뭐라고?”

“이젠 내 일이라고!”

경수가 뒤통수를 얻어맞은 것 같은 표정으로 유진을 바라보았다.

“무슨 소리냐?”

“형이 말 안 하면 윤휘한테 직접 들어. 형 나가.”

그의 입에서 나온 ‘윤휘’ 라는 말에 경수는 인상을 팍 구겼다.

“너, 이 자식 지금 뭐라고 했어? 너야말로 무슨 짓이야?”

“선배…….”

윤휘가 경수를 가만히 불렀다.

“잠깐 자리 좀 비켜줘요.”

“윤휘야!”

“비켜줘요.”

작지만 단호한 목소리에 경수는 자리를 피해줄 수밖에 없었다. 경수는 유진을 한껏 쏘아보며 거실로 자리를 옮겼다.

“다 들었어요?”

“사실이야?”

“뭐가요?”

윤휘는 소맷부리로 눈가를 거칠게 훔쳐 냈다.

“내가 들은 내용, 지금 생각하는 것, 다 사실이냐고.”

거짓말이나 침묵은 용서치 않겠다는 말투였다.

“내가 미혼모라는 거요? 아니면 나랑 우리 유진이 버리고 간 남자가 내일모레 결혼한다는 거요? 유진 씨가 생각하는 것 이 두 가지라면 다 사실이에요.”

윤휘의 말이 끝나기가 무섭게 유진의 두 다리가 꺾여 버렸다. 그의 두 무릎이 쿵 하고 바닥을 찍었다.

지금까지 소소하게 들었던 의문들이 하나의 그림이 되어 맞춰졌다. 제 아빠의 얼굴도 모른다는, 제 아빠가 미국에 있다고 굳게 믿고 있는 아이, 남자의 흔적이라곤 찾아볼 수 없는 집 안, 아빠 얼굴을 찾아볼 수 없는 사진들. 애써 넘기려 했던 의문들

속에 이런 잔인한 진실이 숨어 있을 줄이야…….

"실망했어요? 갑자기 내가 그렇고 그런 여자로 보여?"

윤휘가 그럴 줄 알았다는 듯 헛헛한 웃음을 지었다. 미혼모라는 것을 알고 난 후 사람들의 반응은 대개 두 가지 중 하나였다. 동정하거나 막 굴러먹은 그렇고 그런 여자로 생각하거나.

유진이 아무 말도 없자 윤휘는 다시 한 번 물었다.

"아니면 동정해요? 불쌍해?"

자학처럼 들리는 그녀의 말에 유진은 놓았던 정신을 퍼뜩 차렸다. 그리고 윤휘의 곁으로 다가가 침대에 걸터앉았다.

"아니, 화가 나."

뜻밖의 말에 윤휘의 얼굴에 걸려 있던 웃음이 싹 달아났다. 유진이 그녀의 양팔을 잡았다. 열이 끓고 있는 자신보다 그의 손이 훨씬 더 뜨거웠다. 그리고 분노에 찬 듯 가늘게 떨고 있었다.

"화가 나서 미칠 것 같아. 그딴 놈 때문에 당신이 아픈 게 화가 나. 그 버러지만도 못한 새끼 때문에 흘리는 당신 눈물이 아까워서 화가 나 미치겠다고!"

그 말과 함께 유진이 윤휘를 끌어당겼다. 순식간에 그의 품 안에 갇혀 버린 윤휘의 눈에 다시금 눈물이 샘솟았다. 뜨거운 유진의 체온이 그녀를 울게 만들었다. 윤휘는 아까 현관에서 주저앉아 그랬던 것처럼 다시금 그의 품에서 목 놓아 울었다. 그의 어깨에 얼굴을 묻고 엉엉 거리며 울었다. 그의 가슴이 너무

넓어서, 옭죄어오는 두 팔이 너무 단단해서 윤휘는 울음을 멈출
수가 없었다.

"울어. 그래, 울어. 오늘까지만 울어. 오늘까지만 우는 거야."

윤휘의 등을 토닥거리는 유진의 볼에도 한줄기 눈물길이 트
였다.

8. 꽃샘추위가 지나가야 봄이 오지

"꼭 가. 가서 보여줘. 잘살고 있다고, 그때 버려줘서 고맙다고 인사해 줘. 당당하게 악수하고 와. 그래야 네가 이기는 거야."

유치하다는 그녀의 말에 유진은 말했다. 가끔은 유치해야 정신건강에 좋다고…….

그가 코디를 시켜 보내온 아르마니 투피스를 입으며 윤휘는 연신 거울을 들여다보았다. 그녀의 사이즈는 어떻게 알았는지 한눈에도 귀티가 줄줄 흐르는 슈트는 맞춘 듯 몸에 꼭 맞았다. 오랜만에 착용한 렌즈 때문에 벌써부터 눈이 뻑뻑했다. 자꾸 눈을 비비려 올라가는 손을 다잡으며 파우더를 한 번 더 발랐다.

함께 온 막스마라 알파카 코트와 비둘기 색의 정장에 잘 어울리는 은색 힐을 신자 아닌 게 아니라 제법 부잣집 딸내미처럼 보였다. 마지막으로 어색하진 않은지 한 번 더 머리를 빗은 다음 윤휘는 백을 들었다.

오늘 하루만 유치해지자.

하지만 벌써부터 못할 짓이라도 하는 것처럼 심장이 쿵쾅거렸다. 윤휘는 심호흡을 크게 두어 번 하곤 결연한 표정으로 집을 나섰다.

하늘만 보면 따뜻한 봄날이라고 해도 손색이 없었다. 새파란 하늘에는 구름 한 점 없이 맑았다. 살랑살랑 봄바람이 불어올 것만 같았다.

정말 가식적인 날씨였다. 저 하늘에 속아 문을 열면 칼날 같은 바람이 들이닥치리라. 날씨마저도 경수를 씁쓸하게 만들었다.

"오호! 저게 누구야?"

옆에 앉은 소라가 아파트 현관 쪽을 바라보며 환호성을 질렀다. 경수의 시선이 환호성의 발원지를 향했다.

윤휘처럼 보였다. 아니, 윤휘였다. 하지만 한눈에도 고급스러운 옷이며, 안경을 벗고 곱게 화장한 얼굴이 결코 윤휘답지 않았다. 요란스럽게 손을 흔드는 소라를 향해 멋쩍게 웃으며 윤휘가 뒷좌석에 앉았다. 경수는 처음 보는 윤휘의 모습에 입을 다

묻지 못했다.

"웬일이야! 이거 정윤휘 맞아?"

"오래 기다렸죠? 미안해요."

윤휘가 소라를 밉지 않게 흘겼다.

"오늘 예쁘네."

경수는 달리 해줄 말이 없었다. 예뻤다. 매일 두꺼운 안경에 헐렁한 청바지만 입고 다니던 그 정윤휘가 맞나 싶었다.

"출발 안 할 거야? 그만 쳐다봐. 침 떨어질라."

멍하니 룸미러로 윤휘를 쳐다보고 있는 경수에게 소라가 통박을 했다.

"어, 가야지."

경수는 서둘러 차를 출발시켰다. 신정동에서 광장동 워커힐까지 가려면 오늘 같은 주말엔 시간을 예측할 수가 없었다. 예식 시작은 열두 시. 한 시간이면 간신히 세이프할 수 있을 것도 같았다.

"그거…… 못 보던 옷이다?"

"어…… 이상해요?"

"아니, 예뻐."

윤휘는 처음 입는 옷이 어색한지 연신 옷매무새를 만지작거렸다.

"야, 너 그 옷 어디선 난 거야? 못 보던 건데? 딱 봐도 무지 비싸 보이는데, 네가 돈 주고 샀을 리는 없고."

"그냥…… 빌렸어."

변명치곤 궁색하다는 것을 스스로도 느꼈는지 윤휘가 말을 돌렸다.

"우리 유진인?"

"응. 걱정 마. 우리 엄마가 애 무지 좋아하잖아."

"열한 시부터 한 시까지는 낮잠 시간이라고 말씀드렸어?"

"어우, 애 좀 봐. 내가 모를까 봐? 다 말해놓고 왔으니까 걱정하지 마. 그나저나 그 옷 누구한테 빌렸는데? 딱 봐도 돈깨나 줬겠는데? 그 코트 알파카지? 이 쌀겨 모양 결이 막스마라 아니면 안 나오는데……. 내가 작년에 면세점에서 사려다가 너무 비싸서 못 샀잖아. 누구한테 빌렸어?"

윤휘가 어찌 말해야 할지 모르고 경수의 눈치만 보고 있었다.

"야, 진소라 조용히 좀 하지?"

"아우, 진짜 선배는 나만 보면 못 구박해서 안달이지? 내가 뭐 못 물어볼 것 물어봤나?"

"운전하는 데 방해되거든?"

"치이! 오늘 왜 이렇게 곤두서 있데?"

뒤를 돌아보고 있던 소라가 다시 앞으로 휙 몸을 돌렸다. 윤휘는 내심 안심이 되었다. 사실 그녀의 인간관계를 누구보다도 잘 알고 있는 사람이 소라였다. 그래서 더 캐물으면 할 말이 없었던 것이다. 윤휘는 다시금 경수의 얼굴을 흘끔 쳐다봤다. 그의 얼굴에 평소의 사람 좋은 미소 따위는 없었다.

속으로 비웃고 있을까? 유치하다고 생각하고 있을까?

어색한 차림새보다 표정없이 그녀를 바라보는 경수의 시선에 더 신경이 쓰였다. 윤휘는 애써 고개를 창밖으로 돌렸다.

경수는 내심 윤휘가 오늘 결혼식에 참석하지 않기를 바랐었다. 이제 더 이상 마주치지 않아도 좋을 두 사람이었다. 그리고 윤휘도 같은 생각을 하는 줄 알았다. 실제로 얼마 전까지만 해도 윤휘는 준혁을 한번 만나보겠냐는 경수의 말에 방방 뛰며 질색을 했었다. 그런 윤휘가 준혁의 결혼식에 간다고 했다. 가서 축하한다는 인사를 하고 싶다고 했다. 그 배경에 누가 있는지는 굳이 물을 필요도 없었다. 그리고 오늘 윤휘의 옷차림 또한 누구의 작품인지 뻔했다. 그래서 경수는 기분이 썩 좋지 못했다.

그날 유진이 했던 말이 아직도 그의 귓가에 메아리 쳤다.

"이젠 내 일이야."

그리고 유진의 품에서 구슬피 울던 윤휘의 모습. 이를 악물고 참을망정 남 앞에서 눈물을 흘리지 않는 윤휘가 유진의 가슴에 매달려 설움을 토해냈다. 넘어져서 피를 질질 흘리면서도 꾹 참다가 엄마를 보곤 울음을 터뜨리는 아이처럼 그리도 서럽게 울 수가 없었다. 그래서 경수는 아무 말도 할 수가 없었다. 윤휘가 그렇게나 절절히 감정을 표현하는 일이 없었기에 당장 둘을 떼어놓고 뭐 하는 짓이냐, 다그칠 수가 없었다.

만약 경수의 해석이 틀리지 않다면 유진이 보이는 윤휘에 대한 과도한 관심은 그냥 호감 정도가 아니었다. 위험하다. 윤휘가 다칠 수도 있다.

윤휘는 그녀의 모든 것을 다 감싸주고 아이의 아빠가 되어줄 사람을 만나야 했다. 불꽃같은 남자가 아니라 난로 같은 남자를. 이제 더 이상 힘들지 않게 그녀에게 평범한 행복을 가져다줄 사람이어야 했다.

하지만 유진은 불꽃이었다. 그것도 가까이 가면 모두 태워 버리고 마는 위험한 불꽃이었다. 그의 곁에 있으면 윤휘도 그녀의 아이도 위험하다.

"경수 선배도 그 사람 오랜만에 보는 거죠?"

"귀국했을 때 동창회에서 보고 안 봤으니까 한 이 년 됐지."

"많이…… 변했어요?"

"왜? 궁금해?"

윤휘는 말이 없었다.

"나 때문에 다들 연 끊고 살았구나."

"그럼 알고 어떻게 계속 만나냐?"

소라가 끼어들었다.

"주말이라 꽤 막힐 줄 알았는데 안 막히네."

윤휘가 창밖에 시선을 둔 채 중얼거렸다.

정윤휘, 무슨 생각을 하고 있는 거니.

당당해지자고 그만큼 다짐을 했건만 연회장을 방불케 하는 웅장한 식장에 저절로 어깨가 움츠러들었다. 내로라하는 두 집안의 결합답게 양옆으로 줄지어 늘어선 화환과 거기 적힌 알 만한 사람들의 이름에 한 번씩 시선이 멈춰졌다. 그런 윤휘를 소라가 재촉했다.

"저기 있다."

소라의 눈이 가리키고 있는 곳을 윤휘가 바라봤다. 그가 있었다. 여전히 자신감에 차 있는 얼굴을 하고 당당하게 하객을 맞고 있었다. 소위 말하는 꽃미남 형은 아니지만 남자답게 생긴 얼굴은 그대로였고 몸은 조금 더 좋아진 것 같았다.

회색 턱시도가 잘 어울렸다. 진이가 그를 많이 닮았다고 생각했었는데, 지금 보니 그렇지도 않았다. 그의 얼굴 어디에서도 진이를 떠올릴 만한 부분은 없었다. 차라리 다행이었다.

"어! 이게 누구야? 정윤휘 아냐?"

그때 한 남자가 저 멀리서 성큼성큼 다가왔다.

"어머! 형식 오빠 아니세요?"

"오랜만이다."

윤휘는 기억이 잘 나지 않는데 소라와 경수는 단박에 그 남자를 알아봤다. 형식이라…… 누구였지?

반색하는 소라와는 달리 어리둥절한 표정의 윤휘를 보곤 그 형식이라는 남자가 덧붙였다.

"자식, 서운하다. 회장님도 못 알아보냐? 하긴 넌 칠 년 만이니까 무리도 아닌가?"

"맞아요. 윤휘는 동창회 안 나오니까, 당연히 못 알아보죠. 나도 길에서 마주치면 못 알아보겠다. 대체 살이 얼마나 찐 거예요?"

"아, 이 자식. 아직도 이렇게 수다스럽냐? 간수하느라 힘들겠다."

형식이 경수의 어깨를 툭 치며 너스레를 떨었다. 윤휘는 기억을 곰곰이 되짚어봤다.

"아! 선배님! 죄송해요, 못 알아봤네요."

윤휘는 그제야 동아리 회장을 하던 빼빼 마른 4학년 선배를 기억해 냈다.

"내가 살이 좀 쪘지? 아하하! 그나저나 인사했냐?"

"인사해야지. 다른 놈들은 다 어디 있냐?"

"동문에서 청첩장 받은 애들은 거의 안 왔고, 요즘도 연락하는 놈들 몇몇만 왔다. 저기 있으니까 인사들 하고 와."

"그래, 있다 보자."

"식 끝나고 우린 따로 피로연 할 거니까 니들 중간에 도망갈 생각 마라. 특히 너 정윤휘. 진소라, 이놈 단단히 챙겨와 알았지?"

"아휴, 알았어요. 좀 있다가 봐요."

그렇게 어설픈 인사를 하고 준혁에게 다가가는 중간에 몇 명의 동창을 더 만났다. 칠 년 만이라 그런지 윤휘는 대부분 기억을 못했다. 하지만 다른 이들은 그녀를 한눈에 알아보았다. 그저 그렇게 잠시 사귀다 사회에 나가 자연스럽게 헤어지는 여느 캠퍼스 커플 중 하나로 말이다. 유진을 임신하고 그와 헤어진 일은 모두 졸업하고 일어난 일이었다. 더군다나 누구에게 떠벌리고 다니는 성격이 아닌지라 소라와 경수를 제외한 다른 누구도 그 둘 사이의 일에 대해 아는 사람이 없었다.

한 걸음 한 걸음 길지 않은 홀을 가로지르며 윤휘의 심장은 다시금 요동치기 시작했다. 식은땀이 나는 손이 가방의 손잡이를 더욱 꼭 쥐었다.

뭐라고 말해야 할까. 악수를 청해야 하나. 아니야, 긴장했다는 걸 들킬 거야. 뭐라고 불러야 하지? 웃어야 하나?

윤휘의 표정은 점점 굳어지고 걸음은 어색해졌다. 경수와 소라는 자꾸만 뒤처지는 윤휘를 돌아보았다. 누가보아도 윤휘에겐 긴장한 기색이 역력했다.

그때 저 뒤에서부터 웅성웅성하는 소리가 들려왔다. 누가 먼저랄 것도 없이 셋은 소리의 발원지를 향해 고개를 돌렸다.

경수의 얼굴은 삽시간에 납빛이 되었고, 소라는 입을 떡 벌렸다.

유진이 그림처럼 그녀를 향해 걸어오고 있었다.

"오래 기다렸어?"

유진이 굳어버린 윤휘의 어깨에 자연스럽게 손을 얹고는 능청스럽게 말했다. 이목을 끄는 것에는 정말이지 천재적인 재능을 가지고 있는 남자였다. 예사롭지 않은 존재감에 사람들이 하나둘 모여들었다.

모자나 선글라스도 없었다. 오히려 시상식장에라도 온 것처럼 그는 말끔한 은회색 정장 차림이었다. 190㎝에 육박하는 큰 키에 영화 때문에 기르기 시작해 이제는 귀를 살짝 덮는 머리카락, 메이크업을 하지 않았음에도 잡티 하나 없는 피부. 빛이 났다.

"야, 정유진 맞아?"

"맞는 것 같은데? 저렇게 생긴 사람이 설마 하늘 아래 둘이겠냐?"

"어머! 어떡해!"

신부 측의 하객인지 이십대 중반쯤으로 보이는 여자들이 유진을 가리키며 수군댔다. 어떤 여자는 아쉬운 대로 휴대폰을 꺼내 사진을 찍어댔다. 하지만 몰려드는 인파에 그의 얼굴을 제대로 담기란 거의 불가능이었다.

"너! 이 자식!"

경수의 손끝이 부들부들 떨렸다.

"걱정 마. 다 알아서 하고 왔으니까."

유진이 경수의 귓가에 삭게 말했다. 아랫입술을 살짝 깨물고 한쪽 눈을 찡긋하는 모습에 소라는 점점 연체동물화 되어가고 있었다.

윤희는 당황하여 어쩔 줄을 몰랐다. 살짝 엎고만 있는 것처럼 보였지만 사실 지금 그녀의 어깨에 올려져 있는 손의 힘이 장난이 아니었기 때문이다. 유진의 손이 말하고 있었다.

'긴장하지 마. 내가 있어.'

"여긴 어쩐 일이에요? 이렇게 사람들 많은 곳에."

유진은 물은 말에 대답은 않고, 말꼬리를 돌렸다.

"옷 잘 어울리네. 다행이다. 그 디자인 36사이즈 찾기 힘들었다고 하더라. 한국 사이즈로 44라고 하던데, 허리는 좀 크지?"

유진이 저번에 안아본 윤휘의 허리를 떠올리는 듯 손으로 둘레를 가늠했다.

"이 정도밖에 안 되잖아."

윤휘가 재빨리 유진의 손을 잡아 내렸다. 얼굴이 순식간에 붉어졌다.

여기저기서 플래시가 터지기 시작했다. 경수는 지금 눈앞의 현실을 부정하고 싶다는 듯 이마를 짚으며 두 눈을 질끈 감았다.

"안, 안녕하세요. 팬이에요."

작금의 상황이고 뭐고 정유진을 가까이서 보고 있다는 생각에 소라의 두 눈이 하트가 되어버렸다. 유진은 예의 익숙한 미소로 소라를 향해 손을 내밀었다. 소라는 그의 손을 두 손으로 덥석 잡았다.

"반갑습니다. 정유진이에요."

스스로를 밝히는 그의 인사와 동시에 마침내 그들을 가까이에서 지켜보던 한 여자가 비명을 지르고야 말았다.

"꺄! 정유진이야!"

홀 한 귀퉁이에서 벌어진 소동에 하객을 맞고 있던 주인공의 시선도 자연히 그쪽으로 향했다. 다섯 명의 시선이 각기 다른 표정으로 얽혀들었다.

"아직 인사 안 했어?"

다 알고 있으면서 유진은 정말 몰랐다는 듯이 그들을 준혁 쪽으로 몰고 갔다. 이제는 본격적으로 터지는 카메라 플래시와 호텔 직원까지 가세한 구경꾼들이 유진이 한 발짝 움직일 때마다 모양을 달리하며 같이 움직였다. 모르는 사람이 본다면 오늘 이 자리가 정유진 무슨 팬미팅 내지는 기자회견이라고 해도 믿을 만했다. 불과 유진이 등장하고 십 분 안팎으로 일어난 일이었다.

오늘의 주최 측이라 할 수 있는 집안의 친지들에게서 동요하는 모습이 역력했다. 준혁 또한 얼굴이 밝지만은 못했다. 순식간에 아수라장이 되어가고 있는 자신의 결혼식 때문이리라.

"축하한다."

경수가 먼저 손을 내밀었다.

"어, 그래. 오랜만이구나, 자식."

준혁은 애써 태연한 척 경수와 악수를 했다.

"아, 본의 아니게 소란스러운 등장이 돼버렸네. 이쪽은 정유진."

“처음 뵙겠습니다. 정유진이라고 합니다.”

준혁은 습관적으로 손을 내밀었고 유진은 생글거리며 웃는 얼굴로 그의 내민 손을 민망하게 만들었다. 준혁은 경수와 소라에 가려져 있는 윤휘는 아직 보지 못한 모양이었다. 윤휘는 고개가 저절로 떨어졌다. 숨이 가빠올 만큼 심장이 쿵쾅거렸다. 유진이 잡고 있지 않았다면 그대로 주저앉았을지도 몰랐다. 준혁의 목소리는 그 예전 ‘취중진담’을 멋들어지게 불러주었던 낮은 목소리 그대로였다.

유진은 자꾸 움츠러드는 그녀의 어깨를 꽉 잡았다. 그리곤 한 손으로 푹 숙이고 있는 턱을 받쳐 들었다. 윤휘의 고개가 들려졌다. 그리고 소라와 악수를 하고 있던 준혁의 눈과 딱 마주치고야 말았다.

“오, 오랜만이에요.”

윤휘의 목소리가 간헐적으로 떨려왔다. 준혁 또한 전혀 예상치 못했던 변수의 등장으로 표정이 굳어져 버렸다.

“어, 그래. 왔구나.”

윤휘가 얼떨결에 손을 내밀었고, 준혁도 주저하며 맞잡았다.

“경수 형하고, 유진 엄마한테 말씀 많이 들었습니다. 결혼 축하드립니다.”

‘유진 엄마’. 다분히 의도된 축하 인사에 윤휘는 고개를 획 치켜들고 등 뒤의 그를 올려다봤다.

“결혼했니?”

이어 들려오는 준혁의 한마디. 당연한 듯 묻는 말투. 너랑 나랑 무슨 일 있었니? 라는 표정. 순간 윤휘의 세상이 번쩍 들렸다 쿵 하고 떨어졌다. 다리가 휘청거렸다. 결혼했니, 라니……. 어이없는 준혁의 말에 윤휘뿐만이 아니라 소라와 경수 또한 경악을 금치 못했다. 이 순간만은 제아무리 유진이 훌륭한 배우라고 해도 표정을 유지할 수가 없었다. 윤휘의 어깨를 잡고 있던 유진의 손에 더욱 힘이 들어갔다. 가느다란 윤휘의 어깨가 부서질 것만 같았다.

아무것도 들리지 않고, 아무것도 보이지 않던 몇 초의 시간이 지난 후 윤휘의 귀에 주변에 모여든 사람들의 소리가 다시금 들려오기 시작했다. 그리고 거짓말처럼 날뛰던 심장이 제 박자를 찾았다. 아직도 뭔가 기대를 하고 있었던 거니. 윤휘가 어깨에 올려진 유진의 손등을 가만히 토닥였다. 괜찮아, 괜찮아.

"4살 난 아들까지 있어요, 저번 달에 생일 지났으니까 이제 5살이네. 내가 선배보다 많이 빠르죠?"

싱긋 웃으며 건네는 윤휘의 말에 준혁의 낯빛은 거의 타 들어간 장작같이 변했다. 굳이 계산이라고 할 것도 없었다. 윤휘가 임신했다고 한 것이 오 년 전. 그녀가 졸업한 해 6월의 일이었다. 그리고 그가 유학을 떠난 것이 그로부터 두 달 후. 그 아이를 지우지 않았으면 이듬해 1월생이 될 것이고, 지금 틀림없이 4살이었다. 준혁의 이마에 식은땀이 맺혔다.

"어…… 일찍 시집갔구나?"

“선배는 생각보다 늦었네요? 많이 골랐나 봐.”

어디서 없던 용기가 생겼는지 몰랐다. 등 뒤로 든든히 그녀를 받쳐 주고 있는 한 남자 때문이었을까. 유진의 손은 그녀의 어깨를 놓지 않았다.

“고르긴…….”

아이가 있다는 그녀의 말에 눈에 띄게 긴장한 기색이 역력해진 그를 보며 윤휘는 오 년 전 봄을 떠올렸다.

“선배, 저 임신했어요. 삼 주 전에 이 개월이라고 했으니까 이제 삼 개월쯤 됐어요.”

삼 주를 혼자 고민만 하다 결국 그에게 말하기로 결심을 한 날. 따발총을 발사하듯 윤휘는 두 눈을 꼭 감고 ‘다다다’ 할 말을 내뱉었다.

약국에서 파는 임신 테스트 시약을 믿을 수가 없어 병원까지 가 결국 임신 삼 개월이라는 진단을 받은 것이 삼 주 전. 벙어리 냉가슴 앓는다는 것이 이런 것일까. 그를 믿는데 윤휘는 왠지 모를 이유로 말을 못했었다.

조금 놀란 듯 눈이 커졌던 준혁이 느릿한 동작으로 커피 잔을 들었다. 홀짝, 홀짝. 평소와는 다르게 우유를 시킨 윤휘도 따라 컵을 들었다. 숨소리마저도 낼 수 없는 적막만이 둘 사이를 감돌았다. 그의 표정은 자못 비장함마저 감돌았다.

결혼하자고 말해줄까? 부담스러워할까? 미안하다고 할까?

좋아해 줄까? 아니, 싫어하지나 않을까?

그녀는 최악의 반응으로 그가 아이를 원하지 않는 것까지 생각했다. 그래도 어쩌겠는가, 제 핏줄인데. 하지만 느긋하게 뜨거운 커피 한 잔을 다 마신 그의 입에서 나온 말은 들고 있던 우유 잔을 놓치게 하기에 충분했다. 고개를 들고 그녀를 똑바로 바라보는 그의 눈 속엔 지금껏 알고 있던 준혁은 없었다. 그 느낌이 너무나 섬뜩해 윤휘는 몸을 부르르 떨었다.

"누구 아이인데?"

하얀 우유를 담고 있던 사기 머그컵이 바닥에서 산산조각이 나 뒹굴었다.

"선배도 이제 나이가 있는데, 빨리 아이 낳아야죠? 하긴 신부가 어리니까 아직 멀었나?"

준혁은 말을 잇지 못했다. 당연히 지웠을 거라 생각한 그 아이를 낳아 키우고 있었다니. 경수와 소라는 둘 사이에 잔뜩 당겨놓은 활시위 같은 긴장감을 애써 모르는 처해 버렸다. 저 정도로 당당한 윤휘라면…….

"빨리 낳아요. 낳아놓으면 인생이 달라지거든."

그녀의 묘한 악센트 위치의 의미를 모를 리가 없는 준혁이었다. 그의 얼굴에 잠시 머물렀던 미소는 흔적도 없이 사라졌다.

윤휘의 말끝이 조금 떨렸다. 유진은 윤휘의 얼굴이 자신의 가슴에 오도록 그녀의 몸을 돌려 세웠다. 아무도 눈치 채지 못하도록. 눈 속에 그렁그렁하게 고였을 눈물을 보이지 않을 수 있도록.

"또 눈 따끔거려? 렌즈 바꿔줘야겠다."

유진이 고개를 숙이고 윤휘의 눈을 후 불었다. 멀리서 언뜻 보면 키스하는 것으로 보일 수도 있을 만큼 그의 얼굴이 가까이 다가왔다. 그러자 여기저기서 탄성이 터져 나왔다. 누가 보아도 제 여자에게나 할 법한 행동이었다. 경수가 유진의 팔을 꽉 잡았다. '경고' 두 글자가 옮겨왔다.

"만나서 반가웠습니다. 결혼 진심으로, 정말 진심으로 축하드립니다."

이번엔 유진이 악수를 청했다. 준혁은 어리둥절한 표정으로 그의 손을 맞잡았다. 그러자 그가 준혁을 끌어당겼다. 그리고 그의 귓가로 고개를 숙였다. 이를 악물고 잇새로 말을 내뱉었다.

"고맙다. 이 여자 나한테 올 수 있게 해줘서. 결혼하고 미국으로 간다고? 가라. 그리고 한국에는 다시 안 돌아오는 게 좋을 거다."

말이 끝나자마자 그를 제자리로 획 밀더니 예의 대외용 미소를 다시 회복해 보였다. 준혁이 휘청하다가 곧 바로 섰다.

"회색 턱시도가 참 안 어울리시네요."

그의 마지막 일격에 윤휘는 픽 하고 웃어버렸다. 이런 상황에서도 웃음이 나오는 걸 보면 그에게 받은 상처가 그리 크지 않았나, 싶었다.

수시로 낯빛이 변하는 인형처럼 붉으락푸르락하는 준혁을 뒤로하고 네 사람은 발길을 돌렸다. 등장할 때보다 더욱 화려한 퇴장이었다.

경수의 만류에도 불구하고 유진의 고집으로 기어코 윤휘를 제 차에 태웠다. 유진이 창문을 끝까지 내렸다. 매서운 바람이 코를 베어갈 것같이 날카로웠다. 유진은 당당하게 부는 바람을 다 맞았다.

"내일 스캔들 나면 어떡하려고 해요? 에이, 좋은 일자리 날렸네."

"기사가 나긴 날 거야. 그런데 걱정 마. 나 그렇게 허술한 놈 아니니까."

그의 얼굴에 은근히 미소가 번졌다.

"하나도 안 닮았어."

"응?"

뜬금없는 유진의 말에 윤휘가 되물었다.

"유진이랑 하나도 안 닮았다고. 다행이야."

그녀가 아까 전에 했던 생각과 토씨 하나 다르지 않은 유진의 생각에 윤휘는 웃음이 나왔다.

"응, 그런데 아까 무지 유치했어."

윤휘가 말했다.

“응.”

“아직도 얼굴이 화끈거려.”

“그리고?”

“닭살 막 돋아.”

“또?”

윤휘의 얼굴에 홍조가 깃들었다.

“고마워요.”

나지막이 말했다.

“가끔은 유치해질 필요도 있어. 말했잖아, 정신 건강에 좋다
고.”

유진이 가만히 윤휘의 손을 잡았다. 따뜻한 그의 손에 그녀의
손 전체가 감싸였다. 윤휘의 입술이 보기 좋은 곡선을 그렸다.
그때 한 뭉텅이의 바람이 휘리릭 하고 그들을 훑고 지나갔다.

“휴우, 춘분이 지난 지가 언젠데 아직 이렇게 춥네.”

“몰랐어?”

유진이 그녀를 바라봤다. 윤휘도 그런 그를 마주 바라봤다.

“꽃샘추위가 휘몰아치고 가야 봄이 오지.”

9. 별 헤는 밤

경수와 주경은 오늘자 스포츠 신문을 나란히 놓고 마주 앉았다. '다행이다'라는 생각을 한 것은 같았지만 그 '다행'의 대상은 사뭇 달랐다.

"박 실장, 아는 것 있으면 다 불어. 당신 얼굴 히루 이틀 본 것 아니잖아."

주경은 경수에게 눈길 한 번 주지 않고 말했다. 눈치라면 그의 보스를 따라올 자가 없었다. 상대방의 눈동자만 봐도 대충의 상황을 짐작해서 때려 맞히는 사람이 주경이었다. 때문에 경수는 최대한 주경의 얼굴을 바라보지 않으려 애썼건만 그것조차 주경은 파악을 해버렸다.

"그러니까, 유진이가 좀 특별하게 생각하는 것 같아요. 아! 여자로서 말구요, 누나처럼 그렇게 생각하는 것 같더라고요. 사실 정 선생 아들 이름이 유진이랑 같거든요. 그거 알고 나서부턴 좀 가까이 느끼는 것 같아요. 그 이상은 아닌 것 같고요. 아시잖아요. 유진이 여자한테 쉽게 정 주고 그러는 놈 아니란 것."

주저리주저리 뱉어내다 보니 그의 생각에도 궁색하기 짝이 없었다. 내심 경수는 윤휘가 거론되지 않은 것만으로도 안심을 하고 있던 터였다. 주경의 얼굴에 흥미가 떠올랐다.

"그런데 처음부터 왜 그 선생이 혼자란 말 안 했지?"

"윤휘의 사생활이고, 또 본인이 알려지는 것을 원치 않았습니다."

"이 바닥에서는 사생활이고 뭐고 없는 것 몰라? 친한 후배의 프라이버시를 위해 비밀로 했다? 박 실장, 내 밑에서 몇 년이지?"

"오 년입니다."

"알 만한데 왜 그랬을까?"

경수는 할 말이 없었다. 그나마 이 정도인 것을 다행으로 생각했다. 주경의 입에서 '당장 사표 써!' 라는 불호령이라도 떨어지면 어쩌나 사실 조마조마했었다.

"그리고 박 실장 말대로 그놈, 여자한테 쉽게 정 주는 놈 아니야. 그래서 지금껏 스캔들 그렇게 일으키고 다녔지만 심각한 상황은 없었던 거고. 어떻게 생각해, 이 사진? 다분히 의도된 것 같지 않아?"

그러고 보니 그랬다. 경수와 소라는 나왔으되, 윤휘의 모습은 어디에서도 찾아볼 수가 없었다. 당연했다. 유진이 윤휘를 뒤로 감출 때면 정면의 사진이 나왔고, 유진이 윤휘를 앞으로 내세울 때는 뒷모습의 사진이 실렸다. 총 여섯 컷의 사진 중 윤휘의 존재는 찾아볼 수도 없었던 것이다.

"일단 이번은 우리가 유진이 놈한테 한 방 먹었어. 이건 스캔들도 뭣도 아니니, 그 일본어 선생 자를 수도 없고, 지금 상황으로 봐서 자른다고 해도 유진이 녀석이 가만히 있을 리 없잖아. 일단 지켜보자고. 박 실장은 더 이상 일 커지지 않게 정 선생한테 잘 말해둬."

"예, 알겠습니다."

주경은 유진의 사진이 대문짝만하게 인쇄된 신문을 다시 한 번 째려보았다.

〈본지 단독취재! 영화배우 정유진, 그의 스캔들과 사랑! 4월호를 기대하세요.〉

윤휘는 유진을 빤히 들여다보았다.

"나, 잘생긴 것 알거든? 자꾸 쳐다보지 마. 내 매력에 빠지면 헤어나올 수 없어."

참 맛있게도 먹는다. 고개도 들지 않고 어떻게 보고 있는 것
은 알았는지 정수리에도 눈이 달렸나.

"음……. 오른쪽에 밥풀이 너무 가지런히 붙어 있어서."

유진은 멋쩍은 기색도 없이 밥풀을 혀로 쓰윽 핥아 먹었다.

"에이, 이거 저녁때 먹으려고 붙여놓은 건데, 들켰네."

참 변죽도 좋다. 윤휘는 식탁 위에 가지런히 놓여 있는 신문
을 보았다. 이렇게 절묘한 사진의 각도는 의도하지 않고서야 찍
을 수가 없었다.

"밥 다 먹고 물어볼까요, 아니면 지금 물어볼까요?"

"뭘?"

윤휘는 눈짓으로 신문을 가리켰다.

"아아, 별것 아니니까 나 밥 다 먹으면 물어봐."

"알았어요."

미역국과 장조림, 마늘장아찌가 다인 식탁이 민망할 정도로
맛있게 먹는 유진이었다. 그는 세상 이런 만찬이 없다는 듯 감
탄사를 연발하며 밥풀 하나 남기지 않고 모두 먹어치운 후에야
배를 두들기며 자리에서 일어났다.

"아! 배부르다."

카키색 반바지에 흰색 티셔츠 차림의, 석 달 열흘은 굶긴 사
람처럼 밥 두 공기를 단숨에 비워내는 저 남자가 어제 그 남자
와 동일 인물인지 윤휘는 심각하게 고민했다.

"자, 이제 말해줘요."

"뭐가 궁금한데? 종목을 정해줘."

"음……. 이 광고와 사진."

"아아! 간단해. 빌라 앞에 만날 죽치고 있는 파파리치 있지? 그 사람 카메라를 보니까 저 신문사에서 발간하는 잡지사 소속이더라고. 거래하자고 했지. 따라와서 사진 찍게 해주겠다. 대신 관계자 외에는 찍지 마라, 그리고 어떠한 추측 기사도 내지 마라. 그러면 다음 호 니네 잡지에 독점 인터뷰 해주겠다. 어때? 간단하지?"

"순순히 그러겠다고 해요? 당장 내일 시문 판매 부수가 더 중요할 텐데?"

"뭐, 그거야. 어떻게 얘기하기에 나름이지."

씨익 웃는 그의 얼굴에서 뭔가가 더 있다는 것을 눈치 챘지만 윤휘는 물을 수 없었다. 설마 그러지 않으면 죽이겠다고 협박이라도 했겠어?

유진이 유유히 커피를 가지고 유유히 부엌을 나갔다. 그리고 이제는 습관처럼 하는 말.

"치우지 말고 그냥 둬. 점심때 먹게."

말이 되나. 싹 다 비운 그릇 점심때 뭐 하게.

윤휘는 주섬주섬 그릇들을 개수대로 옮겼다.

걱정이 밀려왔다. 그녀 때문에 그가 곤경에 처하게 되는 것은 아닌지, 그를 보며 이렇게 가슴이 따뜻해 져도 되는 건지, 그는 왜 이렇게 많은 것을 주는지, 그저 받기만 해도 좋은 건지…….

“이리 와, 하지 말고.”

“안 하면 유진 씨가 하게요?”

“우리 집 가정부로 왔어? 아니면 집안 일 눈앞에 두고 가만 못 있는 스타일이야?”

“그럼 지저분하게 이걸 식탁에 그대로 늘어놔요?”

윤휘는 식기를 물로 헹궈 세척기에 넣으며 말했다.

“그만 이리 오라고.”

“다 했어요. 버튼만 누르면 되는걸.”

식기세척기에 세제를 넣고 버튼을 누르는 그 짧은 새를 못 참고 유진이 부엌으로 들어왔다.

“거 참, 말 더럽게 안 들어.”

막 시작 버튼을 누르려는 찰나 그가 손목을 홱 낚아챘다.

“자, 됐지?”

시작 버튼을 누른 유진이 그녀를 잡아끌었다.

“나한테 뭐 특별히 할 말 있어요?”

“아니, 그냥 얼굴이나 보려고.”

유진이 가만히 앉아서 윤휘의 얼굴을 바라보았다, 사진을 찍듯이. 얼굴이 화끈거렸다.

“이상하네요, 오늘.”

윤휘는 고개를 돌렸다. 그렇다고 발갛게 익은 얼굴이 가려질 리 없었다.

“일본 따라오지 마.”

“응?”

윤휘가 놀라 그를 바라봤다.

뭔가 실수를 한 걸까? 이쯤에서 계약을 끝내자는 것일까? 그렇다고 생각하기에는 그의 얼굴의 미소는 너무 따뜻했다.

“왜요? 그러니까, 내 말은 아직 글씨 안 보이는 상태에서 대본 보는 불편함도 있을 거고 그렇다고 통역사한테 일일이 설명할 수도 없잖아요.”

“오지 마. 일본어 몰라서 못 읽는다고 하면 되지 뭐. 긴 휴가 받았다고 생각해. 계약은 정상적으로 살아 있고 페이도 꼬박꼬박 지급될 거야.”

유진은 덤덤하게 말했다.

“이유…… 물어봐도 돼요?”

괜스레 서운했다. 유진의 말은 일도 하지 않고 삼 개월 동안 돈을 날로 먹으라는 이야기였다. 그 정도의 시간이면 진이에게 지금껏 소홀했던 엄마 노릇을 충분히 할 수 있었다. 아니면 다른 아르바이트를 해서 돈을 더 벌거나, 어쨌두 구미가 당기는 제안인 것은 틀림없는 것이다. 하지만 서운했다. 그가 이제 너는 필요없으니 한국에 있어, 라고 말하는 것 같았다. 그럴 리가 없다는 것을 알면서도 서운한 마음은 자꾸 좋지 않은 생각 쪽으로 기울어져만 갔다.

“진이 오래 떼어놓을 수 없잖아. 그렇다고 아이 데리고 일하는 것도 힘들고.”

윤휘는 지그시 아랫입술을 깨물었다. 사실 고민이 되긴 했었
다. 아이를 마땅히 맡겨놓을 곳이 있는 것도 아닐뿐더러 데리고
간다고 해도 제대로 일을 할 수 있을 리 없었다. 하지만 무엇보
다 마음이 쓰였던 일은 한창 엄마의 손길이 필요할 아이의 곁을
자주 비우게 되는 것이었다.

고정급여가 없기 때문에 언제나 만약을 대비해 돈을 모아놔
야 했다. 그러다 보니 자연스럽게 아이와 함께하는 시간은 줄어
들어 갔다. 그나마 이번에 유진과 함께 일을 하게 되면서부터
저녁 시간이나마 아이와 함께할 수 있었던 것이다.

"나…… 고맙다고 해도 되는 거예요?"

"응."

"에휴, 나 참 뻔뻔하다. 그쵸?"

"자, 이제 얼굴마저 봐도 돼? 이제 자주 못 보는 거잖아."

윤휘가 두 손으로 얼굴을 가렸다.

"보지 마요."

얼굴로 피가 몽땅 몰리는 것 같았다. 심장은 두근 반, 세근 반
방아를 찧었다.

소녀처럼 얼굴을 가리곤 무릎에 폭 엎으려 버리는 그녀가 귀
여워 유진은 장난기가 샘솟았다.

"어디 좀 보자!"

윤휘는 꺄악꺄악 비명을 지르며 얼굴을 감추고 유진은 웅크
리는 그녀의 팔을 잡아떼려는 실랑이가 벌어졌다. 그녀의 얼굴

에서 손을 떼게 하려고 유진이 간지럼을 태우기 시작했다.

"엄마, 어떻게. 꺄악!"

옆구리만 찔러도 자지러지는 윤휘였다. 당연히 승리는 유진
의 것. 발버둥 치는 윤휘의 두 팔을 잡아 소파 등받이에 밀어 붙
이고야 유진은 그녀의 얼굴을 똑바로 볼 수가 있었다. 금세 까
르르 웃으며 넘어가던 윤휘의 웃음소리가 잦아들었다.

"귀엽다."

시간이 멈췄다. 그의 입에서 나온 감미롭도록 달콤한 한마디.
그것 때문이 아니더라도 충분히 어색한 자세와 달아오르는 얼
굴 때문에 윤휘는 고개를 돌려 버리고 말았다. 소파 한 귀퉁이
에 몰려 그의 무릎 사이에 갇혀 버린 다리와 그의 손에 잡힌 채
로 고정되어 있는 손.

보지 않아도 알 수가 있었다. 그의 숨결이 점점 아래로, 가까
이 내려오고 있다는 것을…….

마침내 고개를 잔뜩 내린 유진의 날숨이 볼의 솜털에 닿았다.
솜털 하나하나가 곤두서는 것 같았다. 숨도 쉬어지지 않았다.
속이 울렁일 정도로 심장이 요동쳤다. 회전의자에 앉아 백 바퀴
는 돈 것처럼 어지러웠다.

볼에 한참이나 머물던 숨결이 점점 옆으로 옮겨왔다. 그의 오
뚝한 코끝이 살짝 볼을 스쳤다. 전기가 감전된 것처럼 찌릿했
다. 윤휘는 숨을 멈췄다. 조금이라도 움직이면 입술이 맞닿을
거리에 그가 있었다.

무슨 말이라도 해야 했다. 그렇지 않으면 이대로, 이대로…….

"모든 여자 스태프들한테 다 이래요?"

아차! 라고 생각하는 순간 그의 몸이 흠칫 굳어졌다. 아까와는 다른 종류의 팽팽한 긴장감이 불시에 둘 사이에 침입했다. 그가 크게 한숨을 내쉬었다. 그리고 잡은 손에 힘이 주어지는가 싶더니 곧 그녀를 놓아주었다. 그의 손에 잡혔던 손목에 그새 붉은 자국이 생겼다. 묵직했던 그의 무게도 곧 사라졌다. 윤휘는 괜히 잘못을 한 것같이 움츠러들었다. 유진이 뒤돌아섰다.

"내일모레 출국이야. 그만 가줄래요?"

너무 미안하면 미안하다는 말도 나오지 않는다는 것을 윤휘는 처음 알았다. 자신이 그를 모욕했다는 것을 알면서도 뒤돌아서는 유진을 윤휘는 잡지 못했다.

그리고 이틀 후 유진이 떠나는 날까지 윤휘는 유진의 빌라를 찾지 않았다. 그날 밤, 연예 프로그램에서 선글라스와 모자를 푹 눌러쓴 유진이 출국하는 모습이 방송되었다. 수십 대의 카메라 속의 그는 오만했다. 플래시가 온통 유진을 향하고 있었다.

하지만 아쉽게도 정작 그의 얼굴이 보이지 않았다.

그때 자다 깼는지 진이가 눈을 비비며 비적비적 걸어와 품에 안겼다.

"엄마……."

윤휘는 별안간 아들이 그렇게 반가울 수가 없었다.

"깼어? 우리 아들 얼굴 좀 볼까?"

"우웅."

품에서 떼어놓으려 하자 진이가 고개를 저으며 더욱 가슴에 얼굴을 파묻었다.

'아휴, 유진이들은 하나같이 왜 이렇게 얼굴이 비싼 거야?'

"정유진, 인상 좀 펴라."

경수가 으르렁거렸다. 출국하는 날부터 인상을 잔뜩 그리고 있더니 온 얼굴로 'Don't touch me!' 하고 있었다.

"너 이 자식, 사장님이 얼마나 벼르고 있는지 알지? 그딴 인터뷰 약속을 회사랑 상의도 없이 덜컥 해버려?"

경수는 이 말을 벌써 백 번은 했다. 유진은 앞으로 팔짱을 끼고 묵직하게 눈을 감았다. 그딴 일이 중요한 것이 아니었다.

"모든 여자 스태프들한테 다 이래요?"

그냥 넘길 수 있었는데, 아니라고 단 한 번도 그런 적 없다고 말할 수도 있었는데. 그 순간 서늘한 윤휘의 목소리에 저도 모르게 마음이 무너져 버렸다. 그녀를 더 보고 있다간 손목을 부숴 버릴 수도 있겠다는 생각에 밀어내듯 보내 버린 것이 일주일 전. 남은 이틀 동안 윤휘는 오지 않았다.

내 마음이 보이지 않니? 네 눈에는 그냥 아무 여자한테나 껄

떡대는 쓰레기 같은 놈으로밖에 보이지 않니?

묻고 싶었다.

아무리 영화라지만 다른 여자를 사랑하는 내 모습 보이기 싫어서 한국에 남아 있으라 한 내 마음이 정말 아이 때문이라고만 보인 거니? 정윤휘, 조금은 가까워졌다고 생각했는데, 네 마음 열었다고 생각했는데 난 그냥 아직도 널 고용한 고용주일 뿐인 거니?

유진은 왼쪽 가슴을 움켜쥐었다. 심장이 옥죄어왔다. 심장에 정윤휘라는 올가미가 씌어 시시때때로 올무를 당겼다 풀었다 하고 있었다.

넌 내 심장을 쥐었으면서, 난 이미 네게 심장을 줬는데, 넌 왜 마음 한 자락도 내어주질 못하는 거니. 꼭꼭 걸어 잠그고, 자물쇠 채워 열쇠는 태평양에 던져 버린 네 가슴. 그대로인 채로 좋은데, 제발 밀어내지만 말아줘.

나 여기가, 여기가 많이 아프다.

윤휘는 일찌감치 일어나 집 안의 묵은 먼지를 털어내는 것으로 하루를 시작했다. 유진이 아침을 먹이고, 유치원을 보내고 나면 고스란히 혼자만의 시간이었다. 예전에는 뭘 했더라? 잘 기억이 나지 않았다. 온전히 쉬는 날이 있었던가? 그것도 잘 기억이 나질 않았다. 그저 바쁘게만 살아온 날들. 지난 오 년이 새까맣게 기억이 나질 않았다.

이불 홑청을 뜯어 욕조에 넣어 세제를 풀고, 뭐가 그리 분한지 씩씩거리며 밟아도 개운치가 않았다. 하얗게 빨랫줄에 널린 모습을 보고도 하나도 상쾌하지 않았다.

뭔가가 허전하고, 또 남아도는 시간에 뭘 해야 할지 몰랐다. 느긋하게 읽고 싶던 책도 세 장을 못 넘기고 덮어버렸다. 옷장을 홀랑 뒤집어 작아서 못 입는 유진이 옷가지들을 수거함에 넣고 와서도 시간은 겨우 열두 시였다.

그래, 밥을 하자.

윤휘는 냉장고를 뒤져 갖은 재료들을 꺼내놓았다. 진이가 좋아하는 멸치볶음, 또 징그럽게도 안 먹는 콩자반, 이젠 철도 없이 나오는 곰취나물, 양념에 잰 불고기, 유치원 갔다 오면 간식으로 내줄 단호박 푸딩. 식탁이 꽉 차도록 지지고 볶고 찌고 했지만 아직 해는 질 줄을 몰랐다.

시계는 이제 세 시. 점심때를 놓쳐 버렸다. 꼭 그렇지 않아도 부엌에서 두 시간이 넘게 음식 냄새를 맡고 서 있었더니 특별이 입맛이 동하지 않았다. 뜨거운 김이 빠지면 냉장고에 넣어야겠다고 생각하며 윤휘는 거실로 나갔다.

이리 뜯어보고 저리 뜯어보아도 제자리를 이탈한 물건이라곤 찾을 수 없었다. 그런데 뭔가 이상했다. 뭔가가 제자리를 잃은 듯 어색했고 허전했다. 베란다를 타고 들어오는 햇볕도 뭔가가 달랐고, 매일 똑같이 째깍이는 시계 바늘 소리도 달랐다.

윤휘는 소파에 앉아 집 안을 둘러보았다. 모든 것이 그대로이다. 변한 것은 하나도 없다. 그렇게 자꾸 비집고 나오는 의문들을 처박으려는 찰나, 익숙했던 것이 떠올랐다.

맑고 바삭한 겨울 햇살과 잘 어울리던 커피 향기. 윤휘는 부랴부랴 일어나 커피메이커로 커피를 내렸다. 온 집 안에 커피향이 진동했다. 커다란 머그잔 한가득 커피를 채우고 다시 앉은 거실. 그러나 허전함은 조금도 채워지지 않았다.

아! 커피 맛이 다르구나.

아니다, 그게 아니다. 이젠 일상이 되어버린 아침 열 시의 커피타임과 칼바람을 맞으며 그의 빌라에 출근했던 일. 불과 일주일 전의 일임에도 까마득히 먼 전생을 들여다보는 듯 어둑했다. 일주일이다.

유진을…… 벌써 일주일째 보지 못한 것이다.

깨닫고 절망했다. 불확실성의 해소. 결코 바람직하지 않은 방향으로의.

"그래서?"

"그래서는 뭐가 그래서야. 작은 번역 일 하나 있으면 좀 물어다 줘."

"갑자기 왜? 좀 쉬지."

"유진이 유치원 보내놓고 나면 할 일이 없어. 시간이 너무 안 가."

윤휘는 더 이상 커피를 내리지 않았다. 대신 입에 맞지도 않은 씁쓸한 녹차를 삼키며 중얼거렸다.

'이런 풀물을 왜 마시는 거야?'

이제는 익숙해진 아이와의 둘만의 시간. 매일같이 출근 도장을 찍는 소라인데도 왜 매일 손님같이만 느껴질까. 함께 쇼핑을 하고, 함께 밥을 먹고, 가끔 자고 가기도 하지만 언제나 '가족'을 떠올리면 그 그림엔 진이와 그녀뿐이었다. 다른 사람이 들어온 적은 없었다.

진이는 요즘 재미를 들린 리모컨 놀이에 푹 빠져 이리저리 채널을 돌리고 있었고, 소라는 뭔가 재미있는 생각을 하는지 눈을 반짝였다.

"나 사실 그때는 경황이 없어서 생각을 못했는데, 그때 있잖아. 준혁 선배 결혼식 날. 나 완전히 정유진 보고 뻑간 거 있지?"

"넌 원래 뻑간 상태였잖아."

"아니야. 연예인으로서 말고, 남자로. 정말 멋지더라. 저기 멀리서 걸어오는데 완전 후광이 비치는 것 같더라니까."

소라는 당시를 회상하는 듯 황홀한 표정을 지었다.

"근데, 포기했어."

혼자 북 치고 장구 치고 잘한다. 원래가 그런 성격인 것은 알지만 볼 때마다 신기했다. 혼자 좋아하고, 혼자 포기하고.

"왜? 왜 포기했는데?"

윤휘가 느물거리며 물었다. 소라는 금방 한숨을 푹 내쉬었다.

“정유진은 너 좋아하잖아.”

“푸흡!”

입에서 퍼런 풀물이 뿜어져 나왔다.

“아우, 더러워.”

소라가 튄 녹찻물을 탁탁 털어냈다.

“야, 너 진짜 헛소리할래? 얘가 진짜 봉창도 정도껏 두들겨야지.”

그렇게 말은 하면서도 윤휘의 심장은 이미 달리기 시작했다.

“야, 너야말로 나한테까지 숨기기냐? 난 그 다음날 스캔들 안 난 게 더 이상했다니까.”

윤휘는 곰곰이 그 날의 일을 떠올렸다. 그날은 그녀 혼자만의 일로도 벅찬 상태여서 그런지 그의 행동이 잘 기억나지 않았다.

“그렇게 보였니?”

“어우, 이 기집애. 그렇게 시침 딱 떼면 좋아? 너 이번에 일본 안 간 것도 걔랑 같이 있으라고 그랬던 거라며.”

“그거야, 그냥 스태프한테 하는 배려지. 그 사람이 워낙에 친절해. 스태프들 잘 챙기고.”

윤휘는 말하면서 생각했다. 그가 다른 스태프들한테 전화라도 한 통 한 적이 있었던가? 없었다. 그러고 보니 단 한 번도 없었다. 부엌에 들어온 여자도 그녀가 첫 번째라고 했다. 뭔가 조금 이상하기는 했다. 그렇다고 설마.

정윤휘 같은 여자 따위를 좋아할 리 없다. 진심일 리 없다. 가진 거라고는 쥐뿔도 없고, 얼굴이 예쁜 것도 아니요, 더군다나 애까지 딸린 미혼모인데 그처럼 빛나는 사람이 좋아할 리 없다. 동정이라면 몰라도.

동정. 그 생각이 들자 급격히 기분이 나빠져 버렸다. 두근대던 심장도, 화끈거리던 얼굴도 싸늘하게 식어버렸다. 누구건 간에 자신을 동정하는 것은 못 참는다. 진이와 그녀는 절대 불쌍하지 않다.

"야, 진소라. 너 가."

"어맛? 너 뭐 잘못 먹었냐? 갑자기 왜 인상은 쓰고 그래?"

"기분 나빠졌어. 나 그 사람하고 아무것도 아니거든? 불쌍해서 그 사람이 동정한다는 생각 들었어. 나 아주 기분 나빠지려고 해. 아니, 벌써 나빠졌어."

소라의 눈이 급격하게 커졌다.

"너, 정말 정유진 씨랑 아무 사이 아니야? 아니면 연막 치는 거야?"

계속 남의 다리만 긁어대는 소라에게 그녀가 입고 왔던 코트를 내어주었다.

"야, 너 가. 정유진이고 뭐고 나 지금 기분 무척 나빠."

거의 내쫓다시피 소라를 내보내고 나서도 윤휘의 기분을 풀릴 줄을 몰랐다.

그런 거였다. 생각해 보니 아귀가 딱 맞았다. 그의 태도가 바뀐 것은 경수와 그녀의 대화를 들었던 그날부터였다. 전에는 장

난 정도는 칠지 몰라도 조금 거리감이 있는 상태를 유지했었는
데, 그날 이후로는 제 식구처럼 정말 살뜰히 챙기고 들었다.

추우니까 모범택시 콜해서 타고 와라, 택시비는 따로 정산해
주겠다, 옷이 만날 그게 뭐냐, 든든히 입고 다녀라, 등등 생각해
보면 제 식구에게나 할 법한 행동들이었다.

참 따뜻한 사람이구나, 느꼈던 행동들이 모두 동정에서 기인
한 것이라는 생각이 들자 가슴 한켠이 얼어붙는 것 같았다.

정유진 나아쁜놈!

윤휘는 분통을 삿일 수가 없었다. 배신감마저 들었다. 그래도
좋은 사람이라고 생각했는데. 지금까지의 그의 따뜻함이 동정
이었다니. 그를 보지 못한 시간에 허전함을 느낀 자신이 바보스
러울 뿐이었다. 그의 동정에 익숙해져 버린 그녀가 머저리 같았
다. 윤휘는 자리를 박차고 벌떡 일어났다.

"엄마! 여기 아저씨!"

진이가 TV 화면을 가리키며 소리쳤다. 유진이었다. 연예프로
그램에서 그의 일본 영화촬영 모습을 보도하고 있었다.

윤휘가 TV 속 인상을 찡그리고 있는 유진을 한껏 째려봤다.

"유진아, 화장대 위에 엄마 휴대폰 가지고 와."

시간은 여덟 시. 윤휘는 더 이상 참을 수가 없었다.

피곤한 하루하루의 연속이었다. 영화 촬영 기간이 삼 개월이
라곤 해도 실제 촬영 일수는 많아야 오십 회에 불과하다. 블록

버스터 액션 대작 정도가 아닌 이상 일반 현대 멜로물은 사오십 회가 정석이었다. 이번 촬영하고 있는 영화도 총 촬영 일수는 사십칠 회로 그리 빡빡한 일정은 아니었다. 하지만 이번 주는 하루도 쉬지 못했다. 장소 협찬 관계로 일주일 안에 정해진 분량을 모두 찍어야 했기 때문이었다.

그렇다고 그 다음에 쉴 수 있는 것도 아니었다. 하루 쉬고 바로 또 홋카이도로 장소를 옮겨 촬영에 들어가야 했다. 현대물치곤 고된 촬영 일정이었다. 감독은 풍문으로 들었던 것보다 훨씬 더 깐깐했고, 촬영 도중 그 자리에서 수시로 변경되는 시나리오는 그의 피를 바짝바짝 말려댔다. 바뀐 시나리오를 통역이 읽어 주면 외우고 다시 감정을 잡아 적응하는 것은 결코 쉬운 일이 아니었다. 다른 사람보다 두 배의 시간이 걸렸고 때문에 다른 사람보다 두 배 이상 집중해야 했다. 자신 한 사람 때문에 촬영을 지체하게 할 수는 없었다. 그 강박 또한 그의 신경을 갉아먹었다.

덕분에 불과 이 주 만에 3kg이나 몸무게가 줄어들었다. 한눈에도 상해 보이는 그의 얼굴에 대고 경수도 더 이상 잔소리를 하지 않았다.

유진은 숙소로 돌아와 옷도 벗지 않고 침대에 풀썩 엎어졌다. 일주일간의 강행군으로 이미 몸도 마음도 지칠 대로 지쳐 버렸다. 내일은 잠이나 실컷 자야겠다.

한참을 그렇게 누워서 수면에 빠지려 할 때, 그의 신경을 거

스르는 소리가 들려왔다.

딩동, 딩동.

룸서비스를 시킨 적이 없는데 누굴까. 짜증을 억누르며 유진이 방문객을 확인했다.

"젠장!"

도어스코트를 통해 보이는 사람은 다름 아닌 유키히코 아이, 이번 영화의 상대역이었다. 청순하게 생긴 외모와는 다르게 그간 지나치게 들러붙는다 했더니 역시 다른 속셈이 있었던 거였다. 유진은 지금 여자나 상대하고 있을 기분이 아니었다. 인터폰으로 옆방에 머물고 있는 통역사에게 전화를 했다.

"나 정유진인데요, 지금 내 방 앞에 유키히코상 와 있어요. 나서고 싶지 않은데, 돌려보내주겠어요?"

일 분이 채 되지 않아 옆방에서 유진 쪽의 스태프가 나오자 유키히코는 당황한 표정으로 황급히 자리를 떴다.

귀찮다, 정말.

그때 손에 들린 휴대폰이 부산하게 떨어댔다.

"네, 정유진입니다."

10. 1/∞Σ%, 그래도 0% 이상

─**이** 나쁜 놈아!

로밍 서비스의 통화 품질이 좋아진 것을 감탄할 때가 아니었다. 강력한 오로라가 머리카락을 휘날리게 할 것만 같은 고함 때문에 휴대폰을 본능적으로 귓가에서 떨어뜨렸다. 마른하늘에 날벼락이라더니 이 상황을 두고 하는 말이 아닌가!

"Hello?"

저도 모르게 내뱉은 영어. 유진의 이마가 저절로 구겨졌다.

─내가 불쌍해? 우리 유진이가 불쌍해? 네가 뭔데 동정질이야!

유진? 그럼 지금 그의 전화에 대고 고래고래 소리를 지르는 여자는 윤휘? 아하하, 설마…….

"누구……?"

유진의 말이 채 끝나기도 전에 다시 시작된, 아니, 처음부터 아예 쉬지 않고 쏟아진 욕설이 계속되었다.

─어? 말을 해보라고. 내가 불쌍했냐? 응? 뭔가 착각한 것 같은데, 나랑 우리 유진이 동정 받아야 하는 사람들 아니거든? 네가 얼마나 잘나서 정의감에 불타서, 아니다. 아니야, 그냥 심심했니? 너 재미있었어? 툭 건드리면, 금방 반응 오고 그러는 것 즐기는 변태니?

두서없이 다다다다 쏟아내는 총알들이 정확히 그의 이해 범위만을 피해 박혔다. 그러나 윤휘는 멈추지 않았다. 그녀는 Never Stop!

─일이고 뭐고 다 없었던 일로 해. 알았니? 내가 다른 건 다 참을 수 있는데 동정하는 것 딱 질색이거든? 게다가 너같이 진지하지 못하고 매사에 장난질에 세상 우습게 보는, 얼굴 반반한 것만 믿고 사는 놈들한테는 더더욱이!

아……. 자신을 수식하는 화려하지 못한 미사여구를 이렇게나 줄줄이 읊어댈 수 있다니……. 윤휘의 어휘력이 놀라울 따름이었다.

'진지하지 못하고, 매사에 장난질에, 세상 우습게 보는, 얼굴 반반한 것만 믿고 사는 놈.'

화가 나도, 아파도, 심지어는 슬퍼도 제 감정을 그대로 나타

내는 것을 본 적이 없었다. 그래서 당연히 지금 윤휘의 모습이 낯설었다. 낯설고, 새로웠다.

아, 이런 헛소리일망정 정윤휘의 목소리라는 이유 하나만으로 피로가 풀리는 것 같다니…….

—애가 별 웃기지도 않는 병 걸려서 허우적대는 것 불쌍해서 봐준 줄 알아. 이 인간 말종, 쓰레기, 또 뭐냐. 아! 아메바야! 너 계속 말 안 할 거야? 응? 내 말이 우스워? 이제 내 말이 우습니?

느닷없이 맞은 벼락에 반쯤 정신이 나가 있던 유진이 정신을 차리고 침대에 풀썩 주저앉았다.

이건 좀 심한데? 그리고 아까 뭐라고 했지? 동정?

"정윤휘 씨."

마침내 가만히 듣고만 있던 유진의 입이 열렸다. 화나지도, 당황하지도 않은 침착한 목소리로 유진이 윤휘를 불렀다. 쌓인 피로 덕분이 잔뜩 허스키해진 목소리였다.

—뭐? 말해!

그때 옆에서 아이가 우는 소리가 들려왔다. 아마 제 엄마의 행동에 놀란 듯했다. 그제야 윤휘도 지금 자신이 무슨 짓을 했는지 깨달았는지 아이 달래는 소리가 들려왔다. 아까보다 조금 먼 감으로.

—아니야, 아니야. 엄마 화 안 났어. 엄마가 미안해. 우리 유진이 이리 와. 옳지. 착하지? 우리 아들. 엄마가 소리 질러서 미안해.

전화기를 놓친 건지 어쩐 건지 계속 훌쩍이는 아이의 울음소리와 달래는 윤휘의 목소리가 점점 더 멀어졌다.

유진은 전화를 끊고 그녀의 전화번호를 다시 눌렀다. 서너 번의 신호가 가고 아직 분을 가라앉히지 못한 그녀가 이를 악물로 전화를 받았다.

―끊어요. 애 울잖아. 당신 때문에 되는 일이 없어!

말 한마디 할 시간도 주지 않고 끊어진 전화. 유진은 다시 걸어야 하나 말아야 하나 잠시 고민했다. 이런 사소한 판단조차 서지 않았다. 피로 누적에 정신적 스트레스까지 겹쳐 당장이라도 쓰러지고 싶은 심정이었다. 하지만 동정이라고 말하는 그녀의 목소리가 귓가에서 떠나질 않았다.

동정이라니! 이렇게 억울할 때가. 그녀의 목소리를 들어서 좋았던 감정도 잠시, 따다닥 그녀가 떠들었던 내용을 생각해 보니 벙어리가 냉가슴을 앓아도 이만큼 답답하지는 않으리라. 유진은 다시 한 번 힘을 주어 그녀의 전화번호를 눌렀다. 끊기만 해 봐라.

―전화하지 말…….

"끊기만 해봐! 이 여자야! 동정이냐고? 이게 누굴 놀리나!"

―뚜― 뚜―

다시금 끊어진 전화. 끊지 말라고 했는데!

유진은 벌떡 일어났다. 아, 정말 힘들게 하는 여자다. 동정이라니! 생각하면 할수록 미치고 팔짝 뛸 노릇이었다. 당장 일을 그만둔다고? 그 때문에 되는 일이 없다고? 누가 누구에게 해야 할 말인지 모르겠다. 그녀 때문에 촬영 중에 감정 집중이 안 될 때가 한두 번이 아니었다. 덕분에 촬영 시간은 점점 늘어나고, 감독의 짜증도 배가됐다. 대체 혼자 오해하고 혼자 역정 내면서 변호의 기회도 주지 않는 것은 어느 나라 법이란 말인가. 완전히 어제 사형선고 받고 오늘 집행되는 죄수의 기분이었다. 더 이상 못 참아!

유진은 인터폰으로 다시금 옆방의 통역을 호출했다.

"여보세요. 나 정유진인데요. 한국행 비행기 알아봐요. 최대한 빨리, Right now!"

승진은 유진에게 유키히코 아이에 대해 주의를 줘야 하나 말아야 하나 갈등이 됐다. 그의 방 앞에서 자신을 보고 황급히 뒤돌아서던 아이의 얼굴에서 별다른 점을 발견하지는 못했지만, 명색이 배우가 아닌가. 자신의 감정을 숨기는 것쯤이야 아무것도 아닐 것이다.

제일교포로 일본에서 태어나 자란 세월이 삼십 년. 주로 방송국에서 연예인들을 대상으로 통역을 한 것도 올해로 삼 년째였다. 우와사(うわさ:소문)의 진위 정도는 구분할 줄 알았다.

유키히코의 다음 목표가 설마 유진일 줄이야.

며칠 되지 않았지만 그를 고용한 한국의 정유진이라는 배우는 톱스타 같지 않은 소탈함과 겸손함을 지닌 남자였다. 카메라 앞에서만 겸손하고 뒤돌아서서 거만한 여타의 연예인들과는 달리 카메라의 온 오프에 관계없이 한결같았다. 연기에 대한 열정 또한 굳이 말하지 않아도 느낄 수 있었고 머리가 돌인 것도 아니었다. 한 번 알려준 말은 잊는 법이 없었고, 매번 변경되는 시나리오에 적응하는 능력도 감탄할 만했다. 한 마디로 배우로서 매력있고, 인간적으로도 흠 잡을 곳 없는 사람이었다.

승진이 더 갈등할 이유를 찾지 못하고 유진의 방으로 가려고 일어섰다. 순간, 요란스러운 전화벨 소리가 그의 발길을 붙잡았다.

"もしもし, 金です(여보세요, 김입니다)."

―여보세요. 나 정유진인데요. 한국행 비행기 알아봐요. 최대한 빨리, Right now!

그리고 뚝 끊어진 전화. 황당했다. 승진은 뚝 잘려진 전화선처럼 끊긴 인터폰을 한동안 내려놓지 못했다. 이런 싸가지……!

젠장, 취소다. 미리 경고고, 괜찮은 사람이라고 생각했던 것 모두 취소다. 그럼 그렇지. 역시 이 주 만에 사람을 판단한다는 것은 무리가 있었다.

승진은 나리타에어포트의 전화번호를 꾹꾹 누르며 연신 입으로 욕설을 내뱉었다.

처음 본 엄마의 모습에 놀랐는지 진이는 한동안 울음을 그치지 않았다. 업고, 안고 둥개둥개 달래서 간신히 울음을 그치게 하고 나서도 윤휘는 계속 불안해하는 아이를 품에서 놓지 못했다. 속으로는 자신을 이렇게까지 만든 개망나니 정유진을 잘근잘근 씹으며, 또한 아이 앞에서 못 볼 모습을 보인 자신을 탓하며.

코끝이 빨개져 잠든 아이의 가슴을 토닥토닥 해주며 윤휘도 코끝이 시큰해졌다. 그러다 곧 짜디짠 눈물 한 방울이 진이의 볼 위로 떨어졌다.

"에이 씨, 주책없게 눈물이 나오고 난리야."

혼잣말로 중얼거리곤 거칠게 눈가를 훔쳐 냈다. 유진에게 한바탕 퍼부었으니, 이제 그와의 인간관계를 끊는다고 선언했으니 시원해야 마땅했다. 비록 큰 돈벌이를 놓쳤고, 당장 새로운 일거리를 찾아야 했지만 이딴 일로 눈물을 흘린 적은 오 년 전 임신으로 권고사직을 당했을 때 이후 단 한 번도 없었다.

그나마 마음 한 자락을 내어주었던 인간에게 배신을 당한 것이 오랜만이어서 그럴까. 이상하게도 이젠 말랐다고 생각했던 뜨거운 눈물이 주룩주룩 흘러내렸다.

대바늘로 심장 한 켠을 콕콕 쑤시는 것같이 욱신거렸다.

바보 정윤휘. 그렇게 당하고도 아직 사람을 믿니? 아직 덜 당했어? 그 사람만은 다를 거라고 생각했던 거니? 그런 말도 안 되는 기대를 걸었던 거야? 그래서 지금 상처받고 있는 거야? 정신 차려!

다시 한 번 볼을 타고 내리는 짠물을 쓱쓱 닦아내며 윤휘는 마음을 다잡았다. 나쁜 놈이라고 다짐하듯 중얼거리며.

잠이 오지 않았다. 시간은 벌써 새벽 한 시를 훌쩍 넘겨 버렸다. 그때였다. 현관문을 누군가가 쿵쿵 치기 시작했다.

쿵쿵쿵쿵—

초인종을 누르는 것도 아니고 발로 뻥뻥 차는 것 같은 소리. 이 시간에 이런 짓을 할 사람은 집을 잘못 찾은 취객밖에 없었다. 그것도 지금까지 세 번의 전과가 있는 옆집 소은 아빠일 확률이 높았다. 윤휘는 이제 곧 소은 엄마가 나오겠거니 하며, 가만히 있었다. 하지만 한참이 지나서도 문을 차는 소리는 멈출 줄을 몰랐다. 윤휘는 혹시나 진이가 깰세라 자리에서 일어났다. 이번에야말로 소은 엄마한테 단단히 말을 해둬야겠다.

윤휘는 안전 고리를 걸고 문을 빠끔히 열었다.

"소은 아……."

"정윤휘, 문 열어."

소름 돋도록 음침한 남자의 목소리에 윤휘의 심장이 쿵 하고 추락하고 말았다.

'헛것을 봤나?'

윤휘가 잽싸게 다시 문을 닫고 두 눈을 비볐다. 문밖의 남자는 그새를 못 참고 다시 문을 뻥뻥 차댔다. 혹시 다른 집에서 밖엘 내다보기라도 한다면……!

윤휘는 도어스코프로 밖을 내다보았다. 야구모자를 푹 눌러 쓰고 있긴 했지만 유진이 분명했다. 잘못 본 것이 아니다.

쿵쿵쿵―

그는 아무렇지 않은 표정으로, 주머니에 두 손을 푹 찔러 넣고는 발끝으로 문을 툭툭 차고 있었다.

'미쳤어, 미쳤어!'

윤휘는 등에 진땀이 죽 흘렀다. 이 시간에 일본에 있다는 사람이 무슨 수로 날아온 거야! 처음으로 유진이 무섭게 보였다.

"문에 기대고 있는 것 다 알아. 좋은 말로 할 때 문 열어."

유진이 최후의 통첩이라는 듯이 낮게 뇌까렸다. 윤휘는 진퇴양난의 상황임을 깨닫고, 떨리는 손으로 잠금 쇠를 풀었다. 저녁때, 전화로 발광을 하던 용기는 어디에도 없었다. 설마, 무슨 해코지를 하는 건 아니겠지.

문이 스르륵 열리자마자 그가 밀어붙이듯이 안으로 들어왔다. 그리고 등 뒤로 문을 닫고 찰칵 잠금쇠를 돌려 버렸다. 오늘따라 더욱 거대해 보이는 유진 때문에 사방의 벽이 조여드는 것 같았다.

윤휘는 저도 모르게 주춤 뒷걸음질을 쳤다. 유진은 가만히 서서 아무 말도 하지 않았지만 그의 눈빛은 덫에 걸린 들짐승이었다.

유진이 한 발짝 앞으로 다가왔다.

"혼자 북 치고 장구 치고, 다 하니까 좋아?"

주춤. 다시 윤휘가 한 발짝 뒤로 물러섰다. 그러자 유진도 한 발짝 앞으로 다가왔다. 보폭의 차이 때문에 거리는 더욱 가까워져 버렸다.

"혼자 판단하고, 변명의 기회조차 주지 않는 것은 정윤휘식 가치관이야?"

윤휘가 한 발짝 뒤로 물러설 때마다 유진도 함께 움직였다.

"곧 집행될 사형수한테도 유언의 시간은 주는 법이야."

윤휘는 다시금 뒤로 물러서려 했지만 그리 넓지 않은 집인지라 금방 등이 벽에 닿았다. 유진이 성큼 한 걸음 다가오자 더 이상 물러설 곳도 없이 궁지에 몰리고 말았다. 벽과 거대한 유진 사이에 갇힌 윤휘의 몸이 부들부들 떨렸다. 전에도 이런 비슷한 상황이 있었지만 그때는 낮이었다.

지금은 한밤중이었다. 사람의 이성을 마비시키는 어둠이 위력을 발휘하는 밤.

"왜, 왜 이래요……."

유진인 한쪽 팔꿈치로 몸을 지지하고 다른 한 손으로 그녀의 입을 막아버렸다. 윤휘는 눈이 금방이라도 눈물을 뚝뚝 떨어뜨릴 것같이 커졌다.

"휴우, 제발 입 좀 다물고 있어. 응?"

곧 쓰러질 것같이 벽에 비스듬히 기댄 그의 거친 숨이 머리 위로 느껴졌다.

"내가 지금부터 하는 말, 그대로 믿어. 알았지?"

윤휘는 본능적으로 고개를 끄덕였다. 눈 속엔 눈물이 벌써 그렁그렁 맺혔다. 유진이 조심스럽게 손을 떼었다. 그리고 벽에 양쪽 팔꿈치로 몸을 지탱하며 몸을 기대왔다. 윤휘는 이제 완전히 그의 가슴에 포위되었다. 정수리에 그의 턱이 닿았다. 온몸이 그에게 밀착되었다. 온몸의 혈류의 속도가 적어도 두 배는 빨라졌다. 훅 끼쳐 오는 그의 체향이 아찔해서 있는 것조차 기적이었다. 방금까지도 밖에 있었던 사람이라곤 믿을 수 없을 만큼 그는 뜨거웠다. 뜨겁고 단단했다.

"들려? 내 심장 소리."

쿵쿵쿵쿵—

아! 이것이 그의 심장 소리였나. 머리가 멍멍해지도록 쿵쿵거리는 느낌의 정체가. 늑골을 뚫고 나오지 않을까 걱정이 될 정도로 그의 심장이 팔딱였다. 금방이라도 전력 질주를 하고 온 사람처럼 숨이 가빠왔다. 유진의 몸이 가늘게 떨렸다.

"동정…… 아니야."

"그, 그럼 뭔데요?"

유진의 몸이 조금 떨어졌다. 그래 봐야 한 뼘 정도 멀어졌을 뿐이지만 단단한 그가 느껴지지 않자 소름이 돋을 정도로 허전했다.

"이 여자야, 눈치가 없는 거야? 어떤 미친놈이 동정으로 이 시간에 일본에서 여기까지 날아와?"

유진이 한숨을 쉬었다.

"나 봐."

그가 어떤 얼굴을 하고 있는지 그녀도 무척이나 궁금했지만 차마 고개를 들 용기까지는 없었다. 입을 한일자로 꽉 다물고 고개를 돌려 버리는 그녀를 잡아채 유진이 가만히 눈을 맞췄다.

"처음이야. 믿지 않겠지만, 그래도 믿어. 나 처음이야. 여자한 테 이렇게 미친놈처럼 군 것."

"헙!"

윤휘가 짧게 숨을 들이마셨다.

"나, 난……."

"그냥 들어."

유진이 계속 말을 이었다.

"모든 스태프들한테 다 그러냐는 당신 말에 죽고 싶을 정도로, 그럴 정도로……."

유진이 그녀의 눈을 바라봤다. 그리고 코, 입술, 볼, 이마……. 온 얼굴의 솜털이 쭈뼛 서는 것 같았다. 윤휘의 시선이 발끝으로 떨어졌다.

"윤휘야, 내가 지금 말하잖아. 고개 들고 나 봐."

윤휘가 계속 뭉그적거리자 유진이 슬며시 그녀의 고개를 들 어올렸다.

"정윤휘 씨, 나 그 정도로 당신 사랑해."

"……!"

더 커질 수 없겠다 생각했던 눈이 믿을 수 없을 만큼 커졌다.

"마, 말도……."

"사랑해."

말을 배우는 아이처럼 윤휘는 어버버거릴 뿐 제대로 된 말을 만들어내지 못했다.

"사랑해."

"저, 유, 유진 씨."

"사랑해."

"그, 그만 해요."

심장이 터질 것 같았다. 한 번만 더 사랑한다는 말을 들으면 정말로 심장이 뻥 터져 버릴 것만 같았다.

"사랑해. 백 번이라도 말할 수 있어."

뻥!

심장이 터져 버렸다. 동시에 모든 공기의 흐름이 멈춰 버렸다. 눈앞에 아무것도 보이지가 않았다. 그저 어쩔 수 없다는 듯이 그녀를 바라보는 유진만 있을 뿐이었다.

그의 두 손이 윤휘의 얼굴을 가만히 감싸더니 엄지손가락으로 눈 밑을 조심스레 닦아냈다.

"울지 마."

눈물을 흘리고 있었나 보다. 심장이 터져도 눈물이 나오는구나. 윤휘의 초점이 비정상적으로 흔들렸다.

"울지 마. 그냥 앞으로도 쭉 안 울었으면 좋겠다."

유진이 가만히 그녀의 몸을 감싸 안았다. 그녀는 그저 차렷 자세로 가만히 있을 수밖에 없었다.

"난 네가 참 좋다."

유진이 작게 속삭였다. 윤휘가 갑자기 유진을 확 밀어내더니 그의 팔을 잡아 흔들었다.

"말해봐요. 이유가 뭐야? 응? 왜 나 좋아해요?"

제발 말해줘. 윤휘에게는 지금 그의 대답이 절실했다.

거짓이라면, 당신 눈에서 조금이라도 거짓이 보인다면 죽여 버릴 거야. 동정하는 놈도 나쁘지만 사람 심장 터뜨려 놓고 도망가는 놈은 더 나빠. 죽여 버릴 거야.

유진이 다시 한숨을 쉬었다.

"그래, 우리 정윤휘 씨는 모든 것에 다 이유가 있어야 하는 여자였지."

"말해봐요. 빨리. 왜 내가 좋은데?"

유진의 따뜻한 눈빛이 봄볕처럼 내려앉았다.

"몇 가지 이유 대면 나한테 올래?"

"말 돌리지 말아요."

윤휘는 필사적으로 그의 팔을 잡았다.

"백 가지 이유 대면 나한테 올래? 아니면 천 가지?"

"정유진!"

윤휘가 급기야 참지 못하고 윽박을 질렀다.

"목소리가 좋아. 무턱대고 진지한 그 모습도 좋고."

유진이 자신의 팔을 꽉 붙들고 있는 그녀의 손가락을 하나하나 풀어 자신의 손가락과 엮었다.

"이 작은 손바닥, 짧은 손가락도 좋고, 내 앞에서 어른 노릇

하려 드는 것도 귀엽고.”

잡은 손으로 그녀를 슬쩍 끌어당겨 다시금 그의 품 안에 가두었다. 눈물이 날 만큼 다정하게 쓰다듬는 손길에 윤휘는 다시 유진을 밀어내지 못했다.

“강한 척하면서 속은 여린 것도 좋고, 선생님일 때, 엄마일 때 당신 모습도 좋고, 사람 못 믿어서 철벽 수비하는 것도 좋고, 그래도 나는 좀 믿어줬으면 좋겠는데…….”

윤휘의 어깨가 조금씩 들썩이기 시작했다.

“울면서 안 우는 척 입술 꽉 깨무는 것도 좋고.”

윤휘가 고개를 들고 유진을 바라봤다. 반듯한 이마, 그 아래 짙은 눈썹, 쌍꺼풀이 예쁜 눈, 짙은 눈동자, 오만한 코, 날렵한 턱 선, 그녀를 사랑한다 말하는 그의…… 입술.

“이제 더 버티지 말고 나한테도 기회를 주세요. 응, 정윤휘 씨?”

“내가, 어떻게 내가…… 당신한테 가?”

눈물범벅이 된 얼굴로 윤휘가 그에게 묻고 있었다.

“내가 어떻게 유진 씨한테 가. 난, 난…… 예쁘지도 않고, 가진 것도 없고, 애 딸린 미혼모고, 당신은 너무 빛나는데…….”

유진이 단호한 투로 말했다.

“다시는 그런 말 하지 마. 나 오늘 무지 피곤했거든. 그런데 아까 호텔에서 당신 전화 받고 피곤이 싹 풀리더라. 나 나쁜 놈이라고 욕 하는 건데, 그런데도 당신 목소리라서 좋더라. 자꾸 전화 끊고 나한테 변명할 기회도 주지 않는데 화나서, 당장 한국 날아가서 엎어놓고 볼기짝이라도 때리리라, 마음먹고 왔는데…… 당신 얼굴 보니까 그냥 좋아. 좋아서 화도 못 내겠어. 이거 사랑 맞잖아."

윤휘의 고개가 저도 모르게 저절로 끄덕였다.

유진이 그녀의 어깨를 가볍게 쥐었다. 그와 윤휘의 눈빛이 빈틈없이 얽혀들었다. 그리고 그의 얼굴이 조금씩 내려왔다.

"이제 다른 스태프들한테도 이러냐는 말 하지 마."

윤휘의 얼굴이 후끈 달아올랐다. 그가 다시 다가왔다. 점점 아래로, 아래로. 윤휘는 본능적으로 눈을 감았다. 그의 숨이 가까워졌다. 그의 입술이 가까이 있음을 느낄 수가 있었다. 남자다운 그의 향기, 어깨로 그의 떨림이 전해졌다. 터져 죽어버린 줄 알았던 심장의 존재감이 다시금 느껴졌다.

그때였다.

끼익—

"엄마아…… 쉬……."

이제 막 입술이 닿을 찰나 기가 막힌 타이밍으로 문을 열고 나오는 아이를 보곤 유진은 그만 풀썩 주저앉고 말았다.

"하아……."

그의 입에서 고농축 안타까움의 신음이 흘러나왔다. 윤휘는 벌게진 얼굴을 하고 아이에게 얼른 달려갔다.

"어, 깨, 깼어?"

아이를 안아 화장실로 데려가는 윤휘의 심장도 덜컹 내려앉기는 마찬가지였다.

유진이 곧 울 것 같은 표정을 하곤 거실에 벌렁 드러누웠다. 그리곤 처절한 비명 소리.

“으아! 정유진 밉다!”

11. 그들만의 행복한 시간

한 손에 독한 양주를 손에 들고 비틀거리며 들어오는 유키히코를 유카리는 간신히 붙잡았다.

『유카리……. 나 오늘 그이를 봤어. 그이 말이야.』

킥킥거리며 배꼽을 쥐는 그녀는 지금 제정신이 아니었다. 유카리는 유키히코의 손에서 간신히 술병을 빼앗을 수 있었다.

『헛소리 그만 하고 술 먹었으면 곱게 잠이나 자.』

유카리는 매정하게 그녀를 침대에 눕혔다. 온몸을 독한 술로 목욕을 한 것마냥 알코올 냄새가 못 견딜 정도로 진동했다.

『그 사람 맞아, 맞다고. 내가 잘못 볼 리가 없어.』

아니라는 것을 뻔히 알면서 술김에 아무렇게나 내뱉는 그녀의 주정에 유카리는 더 이상 대꾸를 하지 않았다.

『가질 거야.』

방문을 나서려는 유카리의 걸음이 순간 멈춰졌다. 그리고 그녀를 휙 돌아다 봤다.

『뭐라고 했어?』

『이번엔 안 놓쳐. 꼭 가지고 말 거야.』

성큼성큼 열 발자국을 걸어 문앞에 온 유카리는 단 다섯 발자국 만에 돌아가 한 줌도 되지 않는 그녀의 어깨를 흔들었다.

『제발 그만 해! 그 지긋지긋한 집착으로 대체 몇 명을 잡는 거야!』

종이인형처럼 그녀의 손에 흔들리면서도 유키히코는 큭큭거리는 웃음을 멈추지 않았다.

『나한테 제 발로 걸어 들어온 사람이야. 반드시 가져.』

짝―

유카리는 가차없이 유키히코의 뺨을 날렸다. 그녀의 고개가 오른쪽으로 돌아갔다.

『미친것, 넌 제정신이 아냐.』

술을 마시지 않으면 이 정도까지는 아닌데, 알코올 중독 치료를 받기 이전보다 더 심해진 음주로 유카리는 요 며칠 밤마다 죽을 맛이었다.

『그래서? 어떻게 할 건데? 다시 날 그 감옥에 쳐넣기라도 할 작정이야? 이번에도 당신이랑 그이랑 합심해서? 응?』

유키히코의 두 눈에 붉을 핏발이 섰다. 죽일 듯이 유카리를 쏘아보며 악다구니를 쏟아냈다.

『가질 거야! 가질 거라고! 나도 하나 정도는 가져도 되잖아! 나는 왜 안 돼! 나만 왜 항상 안 되는 거냐고!』

목소리가 찢어지도록 소리를 지른 그녀가 힘에 부치는지 곧 가쁜 숨을 내쉬었다. 유카리는 그녀를 잡고 있던 두 손을 스르륵 놓아버렸다.

『좋아, 이번에도 네 마음대로 해봐. 대신, 다신 그 더러운 일에 난 끌어들일 생각 마. 이제 네 뒤치다꺼리하는 것도 지쳤으니까.』

쾅 하는 소리와 함께 문이 닫히자 채 삼 초도 지나지 않아 유키히코가 던진 술병이 그 문에 부딪혀 장렬하게 박살났다.

병에 남아 있던 위스키가 카펫 위로 번지며 문밖으로 새어나왔다. 유카리는 그대로 문에 기대 스르륵 주저앉고 말았다. 지독한 집착의 향내에 코끝이 아릿했다.

지난 일주일 동안 하루에 두세 시간밖에 못 자면서 촬영을 했다는 유진의 말에 급하게 침대를 내어준 윤휘는 그가 잠이 들고 나서도 잠을 이루질 못했다. 이제 막 잠든 아이를 작은방에 눕혀놓고 슬그머니 나와 유진이 누워 있는 안방을 향했다. 이제 밤보다 새벽에 더 가까운 시간, 윤휘는 침대 끝에 걸터앉아 그의 얼굴을 내려다보았다.

자는 모습도 예쁜 사람.

옷도 벗지 못한 채 면바지에 두툼한 티를 입고 자는 것이 못내 안쓰러웠다.

'양말 정도는 벗어도 되는데⋯⋯.'

윤휘는 자꾸 눈에 밟히는 회색 양말을 끝내 조심스레 벗겨내었다. 그러자 시원한지 그가 발가락을 꼼지락거리며 몸을 쭉 폈다.

'발가락은 참 못생겼네.'

얼굴과는 다르게 투박한 발가락을 보니 이 사람도 한 군데는 못난 구석이 있구나 싶어 저절로 웃음이 나왔다.

이제 제법 길어 이마를 덮는 머리카락을 슬쩍 귀 뒤로 넘겨주곤 차버린 이불을 끌어 올려 턱 밑까지 덮어주었다.

그의 양말을 들고 욕실로 가서 조물조물 빨래를 했다. 행여 물소리에 누구 한 사람이라도 깰까 봐 욕조에 받아놓은 물을 뜨는 것도 조심스러웠다. 그렇게 양말 두 짝을 빨아 널고는 다시 안방으로 들어갔다.

잠이 오질 않았다. 처음으로 그녀의 침대에 누워 있는 좋은 사람 때문인지 귓가에 생생한 그의 사랑한다는 고백 때문인지 미묘하게 설레는 마음이 가라앉질 않았다.

"있잖아요, 유진 씨. 사실 나 아까 못한 말 있었는데⋯⋯."

밤의 취기를 빌어 윤휘가 속엣말을 꺼내었다.

"나 매일 시간이 어떻게 가는 줄 모르고 살았어요. 돈 벌 시간이 부족해 잠자는 시간조차 아까웠거든. 오 분 단위로 시간 재면서 쪼개 살았던 나예요. 한 일주일 아무것도 안 하고 쉬어봤으면 소원이 없겠다, 싶었어요. 너무 좋을 것 같은 거야. 일 안 하고, 집에서 우리 유진이 오는 것만 기다리면서 맛난 음식 하고…… 단 일주일이라도 그러고 싶었는데…… 유진 씨 일본 간 뒤에 나 그렇게 살았는데, 원하고 바라던 한가한 시간 보내고 있었는데, 그게 참 이상하더라.”

유진은 여전히 규칙적인 숨을 고르며 꿈쩍도 하지 않았다. 윤휘는 안도하며 다시 말을 이었다.

“뭔가 하나 빠진 것같이 허전하고, 쓸쓸하고, 시간도 참 안 가고. 대청소도 해보고, 음식도 잔뜩 해보고, DVD도 빌려보고 그랬는데도 계속 그 이상한 마음이 없어지질 않는 거야. 아니라고, 아닐 거라고 참 많이 되뇌었는데, 인정하지 않을 수가 없었어. 유진 씨가 없어서 그랬던 거야. 매일 아침 부스스 일어난 유진 씨 얼굴 못 봐서 나 참 많이 서운했나 봐. 내일은 놓치지 않고 보려고 잠이 안 오나 봐요, 나 잠이 안 오네. 나도 유진 씨 사랑…… 하는 것 같아요. 이거 사랑 맞죠?”

윤휘는 자신이 한 말에 스스로 놀라 얼굴을 붉히고 말았다. 화끈거리는 정도가 아마 귀까지 빨개졌으리라. 윤휘는 숨을 훅 내쉬곤 손부채질을 했다.

괜히 창피한 마음에 자리에서 일어나려는 순간 잠든 줄 알았던 유진의 팔이 허리로 뻗어왔다.

“어맛!”

그리곤 채 어찌할 틈도 없이 낚아채여 도망가지도 못하게 그의 팔과 다리에 얽혀 버렸다.

“유진 씨, 이것 좀 놔줘요.”

윤휘는 버둥대며 끙끙거렸다. 하지만 유진은 놓기는커녕 그녀를 다리 사이에 가두고 두 팔로 베개를 끌어안듯이 꼭 끌어안았다.

“흐음…… 좋다.”

잔뜩 잠긴 그의 목소리가 금방 잠에서 깨었음을 알려주었다. 그렇다면 혹시 다 들어버렸나!

“저, 혹시 들었…… 어요?”

유진은 그녀의 정수리에 턱을 괴곤 중얼거렸다.

“무슨 말? 쉬고 싶었다는 거? 근데 막상 쉬니까 이상했다는 거?”

“아니, 아니, 그거 말고요.”

온몸을 거의 뒤덮고 있는 그 덕분에 윤휘는 꼼짝도 할 수가 없었다.

“음…… 어디 보자. 또 무슨 말을 했더라…….”

윤휘가 있는 힘껏 팔꿈치로 등 뒤, 유진의 배를 공격했다.

“윽! 알았어, 알았어. 걱정하지 마. 사랑한다는 말은 못 들었으니까.”

“엄마, 난 몰라!”

윤휘는 쥐구멍이라도 있으면 숨고 싶었다. 다행인지 불행인지 쥐구멍은 없었기에 잡히는 대로 유진이 자신과 함께 끌어안고 있는 이불을 홱 잡아당겨 뒤집어썼다. 쿡쿡거리는 유진의 웃음소리가 들렸다.

“그렇게 내 맨살에 닿고 싶었어? 오늘 흥분하면 책임질 거요?”

느물거리는 그의 말투에 윤휘는 온몸이 화끈거렸다. 그리곤 언제 뒤집어쓰고 있었냐 싶게 이불을 재빨리 걷어냈다. 유진은 두 팔을 머리에 괴고는 몸을 쭉 펴고 누워 그런 윤휘를 바라보았다. 악동 같은 웃음이 입가에서 연신 떠날 줄을 몰랐다.

“머리에다 꽃 꽂아줘야 할 것 같은 분위기인데? 큭큭.”

창밖으로 쏟아지는 달빛을 받으며 이불 안에서의 발광으로 헝클어진 머리는 딱 비 오는 날의 누구 버전이었다.

“우씨.”

그런 자신과는 달리 금방 자다 깬 사람답지 않은 여유를 부리는 유진을 윤휘는 찬찬히 훑어보았다. 잔뜩 새집을 지은 머리는 부러 미용실 가서 한 바람머리 같아 보였고, 구겨진 티셔츠도 하나 보기 싫지 않았다. 긴 팔다리, 복근이 근사한 배, 그리고 티가 밀려 올라가 살짝 보이는 모양 좋은 골반 뼈.

‘우와, 남자 골반 라인이 이렇게나 섹시할 수가 있구나!’

감탄하며 시선을 아래로 옮겼다.

“엄마!”

윤휘는 십 분 동안에 얼굴도 기억나지 않는 엄마를 두 번이나 불러댔다. 어두워도 선명히 보일 만큼 빨개진 얼굴을 돌린 윤휘를 보며 유진은 뭐가 그렇게 재미있는지 키득키득거렸다. 부끄러운 기색이라곤 눈곱만치도 없었다.

"자, 내 생각엔 오늘 밤은 너무 짧고, 또 내가 일본에 가야 하니 역사를 만들기엔 부적합한 날인 것 같소."

사극을 하는 배우의 말투로 유진이 여전히 느물거리며 낮게 경고했다.

"그런데 남자란 동물이 또 생각만큼 이성적이질 못해서 눈앞에 먹이를 두고 참질 못하오. 내가 먹이라면 들입다 도망을 가겠소."

말이 떨어지기가 무섭게 꽁지를 빼는 윤휘의 숨겨진 운동신경에 감탄하며 유진은 배꼽을 잡았다. 하지만 그것도 잠시, 방금 전 안았던 그녀의 말캉한 몸의 느낌을 떠올랐다. 다시금 불끈 힘이 들어가는 분신에 유진의 입에서 끙 하는 신음이 터져 나왔다.

'아! 본능에 충실하고 싶다.'

—메시지 확인하면 전화해라.

경수였다. 화가 나지 않았다면 비정상이겠지. 유진은 다음 버튼을 눌렀다.

—야, 너 이 자식. 말도 없이 어디로 사라진 거야! 빨리 전화

해라!

이를 악물고 씹어뱉듯이 말하는 경수의 목소리. 그래도 유진의 얼굴에 웃음을 거둬가지는 못했다.

—야, 이 미친놈아, 너 한국이야? 제정신이냐? 말하지 말라고 하면 모를 줄 알았냐? 씨발, 내가 때려치우고 말지. 너랑 일 못해! 나 손 뗄 테니까 알아서 해, 개새끼야! 드러워서 내가 사표 쓴다!

화가 나도 단단히 났나 보다. 뭐, 그럴 만도 했다. 이미 홋카이도행 비행기 시간은 지난 지 한참이었고, 경수는 발을 동동 구르며 나중에 출발한다는 변명을 해대느라 진땀깨나 뺐을 테니까.

유진은 호텔에 들어서자마자 아까 음성 메시지에 버금가는 욕을 쏟아 붓는 경수의 말을 귓등으로 넘겨 버리며 짐을 챙겼다.

"갑자기 어제 한국은 왜 갔던 건데? 누구한테 갔었냐고!"

이토록 길길이 날뛰는 경수를 유진은 처음 보았다. 유진은 가방을 챙기다 말고 우뚝 서 경수와 마주 보았다.

"알고 물어보는 거 대답할 이유 있나?"

짐작하지 못했던 건 아니었다. 하지만 짐작과 사실은 다른 법. 경수는 확인하고 싶었다. 그리고 제발 아니기를 바랐다.

"너 이 자식 똑바로 말 못해? 너 진짜 이딴 식으로 일할래?"

유진은 한숨을 푸욱 내쉬었다.

“형, 잘 들어. 한 번만 말한다. 나 윤휘네 집에서 자고 왔어.”

“뭐?!”

“한 번만 말한다고 했지?”

유진은 가방의 지퍼를 주욱 올리곤 유유히 호텔방을 빠져나
갔다. 경수는 VCR의 일시정지 버튼이라도 누른 것처럼 그 자리
에 박혀 움직일 줄을 몰랐다.

“형, 안 나와?”

아무 일도 없다는 듯 유진이 뒤를 돌아보며 말했다.

“씨발, 개새끼. 넌 거짓말도 못하냐?”

뒤돌아서 복도를 힘차게 걸어가는 유진의 뒷모습을 바라보며
경수가 혼자 중얼거렸다. 가장 우려했던 상황이 현실이 되고야
만 것이다.

“이모.”

“왜?”

“어제 아저씨 왔어.”

“아저씨? 어느 아저씨?”

진이가 나름 심각한 얼굴로 소라에게 말했다.

“테레비 나온 아저씨.”

진이가 ‘텔레비전에 나온 아저씨’라고 할 사람은 유진밖에
없었다. 나름대로 아이가 붙여준 그의 애칭인 것이다. 때문에
소라는 놀라지 않을 수 없었다.

"뭐?"

소라는 진이가 꿈을 꿨나 싶어 다시 물었다.

"테레비 나오는 아저씨? 유리 유진이 꿈에?"

"아니야, 어제 엄마 방에서 잤어. 엄마가 아저씨 아프대."

소라는 놀라서 멈추었던 숨을 푸릅 하고 내쉬었다. 일본에 있는 사람이 집에 오고 게다가 아팠다니. 진이가 꿈을 꾼 것인가?

"엄마가 그랬어, 아저씨 아파서 자는 거라고."

소라는 가만히 진이를 끌어안았다.

"에구, 우리 진이가 꿈꿨구나? 아저씨 보고 싶어?"

그러자 아아는 소리를 홱 밀치곤 잔뜩 삐친 표정을 지었다.

"진짜야! 아저씨 어제 왔었어!"

그러더니 후다닥 제 엄마가 있는 부엌으로 달려갔다. 소라도 진이를 따라갔다.

"야, 어제 진이가 꿈꿨나 보더라."

"무슨 꿈? 우리 진이 어제 꿈꿨어?"

윤휘가 다정스레 물었다.

"엄마, 엄마! 어제 아저씨 왔었지요?"

"뭐?"

"엄마아아아아!"

제 말을 믿어주지 않아 무척이나 억울했던지 진이는 윤휘의 다리에 매달리며 땡깡을 부렸다. 윤휘는 아이 한 번 보고, 소라 한 번 보곤 난감함에 어찌할 바를 몰랐다. 흠짓 놀라 변하는 윤휘의 얼굴을 보곤 소라의 눈이 가늘어졌다.

"야! 너 진짜구나!"

"진짜라니까앙!"

'내 말이 맞지?' 라는 표정으로 진이가 씩씩댔다. 제가 유치원을 갈 시간까지 유진이 일어나지 않자 이상했는지 진이가 '엄마, 아저씨 자?' 하고 묻기에, 아저씨 아파서 주무신다고 둘러댔던 것을 그대로 소라에게 말한 모양이었다. 윤휘는 두 눈에 쌍심지를 켜고 쳐다보는 소라에게 뭐라 말을 해야 할지 몰랐다.

"음…… 그게…….."

"엄마, 전화!"

그때 반갑게도 그녀의 휴대폰이 울어주었다. 윤휘는 아랫입술을 지그시 깨물고 잽싸게 부엌을 빠져나갔다. 뒤통수에 꽂히는 소라의 따가운 눈초리를 애써 무시한 채.

"yujinちゃん、 これコーヒー(유진, 이거 커피)."

생글생글 웃으며 뜨거운 커피 잔을 건네는 유키히코에게 거기 놓고 가라는 손짓만 하곤 유진은 윤휘와 통화를 계속했다.

―어랏. 그새 사람들이랑 친해진 거예요? 웬일이야, 유진짱 이래.

"아니, 나야 뭐. 워낙에 인기가 많으니까."

―아우! 못 말려.

"여잔데, 질투나는 게 아니고?"

―됐거든요?

"그냥 질투난다고 해줬으면 좋겠다."

―좋을 대로 생각하시든지.

"사실은 질투나면서. 아! 어젯밤 누가 나한테 속삭여 주었는데. 사랑하는 것 같아요, 사랑 맞죠? 큭큭."

―아! 정말! 끊을 거예요!

목까지 빨개졌을 윤휘의 얼굴을 떠올리려 유진은 눈을 감았다. 자신의 옆에서 아직도 뜨거운 커피 잔을 들고 서 있는 유키히코도, 저 멀리서 그런 유진과 유키히코를 바라보고 있는 경수와 승진의 시선도 눈치 채지 못한 동작이었다.

"어제 굉장히 급한 일이 있었나 보죠?"

"누구? 유진이요?"

"네."

아직도 내뿜는 입김이 보일 정도로 추운 북해도. 경수는 승진과 함께 자판기 커피를 뽑아 마시며 벤 앞에서 담배를 피웠다.

"아, 뭐."

경수는 어깨를 으쓱하곤 적당히 얼버무려 버렸다. 승진도 더 묻지 않았다. 이 바닥 사람의 사생활이야, 다 거기서 거기였다. 끽해야 여자라도 안으러 갔겠지, 한국에 고정 파트너라도 있나, 하고 마음대로 결론지어 버렸다. 심난한 경수의 속도 모르고.

"아, 그나저나 어제 유진 씨한테 말하려다가 말았는데요."

"뭘?"

"유키히코 아이상 말이에요. 조심하라고 하세요."

그러더니 승진이 무슨 비밀 얘기라도 되는 양 경수의 귓가에 바짝 대고 소곤댔다.

"저 여자 백인 혼혈 남자한테 무지 집착하는 병 있어요. 지금까지 걸려서 망가진 남자가 한둘이 아니라는 소문이에요."

경수가 별말을 다 들어보겠다는 듯 인상을 찌푸렸다. 얼굴형을 돋보이게 하는 단아한 단발머리에 메이크업을 하지 않아도 잡티 하나 없이 빛나는 피부, 성형 따위는 하지 않았을 것 같은 자연스럽고 청순한 저 얼굴에 혼혈 남자 킬러라고? 스태프들을 위해 보온병에 커피를 손수 타올 정도로 싹싹한 여자가? 전혀 매치가 되지 않았다.

그런 경수의 표정을 읽었는지 승진이 덧붙였다.

"왜인지 아세요?"

"글쎄."

"짐작 가는 이유는 많은데, 사실 전 남편 때문에 그렇다는 설이 가장 신빙성이 있어요."

"전 남편?"

"20살 때 결혼했던 적이 있었거든요. 뭐, 얼마 못 가고 이혼하긴 했지만. 전 남편이 유명한 작곡가인데, 백인 혼혈이에요. 상당히 안 좋게 헤어졌다고 들었는데 이혼한 이유는 모르고, 그 남자 대신 비슷한 다른 남자를 찍어서 복수를 한다는 거예요.

일종의 대리만족인 셈이죠. 저번에 킨이라는 남자 가수가 더러운 스캔들로 매장되는 일이 있었거든요. 중학생 원조교제. 그런데 그 일을 유키히코상이 꾸몄다는 소문이 있어요. 더군다나 상대 여자애가 자기 딸 학교 친구였다나? 그래서 그 집 완전히 쑥대밭 되고, 이혼은 물론이거니와 애가 정신과 치료까지 받고 있다고 하더라고요.”

“아아!”

경수는 알 만하다는 듯이 고개를 끄덕였다. 가질 수 없으면 철저히 망가뜨린다라. 본인뿐만 아니라 가족들까지. 참 별의별 별종이 다 있다 싶었다.

“사실, 어젯밤에 유키히코상이 유진 씨 방에 찾아갔었어요.”

“뭐?”

경수는 하마터면 들고 있던 커피를 놓칠 뻔했다.

“것도 흰색 네글리제에 긴 스웨터만 입고요.”

승진은 어젯밤 유키히코의 의상을 떠올리며 손가락으로 가슴 부분에 움푹 패인 곡선을 그려보았다. 경수의 입이 떡 벌어졌다.

“유진 씨가 나한테 전화했기에 내가 나가서 돌려보내긴 했는데요, 자존심 좀 상했을걸요. 이번엔 유진 씨를 찍었나?”

그 말에 죽일 듯이 쏘아보는 경수의 시선이 꽂히자 승진은 헛기침을 한번 하곤 남은 커피만 홀짝였다.

정말 산 넘어 산이었다. 경수는 지금 이 자리에서 당장이라도 증발해 버리고 싶은 심정이었다. 얼굴에 세상 행복은 다 끌어다 놓은 표정을 하고 전화통화를 하고 있는 유진의 면상을 진흙 웅덩이에 처박지 못하는 것이 통탄스러울 따름이었다.

이제 더 이상 그의 일을 그 혼자만의 일로 생각할 수가 없었다. 윤휘가 있다. 진이도 있다. 어쩔 수 없이 그와 관계된 일에 둘을 함께 생각해야만 했다. 유진도 유진이었지만 혹시나 어떤 경로든 그의 스캔들에 윤휘가 휘말리는 상황이라도 온다면 정말 말 만들기 딱 좋은 케이스요, 보수적인 한국 연예계에서 묻히기 딱 좋은 빌미였다.

그래도 유진은 미국시장도 있으니 그렇다 치자. 윤휘는 뭐가 되는가. 그리고 아이는 무슨 죄로! 이 바닥에서 사람 하나 매장하는 것쯤은 일도 아니었다. 스포츠 신문 한 부를 더 팔기 위해 다른 사람의 인생 따위는 잡초만도 못하게 짓밟는 곳이 연예계다. 생각만으로도 경수의 이마에 식은땀이 송골송골 맺혔다.

경수는 자꾸만 뻗어나가는 생각을 떨어버리려 세차게 고개를 흔들었다. 지금껏 윤휘가 그렇게 악착같이 지켰던 것들이 한순간에 무너져 버릴 수도 있었다. 아니, 벌써 무너지고 있는지도 몰랐다.

경수는 둘의 관계를 자폭 행위로 규정지었다.

"너, 너, 너!"
전화를 끊자마자 팔짱을 끼고 문간에서 그녀를 노려보고 있던 소라가 소리를 질렀다.

"연애하는구나! 그것도 정유진이랑!"

"아니야, 네가 생각하는 그런 것."

윤휘는 아니라고 얼굴을 붉히며 고개를 가로저었지만 소라의 눈초리는 더 가늘어져만 갔다.

"아니긴. 빨리 불어, 어저께 갑자기 일본에서 날아온 사연."

다 불기 전까진 일어날 생각 말라는 듯 소라는 윤휘를 소파에 끌어 앉혔다.

"뭐가 그렇게 궁금한데?"

"야! 그럼 친구가 연애를 한다는데 안 궁금해? 네가 아직 잘 모르나 본데, 원래 연애하면 친구한테 털어놓고 상담하고 그러는 거야."

그런 적이 있었나 싶었다. 준혁을 만날 때에도 혼자 모든 것을 판단하고 결정하고, 누구에게 이렇다 말 한 번 한 적이 없었다. 심지어 진이를 가졌을 때에도 윤휘는 혼자 모든 것을 처리했었다. 혼자 해야 하니까. 누군가에게 도움을 받기 시작하면 당연히 혼자 겪어야 할 일도 억울해지기 마련이니까.

"그런 것 아니라니까 그러네."

"에휴, 듣고 내가 판단할 테니까 일단 털어, 빨리."

한번 궁금한 것은 죽어도 알아야 하는 소라의 성격을 누구보다 잘 알기에 윤휘는 일찍이 에두르길 포기했다. 사실 그 사람을 자랑하고 싶은 마음도 무시 못할 만큼 컸다.

“사랑한대. 그냥 그게 다야.”

막상 소라에게 얘기하려고 새벽의 일을 다시 떠올려 봤지만 기억나는 것은 단 한 가지밖에 없었다.

“사랑해.”

유진의 한마디.

“꺄악!”

소라가 윤휘를 와락 끌어안았다.

“어떡해! 어떡해! 너무 좋아!”

윤휘는 어리바리한 상태로 소라에게 안겨 어색하게 웃었다.

“드디어 정윤휘 인생에도 꽃이 피는구나. 에이, 내가 눈독 잔뜩 들이고 있었는데 사랑하는 친구를 위해 이 언니가 포기해 주지.”

“어, 그래. 고맙게 생각한다.”

윤휘가 또 주책을 부리는 소라를 흘겨봤다.

“연애 맞고만. 대체 남자랑 여자랑 눈 맞아서 좋아 지내는 걸 연애 말고 또 뭐라고 부르는데? 감이 안 와?”

“아!”

연애. 연애구나. 좋은 사람이랑 지금 정윤휘, 연애 시작한 거구나.

준혁 이후 처음 만난 좋은 사람. 그녀의 인생에 ‘두 번째’ 남자가 아닌 생각하면 힘들었던 기억만 떠올리게 만드는 준혁 이후 '첫 번째' 남자라고 윤휘는 생각했다. 그에게 '두 번째'라는 말을 붙이는 것은 그녀 자신이 용납되지가 않았다. 유진을 감히 준혁 같은 놈 뒤에 줄 세울 마음은 결코 없었다.

"소라야, 나 연애하는 것 맞나 봐. 그 사람이 나 사랑하는 이유 백 가지 천 가지라도 댈 수 있대. 그런데 생각해 보니까 나도 그 사람 좋은 이유 천 가지라도 댈 수 있을 것 같아."

"물꼬 터주니까 아주 좔좔 쏟아내는구만?"

아! 나 그 사람이랑, 정유진 씨랑 연애하는구나!

"그 사람 못생긴 발가락도 좋은데 나 어쩜 좋아."

다시금 시작됐던 일주일의 강행군도 내일로 끝이었다. 유키사다 감독은 이미 알고 있는 사이코 기질을 충분히 보여주었다. 일주일에 삼 일, 이 주로 잡혀 있던 촬영 일정을 한 주로 몰아버리더니 시나리오를 사정없이 수정한 것이다. 원인은 난데없이 내리는 폭설 때문이었다.

하지만 그는 더 이상 힘들지 않았다. 아니, 몸은 힘들지 모르지만 마음만은 어느 때보다 편안했다. 숨겨야 했던 한 가지가 사라졌기 때문일까. 윤휘와의 감정이 일방통행이 아닌 쌍방향임을 알게 된 이후 그의 상태는 하루가 다르게 호전됐다. 마치 그녀에 대한 오해로 인한 감정 소모가 강박증의 원인이 아니었나 싶을 정도였다. 이제는 히라가나로 표시된 것은 혼자서도 읽을 수 있었다. 물론 감정을 잡기 위한 해석은 통역이 필요했지만 그것만으로도 유진의 마음은 날아갈 것 같았다. 그래서 감독의 변덕쯤은 얼마든지 받아줄 수 있었다.

케이의 사랑에 흔들리는 마음을 깨닫곤 숨어버린 아키를 찾아 헤매는 내용이 이번 북해도 촬영분이었다.

엇갈리고 엇갈리길 몇 차례 반복하곤 어린 시절 아키와 케이와 죽은 아키의 약혼자이자 케이의 죽마고우인 다이스케와의 추억이 담겨 있는 장소에서 운명처럼 재회하는 내용이 원래 시나리오였다. 하지만 갑자기 내린 때아닌 눈이 감독의 창의력에 불을 붙였고, 다른 스태프들도 익숙하게 다시 장소를 헌팅했다. 아무리 북해도일망정 4월 초라 내린 눈이 빨리 녹기 십상이었다. 눈이 남아 있는 동안에 모든 촬영이 이루어져야 했으므로 당연히 일정을 몰아버릴 수밖에 없었던 것이다.

완성된 영화처럼 매 신이 순서대로 촬영하는 것이 아니므로 휴식도 없이 다른 신에서 다른 감정을 이끌어내야 한다는 것은 배우에겐 엄청난 스트레스였다.

하지만 다행히 유키히코와 호흡은 잘 맞는 편이었고, 감정 몰입도 어렵지 않았다. 여자로서는 전혀 관심 밖이었지만 상대역으로서는 매우 훌륭한 파트너라는 것을 유진은 인정하지 않을 수 없었다. 그래서 그런지 그녀를 대하는 태도가 많이 부드러워진 것도 사실이었다.

게다가 유키히코는 영어가 능숙했다. 영어권 진출을 위해 배

웠다고 하는데 유진과 의사소통을 하는 데 전혀 지장이 없을 정
도였다. 영어 발음이 엉망이기로 소문난 일본인으로 알아듣는
데에 전혀 무리가 없는 발음을 구사한다는 것만으로도 그녀가
얼마나 노력했는지 알 수 있었다. 사적으로는 어떤지 알고 싶
도 않고, 알 수도 없지만 일적인 면으로 발휘하는 프로정신만은
높이 샀다.

『유진짱! 이번 주 일요일에 뭐 해요?』

촬영 일정의 변경으로 그나마 혜택을 본 것이 있다면 원래 일
정이 잡혀 있던 다음 주가 온전히 휴식 시간으로 돌아왔다는 것
이었다.

유진은 다음 주 스케줄이 어떻게 되나 생각했다. 윤휘가 보고
싶었으나 저번처럼 야반도주하듯 한국으로 가는 것은 무리였
다. 더군다나 경수가 다 알아버린 지금, 그를 완전히 무시할 수
도 없는 입장이었다. 고로 다음 주는 고스란히 호텔에서 쉬게
생긴 것이다.

"별다른 스케줄은 없는데 왜요?"

"그럼 저녁이나 같이할래요? 내가 홋카이도 출신이라 여기는
제 손바닥 안이거든요. 같이 일한 지 한 달이나 넘어가는데 밥
한 번은 먹어도 되지 않아요? 일 얘기도 할 겸."

유진은 눈썹이 꿈틀거렸다. 그러자 유키히코가 서둘러 덧붙
였다.

"아, 사실 저번에 느닷없이 방에 찾아간 것도 사과하고 싶어

서요. 내가 그날 술을 좀 했었는데, 실수였어요. 애인이랑 그날 좀 안 좋았거든요. 두고두고 사과하고 싶었는데, 스태프들 앞 아니면 나 자꾸 피하는 것 같아서요. 사과할 수 있게 해줘요, 네?"

진심이거나 꼬리 아홉 개를 감추고 있거나. 거절할 수 없게 만드는 화법을 정확히 알고 있는 여자라는 생각이 들었다.

이런 상황에 약한데……. 유진은 난감했지만 그렇다고 앞으로 몇 달은 마주쳐야 할 사람인데 딱 잘라 거절할 수도 없었다.

"그래요, 그럼. 시간은 나중에 정해서 연락 줘요."

"와! 정말요? 너무 고마워요."

일본 여자들은 다 이렇게 애교가 많은 걸까, 아님 아무한테나 이러는 걸까. 민망할 정도로 폴짝폴짝 뛰며 좋아하는 유키히코를 보니 유진은 조금 미안한 마음이 들었다. 그리고 그와 대조적으로 윤휘의 무덤덤한 얼굴이 불현듯 떠올랐다.

보고 싶다, 작고 동글동글 한 하얀 내 경단…….

12. 가족놀이

오랜만의 늦잠이었다. 그래 봐야 시간은 고작 아침 일곱 시를 조금 넘기고 있었지만 다섯 시 반이면 일어나는 평소에 비해 무려 두 시간이나 더 잔 것이었다.

새벽 두 시까지 유진과 통화를 하다, 누가 먼저인지도 모르게 잠이 들었다. 아침에 일어나 보니 침대와 귀 사이에 전화기가 끼어 있었다. 그것을 보니 다시 웃음이 나왔다. 마치 처음 하는 연애처럼 그의 목소리를 들을 때마다 설레고, 그가 했던 말을 생각하며 얼굴을 붉어졌다.

쌀을 씻어 밥을 안치고, 밥이 되는 동안 오늘 진이가 입을 옷을 골라놓고 아이를 깨웠다.

흔들어 깨워도 계속 침대만 파고들 뿐 일어날 생각을 하지 않는 아이의 엉덩이를 찰싹 때렸더니 금세 자지러지는 울음이 터졌다. 잠투정이 심한 탓에 매번 아침마다 일어나는 전쟁이었다.

억지로 유진이의 손을 잡아끌어 식탁 앞에 앉히고 자꾸 눈을 감는 아이의 입에 밥을 떠 넣었다. 여기서 중요한 것은 작은 숟가락에 최대한 다부지게 밥을 많이 뜨는 것. 이미 숙달된 노하우로 꾹꾹 눌러 떠서 밥 한 공기를 다 먹인 후 욕실로 데려갔다.

요즘 혼자 양치하는 법을 가르치는 중이라 칫솔에 치약을 짜주는 것까지만 해주고 아이가 솔질을 하는 것을 지켜보았다. 이제 제법 구석구석 잘 닦는 것 같았다. 양치를 잘한 진이의 엉덩이를 토닥여 주곤 세수를 시켰다.

얼굴에 로션까지 다 바르고 나자 이제 완전히 잠에서 깼는지 제가 입을 옷을 고르겠다고 난리다.

"엄마, 빨간 카트."

"그거 빨았어. 오늘은 이거 입자."

"싫어, 빨간 카트으으!"

"안 돼. 이거 입어. 얼른!"

유진이는 못내 아쉬운 듯 입술을 삐죽이며 윤휘가 입혀주는 노란색 티에 팔을 집어넣었다. 아침에 하는 만화를 보고 싶어 TV를 켜려는 아이를 달래 집을 나선 것이 8시 30분.

아파트 정문까지 오는 유치원 버스에 유진이를 태우고 집에 들어가자마자 한숨 돌릴 틈도 없이 전화벨이 울렸다.

“하아, 하아. 여보세요?”

―아침부터 웬 섹시 음성?

“유진 씨?”

―남자 목소리, 나 말고 또 있어?

“치이, 왜 없어? 많지.”

―어! 정말이야? 으윽. 언 놈이야. 빨리 불어.

윤휘가 큭큭거리며 웃었다.

―그나저나 왜 그렇게 숨이 가빠?

“아, 아침 전쟁 치르느라.”

―아침 전쟁?

“응, 만날 하는 전쟁 있어요.”

―상대는 누군데?

“어, 말 징글징글하게 안 듣는 정유진이라고 있어.”

―큭. 그래서 이겼어, 졌어?

“뭐, 언제나 나의 승리지.”

윤휘가 뻐기는 투로 말하자 재미있어할 유진의 모습이 손에 잡히는 듯했다.

―종목은 뭐야?

“음…… 아침에 잠 깨우기, 밥 먹이기, 씻기기, 옷 입히기, TV 못 보게 하기. 이 정도?”

―오호! 다양한데.

잠시의 침묵이 돌았다. 그래도 전혀 어색하지 않은 것은 서로의 숨소리만으로도 충분히 이어져 있다는 느낌 때문이었다.

―보고 싶다.

한두 번 듣는 말도 아니건만 왜 그런지 그의 사랑한다는 고백과 보고 싶다는 말에는 면역이 되질 않았다.

―그 그림에 나도 넣어주라. 너랑 유진이의 전쟁에 나도 끼고 싶어. 가끔 내가 유진이 편들어서 한 번은 이기게 해주는 거야. 나랑 유진이랑 그렇게 다시 뒹굴뒹굴하면 너는 씩씩대면서 괜히 대청소한답시고 집 안 발칵 뒤집고. 나랑 유진이는 요리조리 피해 다니고, 그러고 싶어.

윤휘의 볼 위에 눈물이 한 방울 똑 하고 흘러내렸다. 이 사람은 어쩜 이렇게 그녀의 눈물샘을 톡톡 건드리는 말만 하는 것일까.

―그러다 점심때는 내가 미안하니까 맛있는 파스타 만들어줄게. 소스 간은 유진이가 봤으니까 맛은 없을 거야. 그러면 넌 맛없다고 투정 부리면서 한 그릇 다 먹고. 나 요즘 매일 생각해. 윤휘야, 듣고 있어?

"듣고…… 있어."

―에이, 우리 윤휘 또 우는구나. 이렇게 잘 울어서 어떡해.

"그냥, 꿈같아서. 오늘 밤에는 그 꿈 꿨으면 좋겠다, 생각 들어서."

―나랑 그렇게 살자. 나랑 유진이랑 너랑 이렇게 셋이 그렇게 살자.

윤휘는 유진이 눈앞에 있는 듯 열심히 고개를 끄덕였다.

—그나저나 주말에 뭐 해? 보고 싶은데, 죽겠다.

윤휘는 눈물을 쓰윽 닦아내곤 목소리를 가다듬었다.

"어, 날도 풀리는데 유진이 데리고 놀이공원에나 갈까 해. 소라랑 셋이서. 겨우내 너무 집에만 있었지 어디 데리고 간 적이 없었거든."

—그래?

그때 수화기 너머로 그를 부르는 소리가 들려왔다. 아마 경수인 듯했다.

"누가 부르나 봐."

—응, 나 지금 숏 들어가야 하거든. 나한테 좋은 생각 있으니까 있다가 전화할게!

전화가 일방적으로 뚝 끊긴 후에도 윤휘는 한참이나 그대로 서서 유진이 그려준 그림을 상상하며 전화기를 놓지 못했다.

가슴이 뭉클했다. 그 그림에 둘이 아닌 당연하게 셋을 생각하는 유진에게 한없이 고맙고, 또 고마웠다.

"意識が戻るのをあまり期待なさらない方がいいとおもいます(의식이 돌아오는 것은 그다지 기대하지 않으시는 편이 좋을 겁니다)."

의사의 무정한 선고에 아키는 그 자리에 주저앉는다. 그런 아키의 곁에 앉아 가만히 안아주는 케이. 세상을 잃어버린 표정의 아키는 두 눈에서 한 줄기 눈물만 소리없이 흘러내린다.

"信じられないよ. なにとぞ夢と言ってくれ(믿을 수 없어. 제발 꿈이라고 해줘)."

중얼거리는 아키를 안타까운 눈빛으로 하염없이 바라보는 케이.

"カット(컷)!"

감독의 만족스러운 컷 소리와 함께 스태프들의 박수 소리가 터져 나왔다. 유키히코는 아직 아키의 감정에서 완전히 벗어나지 못했는지 주저앉은 그대로 유진을 붙잡고 눈물을 찍어냈다. 숨도 마음대로 내쉬지 못할 정도로 유키히코의 감정 표현은 훌륭했다. 감독의 요구대로 넘치지 않았고, 그러면서도 감정 전달은 부족함이 없었다. 유키히코 아이의 모습은 어디에서도 찾아볼 수 없는 완벽한 아키였다.

"Are you OK?"

유키히코가 계속 일어나질 못하자 유진은 은근히 걱정스러운 생각이 들었다.

"あ! 大丈夫です. やっかいをかけてしまいましたね(아! 괜찮아요. 폐를 끼쳐 버렸네요)."

"こちらこそ大丈夫です(저야말로 괜찮습니다)."

유진은 떠듬떠듬 대답했다. 유키히코는 과도한 감정 몰입이 힘에 부쳤는지 유진의 부축을 받으며 간신히 일어났다.

『미안한데, 벤까지 데려다 주실래요?』

유키히코는 일어가 서툰 유진을 기억해 내곤 다시 영어로 바꿔 말했다.

『그래요.』

일주일 강행군의 마지막 날, 이미 지칠 대로 지친 스태프들의 환호를 뒤로하고 유진은 유키히코와 함께 자리를 옮겼다.

촬영 장소인 병원의 주차장에 주차되어 있던 벤까지 그녀를 데려다 주자 기다리고 있던 로드매니저가 뛰어나와 문을 열어 주었다.

"Yujinちゃんは優しい人ですね. あなたの彼女がとても憎い ですよ."

아이가 벤에 올라타다 뒤돌아서서 말했다. 하지만 빠른 속도에 유진은 그녀의 말을 다 알아들을 수는 없었다.

"英語で(영어로)……."

"A! Thank, Yujin."

유키히코는 보일 듯 말 듯한 웃음을 흘리고는 그렇게 그냥 벤으로 들어가 버렸다.

'자상한 사람이네요. 당신의 그녀가 너무…… 그 다음에 니쿠이가 뭐였지?'

유진은 조금 있다가 윤휘에게 물어봐야겠다고 생각하곤 곧 잊어버리고 말았다.

"형, 다음 로케지가 어떻게 되지?"

"다시 도쿄로 가는데, 왜?"

유진은 날렵한 턱을 매만지며 말했다.

"일본 처음 왔는데, 꼭 가보고 싶은 곳이 있어서."

"어디?"

"한국에서는 얼굴 팔려서 절대 못 가는 곳."

경수가 피식 웃었다. 한국 땅에서는 어딜 간들 알아보는 사람 없겠냐는 생각이 들었다.

"그러니까 거기가 어딘데? 설마 록본기 호스트바나 아카사카 방석집 가고 싶다는 말은 아니지?"

"거기만 아니면 되는 거야?"

보기 불쌍할 정도로 혹사당하는 유진을 누구보다 잘 알고 있는 경수였다. 비록 요즘 들어 그가 하는 행동 하나하나가 마음에 들지 않았지만 작은 휴식 정도는 얼마든지 줄 수 있었다.

"또 한국으로 튀거나 하는 것 아니면."

"그래? 그럼 주말에 디즈니랜드 가자."

"뭐? 디즈니랜드?"

"디즈니랜드요?"

─응, 소라 씨도 함께 와. 이참에 경수 형이랑 접붙여 버리게. 내가 한국에 가지 않고도 우리 같이 있을 수 있는 최선이라고 생각하는데. 나 이제 좀 같이 있고 싶다.

급박한 시간 때문에 어떻게 해야 할지 손톱을 물어뜯던 윤휘는 '이제 좀 같이 있고 싶다' 는 유진의 한 마디에 판단 능력을 잃어버렸다.

"알았어요. 갈게. 유진이도 좋아할 거야."

─응. 여기는 알아보는 사람도 없으니까 마음껏 놀고 사진 찍고 할 수 있어. 우리 사진 많이 찍자. 나 혼자 멀리 가더라도 지갑에 넣고 시시때때로 볼 수 있게. 이런 방법이 있었는데 왜 생각을 못했을까.

유진과 아들 유진과 그녀가 있는 사진. 미키마우스 머리띠를 하고 유진의 어깨에 목마를 타고 있는 아들 유진, 옆엔 아이스크림을 들고 있는 그녀. 생각만 해도 가슴 한 귀퉁이가 짠하게 조여들었다.

"유진 씨는 참 솔직한 것 같아. 숨기는 것도 없고, 이리 재고 저리 재느라 감정 표현 못하는 것도 없고. 그래서 참 많이 부럽고 그래요. 사랑받고 자랐구나, 정에 굶주리지 않고 살았구나, 햇볕 참 많이 받고 자란 나무 같은 사람이다. 이런 생각 많이 들어. 우리 유진이가 딱 당신만큼만 밝고 건강하게 자라면 난 소원이 없겠다."

─아! 그리고 여기에 굉장히 큰 양 목장이 있는데, 유진이 양모 모자랑 당신 실내화랑 샀어. 예전에는 그런 생각 안 했었는데 요즘은 돌아다니다 보면 그냥 막 눈에 띄어. 안 살 수가 없어. 다음에 꼭 한번 같이 오자. 눈도 예쁘고, 온천도 기가 막히게 좋아.

"꼭 가요. 꼭 같이 가."

―응, 그러자.

함께한 시간의 끝에 '달'이 붙는지 '해'가 붙는지 더 이상 중요한 것이 아니었다. 그는 이미 윤휘에게 너무 자연스러운 사람이 되어버렸다. 억지스럽지 않고, 흑백사진 속의 화려한 단풍처럼 오려 붙인 것 같은 느낌도 없었다. 그저 처음부터 그랬던 것처럼, 엉킨 실타래 양 끝을 잡고 있었던 사람들처럼 서로가 그저 이어져 있는 느낌이었다.

그녀에게 정유진이란 남자는 그런 사람이었다.

아름다운 선율이 자연스럽게 흐르는 변주곡처럼, 그러나 분명 처음과 같지는 않은, 어제보다 더 좋은 오늘과 오늘보다 더 사랑할 내일에 대한 기대를 품게 만드는, 그런 사람.

『아! 옷이 이게 뭐야? 나보고 지금 인터뷰를 하란 거야, 등산을 하라는 거야? 감히 나한테 이런 담요 같은 천 쪼가리를 두르라는 거야?』

쿄우코는 난감하기 그지없었다. 인터뷰 장소기 노친가페라기에 일부러 보온성을 생각해 옷을 가져왔더니 들고 흔드는 폼이 아주 찢어발길 태세다. 대체 그럼 어떤 옷을 준비해야 한다는 말인가. 눈이 아직도 수북하게 쌓여 있는 이 추운 도시에서 미니스커트에 탱크탑이라도 준비해야 하나. 보나마나 그렇게 입혀놓으면 춥다고 온갖 난리를 다 칠 테지만.

마침내 유키히코가 옷을 바닥으로 내동댕이쳤다. 절대 저딴 옷은 걸칠 수 없다는 듯 로브 차림으로 침대에 주저앉아 버렸다. 이런 변덕이 한두 번이 아니기에 평소 같으면 옷을 열 벌 정도 준비해 놓는 것이 당연했겠지만, 생각지 못한 기온의 하강으로 일기에 맞는 옷이 몇 벌 없었다.

메이크업 담당인 리카마저 바짝 얼어 꼼짝도 못하고 있자 한참을 보고만 있던 유카리가 나섰다.

『아이, 옷 빨리 못 입어?』

『이런 옷을 어떻게 입냐고! 대만 방송국에서 왔어. 그 촌스러운 것들이 날 보면 뭐라고 생각하겠어? 쟤도 우리랑 같구나, 그럴 것 아냐! 그리고 유진짱 앞에서 이딴 칠십 년대 아줌마 숄 같은 걸 두르고 있을 순 없다고. 차라리 나 못 나간다고 해. 이거 입고 나가느니 로브를 입고 나가겠어!』

『인터뷰 한 시간밖에 안 남았는데 어떻게 하자는 거야? 아무리 너라도 이런 말도 안 되는 트집은 용서할 수 없어!』

『아아, 몰라, 몰라. 하여튼 못 나가. 안 나가!』

유키히코의 이런 고집을 십 년이나 봐온 유카리는 자신이 달래봐야 유키히코는 저 옷을 입을 리 없겠다고 결론지었다.

15살, 연예계에 데뷔한 아이는 그대로 성장이 멈춰 버렸다. 대중들은 그녀를 우상으로 떠받들었으나 현실은 그렇지가 않았다. 일찍이 방송국 관계자들에게 고개를 숙여야 했고, CF 하나에 호텔 열 번, 배역 하나에 촬영 끝날 때까지 감독의 가랑이에 고개를 숙여야 했던 적도 있었다. 그것이 불과 20살도 안 돼서 겪은 일이었다.

덕분에 그녀가 정상에 올라섰을 때부터 휘두르는 횡포는 상상을 초월했다. 가지고 싶은 것은 꼭 가져야 했으며, 자기가 가지지 못할 바에는 부숴 버리고 말았다. 가지고 놀다 버리면 몰라도 다른 사람이 갖는 것은 죽어도 보지 못했다. 그런 그녀의 행동이 지난날의 억눌린 자신에 대한 보상이며 당한 것에 대한 복수라는 것을 유카리는 누구보다 잘 알고 있었다.

그렇게 아이는 살아남았다. 바빠진 스케줄 때문에 포기한 고등학교. 대학 진학은 생각도 할 수 없었다. 그러다 보니 '친구' 관계라든지 손익이 없는 관계를 그녀는 이해할 줄을 몰랐다.

『유카리 씨, 인간관계는 말이야, 사냥이야. 어떤 사람에게서 뭔가를 얻기 위해선 부탁이나 굴복이 아닌 사냥을 하는 거야. 잘 다니는 길목에 덫을 놓는다든지 먹이로 유인해서 총을 쏜다든지 막다른 곳으로 몰아간다든지. 이 셋 중에 하나지. 토끼를 산 위로 모는 것보다 아래로 모는 것이 더 유리한 것처럼 상대방의 약점을 파악하는 것 또한 중요해. 세상이 뭐, 다 그런 것 아니겠어?』

언젠가 인간관계에 대한 정의를 내리던 유키히코의 말이 떠올랐다. 그 말에 얼이 빠진 유카리는 고개만 설레설레 저었었다. 지극히 유키히코다운 답이었고, 지금껏 그녀가 느낀 세상과 인간에 대한 정의였다. 정, 사랑이라는 느낌을 이미 잃어버린 그녀.

그런 그녀에게도 사랑은 있었다. 영화 OST 작업에 참여하게 되어 만난 그녀보다 12살이나 많았던 작곡가 카츠미. 20살, 철 모른 시절의 첫 번째 결혼, 그리고 지독히 사랑했던 남자의 배신으로 맞은 육 개월 만의 파경. 모두 용서한다, 돌아와 달라, 그 고고한 자존심을 스스로 뭉개며 매달렸던 전 남편의 이혼, 그리고 일 년 만의 재혼.

워낙에 천방지축에 제멋대로인 아이였지만 지금처럼 악의적인 삐딱함을 보인 것은 전 남편인 카츠미의 재혼 소식으로 자살 소동을 부린 이후부터였다.

병적인 그녀의 집착이 카츠미를 떠나보냈다. 개인적은 외출은 고사하고, 비즈니스로 만난 여자 가수들에게까지 지나치게 바리게이트를 치던 유키히코를 그녀는 아직 기억한다. 누구냐 다그치고, 직접 만나 추궁하고, 다시는 그이 곁에 얼씬도 하지 못하도록 지독하게 굴었던 그녀였다. 점점 옥죄어오는 사랑이라는 이름의 감옥에서 카츠미는 죽어갔다. 그런 그가 다른 여자에게로 도망친 것은 어쩌면 본능적인 자기 방어였을지도 모른다. 그런 그를 이해하려고 애썼다.

하지만 지금 그런 생각이 들었다. 정말 그렇게밖에 할 수 없었던 것일까. 그렇게 가장 잔인한 방법으로 유키히코를 몰아낸 카츠미가 처음으로 원망스러웠다. 그렇게 버리고도 가끔 그녀의 안부를 물어오는 그가 원망스러웠다.

『휴우, 기다려 봐.』

언제나 그 생각만 하면 마음이 약해지곤 했다. 여자로서도, 한 인간으로서도 불쌍하기 그지없는 아이. 그런 생각이 없었다면 아마 그녀의 매니저 자리 따위는 애초에 때려치웠으리라.

유카리는 일단 대만 방송 관계자들을 찾았다. 이대로 인터뷰를 취소할 수는 없었다. 더군다나 영화에 관한 취재에 남주인공 덜렁 혼자 내보내는 것 또한 말도 안 되는 일이었다.

장소 세팅이 모두 완료된 상태를 보자 유카리의 머리가 지끈거렸다. 몇 년 전부터 시달리고 있는 고질적인 편두통에 유카리는 물도 없이 아스피린 두 알을 꿀꺽 삼켰다.

결국 유키히코가 지독한 몸살을 앓는 중이라는 거짓말로 제작진을 설득시켜 장소를 전통 온천여관으로 변경했다. 의상은 여관 여주인에게 빌린 남색에 옅은 벚꽃무늬가 단아한 유카타였다. 새것이 아니라고 안 입는디 하면 어써나 잔뜩 긴장했던 쿄우코는 유키히코가 순순히 옷을 입어주자 안도의 한숨을 쉬었다.

촬영단이 묵고 있는 곳은 삼십 년 전통을 자랑하는 고급 여관으로 인터뷰는 개인 온천이 창밖으로 보이는 다다미방에서 하기로 했다. 일본의 정취가 한가득 느껴지는 노천온천이 등 뒤로 보이고, 그 뒤로 대나무 벽, 그 주변을 회색의 바위가 빙 두르고 있었다. 한 발짝만 들여놔도 피로가 싹 풀릴 것같이 모락모락 김이 올라오는 온천의 모습까지 제법 그림이 되었다. 그리고 온몸의 곡선을 한껏 드러내고 사뿐사뿐 걸어 들어오는 유키히코 아이. 그녀의 얼굴에 방금까지의 표독스러움은 흔적도 찾을 수 없었다.

『늦어서 정말 죄송합니다. 감시 몸살이 심해서 본의 아니게 이런 고생을 하게 해드렸네요. 정말 죄송합니다.』

깍듯하게 허리를 굽히는 유키히코의 가슴골이 보이자 스태프들은 다들 어디에 시선을 두어야 할지 몰라 순간 당황했다. 그럼에도 연신 사과를 하던 유키히코는 밖을 내다보며 방에 앉아 있는 유진에게로 걸어갔다.

『죄송합니다.』

의도적으로 가슴께가 거의 유진의 얼굴에 닿을 정도로 허리를 굽혔으나 유진은 고개도 돌리지 않았다.

『몸은 좀 괜찮으세요?』

『아, 조금 어지럽긴 하지만 참을 수 있어요. 그나저나 유진짱은 이국적인 외모인데 유카타가 정말 근사하게 어울리네요.』

아닌 게 아니라 그녀와 한 쌍인 듯 보이는 남색 유카타를 입고 있는 유진은 정말 섹시했다. 한쪽 무릎을 세우고 있던 터라 벌어진 앞자락 사이로 보기 탄탄한 근육이 자리한 허벅지가 드러났다. 그리고 세운 무릎 위에 한쪽 팔을 늘어뜨리고 창밖을 바라보는 그의 모습은 침이 꼴깍 넘어갈 만큼 아름다웠다. 그러나 유진은 여전히 무심한 표정으로 밖만 내다보고 있었다.

『혹시, 밖에 뭐가 있나요?』

『아니요. 아, 그리고 드릴 말씀이 있는데.』

『네.』

유키히코는 단정하게 무릎을 꿇고 유진 앞에 앉았다.

『일요일 약속, 못 지킬 것 같아요. 한국에서 애인이 오기로 했거든요. 정말 죄송합니다.』

유키히코의 얼굴이 순식간에 핏기가 가셨다. 아픈 척하느라 일부러 창백하게 했던 메이크업에 핏기까지 가시자 정말 중병을 앓는 사람처럼 안색이 나빠졌다.

『많이 안 좋으세요? 쉬셔야 할 텐데. 빨리 끝내고 숙소로 돌아가시죠.』

『아, 네……. 호, 혹시 어디 관광하실 생각이세요? 괜찮으시다면 좋은 장소를 추천해 드리고 싶은데.』

『죄송스럽게 그렇게까지 폐를 끼칠 수 있나요. 그냥 디즈니랜드 갈 생각입니다. 평소에 한국에서는 놀이공원을 한 번도 가본 적이 없거든요.』

『아! 디즈니랜드……. 도쿄의 명물이죠.』

유진이 뒤돌아서 질문지를 읽는 동안 굳은 얼굴의 유키히코는 입술만 잘근잘근 씹었다.

13. 우리 그냥 사랑하게 해주세요!

경수는 유진에게 또 속아버린 자신을 원망할 수밖에 없었다. 머리가 좋은 건지 잔머리를 잘 굴리는 건지 '통역 겸 가이드'를 부른다고 했을 때부터 알아봤어야 했다.

"표정이 왜 이렇게 안 좋아요?"

양쪽으로 진이의 손을 잡고 신나게 걸어가는 윤휘와 유진을 보며 경수는 입 안이 씁쓸했다.

"아, 정말 잘 어울린다. 그쵸?"

뭣도 모르고 따라온 소라는 마냥 그들이 좋게만 보이는지 연신 부러움의 탄성을 터뜨렸다.

"너는 왜 따라왔냐?"

경수는 소라가 오랜만이라 반가운 마음이 컸지만 하던 버릇
이 있어 말이 곱게 나오질 못했다.

"엄머, 엄머, 이 아저씨 또 시비 거네?"

소라가 그런 경수를 있는 대로 흘겨봤다.

"내가 같이 와서 지금 그러고 있는 거예요? 나 참내. 나도 선
배랑 같이 다니기 싫거든? 흥!"

"그럼 저리 가든지 쟤네들한테 가."

"나도 그러고 싶은데, 아무리 나라도 눈치라는 것이 있어서
말이야. 선배는 사귀자마자 견우직녀 놀이하고 있는 커플이 불
쌍하지도 않아요?"

"불쌍하긴 개뿔. 하나는 폭탄이고, 하나는 횃불이고, 둘이 붙
어서 쑥대밭이나 안 되면 다행이지."

저도 모르게 중얼거린 경수의 말을 소라는 들어버렸다.

"뭐라고? 무슨 말을 그렇게 한데?"

"진소라, 모르면 가만이나 있어. 괜히 쟤네들 도와준답시고
나서지 말고. 쟤넨 안 돼."

소라는 걸음을 딱 멈춰 섰다. 경수는 다섯 발자국 정도 걷다
가 그녀가 옆에 없는 것을 깨닫곤 뒤를 돌아봤다. 허리를 양손
으로 집고 씩씩대고 있는 소라가 저만치 뒤에 서 있었다. 경수
는 하는 수 없이 한숨을 푸쉭 내쉬곤 저벅저벅 걸어 그녀의 손
을 잡아끌었다.

"선배는 진짜 왜 그래? 뭐가 그렇게 심각한데? 윤휘 행복한

꼴을 그렇게 못 봐주겠어요? 가끔 선배가 윤휘 생활에 간섭하는 것 보면 좀 심하다 싶을 때 있어. 둘 다 어른이야. 선배가 뭔데, 폭탄이니 횃불이니 하는 건데?”

“너, 머리 폼으로 달고 다녀? 생각 못하겠냐? 저게 가당키나 한 일인 줄 알아? 쟤네 ‘happily ever after’ 할 수 있을 것 같아?”

“왜? 왜 안 되는데?”

“휴우, 됐다.”

경수가 혼자 성큼성큼 걸어가자 소라가 다다닥 뛰어서 그를 붙잡아 세웠다. 이미 앞에 가던 셋은 어디로 샜는지 시야에서 놓쳐 버린 뒤였다.

“야! 박경수!”

“뭐? 야? 박경수? 너 혼날래? 이게 오냐오냐 했더니.”

“제발, 좀 쉽게 생각할 순 없는 거예요?”

“너야말로, 생각이라는 것 좀 해. 만약에 저러다 스캔들이라도 터지면 윤휘가 무사할 수 있을 것 같아? 네가 아직 이 바닥 생리를 모르는 모양인데, 윤휘 정상적인 생활 포기해야 된다고 보면 돼. 또 애는 무슨 죄인데? 응? 유진이야 한국에서 매장되어도 미국시장 있어. 쟨 원래가 미국에서부터 활동한지라 해외시장에서 더 먹히는 애야. 그쪽은 그런 스캔들에 대해 관대하니까. 즉 쟤네들이 불붙으면 터지는 건 윤휘라고. 알겠냐? 이래도 이해가 안 돼?”

“결혼하면 되잖아!”

“결혼? 윤휘 사생활, 미혼모, 사생아 이런 것 다 까발려질 텐데, 애가 그 사실을 어떻게 감당해? 그리고 윤휘도 자존심에 견뎌낼 수 있을 것 같아? 윤휘 걔는 사랑이 전부라고 믿는 멍청한 여자 아니야. 지금이야 그냥 좋기만 해서 모르겠지만 조금만 더 있으면 깨달을 거다. 사랑 하나 가지고 지금까지 쌓아왔던 것 다 허무는 바보 짓 할 아이 아닌 거 아니까. 너라면 몰라도.”

계속해서 독설을 내뱉는 경수를 소라가 삐딱하게 올려다봤다.

“선배 진짜 못됐다. 이거 진짜 월권이야. 우리가 지금까지 봐온 윤휘 모습이 전부가 아닐 수 있어. 유진 엄마도 여자고, 사랑받을 권리 있어. 윤휘 나이 먹어서 등 긁어줄 짝지도 없이 평생 그렇게 사는 것 보고 싶어서 그래요?”

“너랑 말해 뭐 하겠냐. 됐다. 내 입만 아프지.”

경수는 고개를 화화 저었다. 알아들을 수 없는 말을 지껄이며 큰 소리를 내는 외국인들이 신기했는지, 웬만하면 주변에 신경 쓰시 않는 일본인늘이 흘끔거리기 시작했다.

“앙, 쪽팔려. 선배 때문에 아주 국제적으로 팔아, 정말.”

소라가 진저리를 치며 재빨리 걸음을 옮겼다.

“하! 누가 할 소릴!”

입구에 있는 쇼핑 아케이드를 벗어나자 로맨틱한 남유럽의 항구마을 '메디테러니언 하버'가 눈앞에 펼쳐졌다. 이태리의 베네치아를 옮겨놓은 듯한 곳에서 중세의 복장을 한 사람들이 신기한 춤을 추며 관광객들의 눈을 즐겁게 해주고 있었다. 연신 눈을 떼지 못하고 이리저리 둘러보는 아이를 유진이 번쩍 안아 들었다.

"잘 보이지?"

유진이 높이 들어 아이를 어깨에 올려놓았다.

"꺄악!"

진이는 좋아서 어쩔 줄을 모르며 유진의 머리카락을 꾹 움켜쥐었다.

"내려놔요, 힘들어."

"잘 보이지?"

"응!"

아이의 입이 귀에까지 걸리자 윤휘도 덩달아 웃었다.

"머리 다 망가지겠다."

"괜찮아. 난 잘생겨서 머리 헝클어져도 그게 또 스타일처럼 보이거든."

"어련하실까."

윤휘는 고개를 절레절레 저으며 그를 밉지 않게 흘겨보았다. 유진의 얼굴에도 아이와 같은 웃음이 한가득 퍼졌다. 장난이 뚝뚝 떨어질 것 같은 천진한 얼굴에 새삼 눈을 떼기가 힘들었다.

"우리 저기서 사진 찍자!"

유진이 항구 앞으로 폴짝폴짝 뛰어갔다. 진이도 유진의 몸이 들썩이자 놀이기구라도 탄 것처럼 환호성을 질렀다. 디카를 꺼낸 유진이 아이를 내려 한 팔로 들어 올리고는 사진기를 든 팔로 윤휘를 감싸 안아 가슴께에 바짝 붙였다. 세 사람의 얼굴이 한 덩어리로 붙어버렸다.

"자, 치이즈!"

"치이즈!"

두 유진이 동시에 외치고 윤휘가 조금 어설프게 웃는 동안 사진기는 찰칵 하고 찍혀 버렸다.

"야, 이것 봐. 엄마 디게 웃기게 나왔다. 그치?"

유진이 찍힌 화면을 보면서 깔깔거리자 진이도 함께 보며 웃었다.

"엄마 못생겼어."

윤휘가 카메라를 홱 뺏어 들었다. 웃는 것도 아니요, 그렇다고 우는 것도 아닌 절묘한 순간의 표정이, 아닌 게 아니라 어색하기 그지없었다.

"지울 기야."

그리고 select delete 버튼을 누르려는 순간 그녀의 어깨를 넘어 유진의 기다란 팔이 카메라를 도로 낚아채 버렸다.

"어허, 그럴 순 없지. 이것도 다 추억이라고. 그치, 유진아?"

"응!"

무슨 말인지 알고나 고개를 끄덕이는 건지 결국 윤휘는 사진

삭제를 잠시 미뤄두어야만 했다. 화장실이라도 가봐라, 확 삭제해 버릴 테니까.

"어랏, 그나저나 경수 선배랑 소라는 어디 갔지?"

"뭐, 한두 살 먹은 어린애들인가? 말 통하는 사람 있으니 알아서 찾아올 거야. 자자, 우리 저쪽으로 가자."

유진은 안내책자 지도의 '아메리카 워터프런트'를 가리키며 말했다.

여기가 정말 일본 한복판이 맞나 싶은 화려하고 이국정인 풍경이 입이 다물어지지가 않았다. 20세기 초의 뉴욕 항구를 그대로 옮겨다 놓은 듯한 풍경에 눈이 저절로 커졌다.

"여기서 좀 놀다가 점심은 저기 콜롬비아 호에서 먹자."

이미 그녀의 머리 위에는 미니마우스 머리띠가, 진이의 머리엔 미키마우스 머리띠가 얹어져 있었다. 그리고 유진의 허리에는 클린트 이스트우드가 황야의 무법자에서 사용했을 법한 권총이 두 자루 걸쳐 있었다. 그리고 머리에는 쓰고 왔던 야구모자를 대신해 카우보이모자가 자리했다. 시거만 물면 바로 영화를 찍어도 될 판이다.

"윤휘야, 우리 사진 찍어줘."

윤휘에게 후다닥 카메라를 맡긴 유진이 진이와 함께 포즈를 취했다. 진이가 유진에게 총을 겨누고 유진은 화들짝 놀란 표정을 지었다. 진이는 마냥 좋아 입이 귀에 걸렸다.

"뭐야? 콘셉트 사진 찍는 거야?"

두 방의 셔터를 누르자 유진이 그녀도 오라 손짓을 했다.

그는 사진에 한이라도 맺힌 듯 순식간에 메모리 하나를 꽉 채워 버리고 두 번째 메모리를 카메라에 넣었다.

"자, 찍습니다. 유진이 브이!"

"브이!"

몇 번이나 실패를 했으니 이번에는 잘 찍혀보고자 윤휘가 브이를 따라 외치며 웃었다. 하지만 이번에도 예쁜 표정 짓기는 불발이었다.

"어머!"

"얼레리 꼴레리!"

유진이 셔터를 누르는 순간 그녀의 입술을 훔쳐 버린 것이다. 촉촉하고 모양 좋은 입술이 순식간에 그녀의 입술 반쪽을 베어 먹고 도망갔다. 윤휘의 얼굴이 작 익은 홍옥처럼 빨개졌다. 진이가 그런 그들을 보며 놀려댔다.

"일루 와, 이 녀석. 엄마를 놀리다니, 나의 뽀뽀를 받아랏!"

유진은 깔깔거리고 웃는 진이를 번쩍 들어 올려 입술이고 볼이고 할 것 없이 쪽쪽 소리를 내며 뽀뽀를 했다. 간지러운지 아이가 온몸을 버둥거리며 피해도 역시 유진을 이길 수는 없었다.

"자, 엄마한테 뽀뽀해 줘야지."

유진이 진이를 안은 채로 윤휘에게 다가가자 배꼽이 빠져라 웃어대던 진이가 제 엄마의 볼에 쪽 하고 뽀뽀를 했다.

"여기도, 음!"

유진이 입술을 쭉 내밀자 진이가 다시 쪽 하고 뽀뽀를 했다. 그렇서 한참 '뽀뽀놀이' 가 계속됐다. 지나가는 외국인 관광객들도 그들이 좋아 보였는지 눈이 마주치자 엄지손가락을 치켜들며 웃어댔다.

"유진아, 엄마 얼굴에 불났다, 그치?"

두 손으로 얼굴을 감싸는 윤휘를 보며 유진이 진이의 귀에 속닥거렸다.

"자, 내가 불 꺼줄 차가운 아이스크림 사 올 테니까, 유진이랑 여기 잠깐 앉아 있어. 알았지?"

유진이 진이를 윤휘에게 안기며 성큼성큼 어디론가 걸어갔다. 윤휘는 그의 뒷모습을 바라보며 손부채질을 했다. 입술이 불에 덴 듯 화끈거렸다.

"寫眞はよく撮ったの(사진은 잘 찍었냐)?"

렌즈를 닦던 쿄스케는 등 뒤로 들려오는 음산한 목소리에 어깨가 움츠러들었다.

"あ…… それが何のお話ですか(아…… 그게 무슨 말씀이십니까)?"

나름대로 표정을 감춘다고 웃어봤지만 그에겐 통하지 않았다. 대처 방안을 생각할 겨를도 없이 그의 손에 있던 카메라를 유진이 낚아챘다. 그리곤 처절한 비명과 함께 바닥에 내동댕이쳐져 카메라는 산산조각이 나고 말았다. 쿄스케는 털썩 주저앉았다. 유진은 그것으로도 만족하지 못했는지 발로 쿵쿵 짓밟기까지 했다.

그의 보물 1호인 캐논 'EOS-1D MARK Ⅱ' 바디와 렌즈 'EF 28-70㎜'가 형체를 알아볼 수 없을 만큼 처참히 부서졌다. 저런 잘생긴 놈의 얼굴에서도 살기 어린 섬뜩한 표정이 나온다는 것이 신기하다는 잡생각이 잠시 들었다. 하지만 그 생각은 갑자기 멱살을 틀어 잡히는 통에 바로 날아가고 말았다. 유진의 얼굴이 바로 코앞까지 다가왔다. 쿄스케는 목이 졸리고 다리가 후들거려 일어설 수가 없었다.

이를 악문 채 한 음절 한 음절을 씹어뱉는 그의 말에 쿄스케는 본능적으로 자신의 목을 두 손으로 감쌌다.

"Next time I see you, it's your pathetic neck that breaks(다음번에 내 눈에 띄면, 카메라 대신 네 모가지 박살난다)."

그리곤 유진은 지갑을 꺼내어 만 엔짜리 지폐를 한 움큼 뽑더니 쿄스케를 향해 던졌다. 지폐가 우수수 카메라 시체와 그의 위로 떨어졌다. 쿄스케는 정말이지 다시 한 번 걸렸다가는 그의 손에 자신의 목이 남아나지 않을 수도 있겠나는 공포를 느꼈다. 유진은 한쪽 손을 바지에 찔러 넣고는 뒤돌아 유유히 사라졌다.

이제 더 이상 사진을 찍을 도구도, 용기도 없었다. 하지만 쿄스케는 절망하지 않았다. 주저앉은 채 멀어지는 그의 뒷모습을 보며 비릿한 웃음을 지을 뿐이었다.

"오래 기다렸지?"

"일 분만 더 있다가 찾아나서려고 했어요. 아이스크림 만들어 왔어? 휴대폰도 안 가지고 가고."

유진이 휴대폰을 가지고 가지 않아 이리저리 전화를 하다 결국 경수와 소라가 합류할 수 있었다.

"요 앞에 가는데 휴대폰을 뭐 하러. 아이스크림 줄이 길더라고."

유진은 윤휘와 진이에게 아이스크림을 각각 내밀며 함박웃음을 지었다.

"어이, 우린 사람도 아니지?"

경수가 투덜대자 유진은 자기 몫의 아이스크림을 소라에게 내밀었다.

"이거 드세요. 없어지셔서 한참 찾았어요."

넘어가게 멋진 유진의 필살 미소에 소라는 아이스크림을 받을 생각도 못하고 멍하니 그를 바라봤다. 윤휘는 입에 침도 안 바르고 거짓말을 하는 유진을 몰래 흘겨봤다. 유진이 윤휘에게만 보이게 찡긋 윙크를 해 보였다.

"자자, 다들 식사하러 가죠. 저기 콜롬비아 호에서 식사도 할 수 있답니다."

근사한 식사와 화려한 볼거리로 가득한 하루였다. 점심식사를 한 그들은 부지런히 디즈니랜드를 돌고 미친 듯이 사진을 찍어댔다. 테마파크를 옮겨 다닐 때마다 각자 다른 콘셉트로 두 유진이 쇼를 하면 윤휘와 소라는 배를 쥐고 웃었다. 사진을 찍는 경수만이 종일 뾰로통한 얼굴을 하고 있었다.

어둑하게 해가 지고 하루 종일 유례없는 놀이에 진이가 제일 처음으로 나가떨어졌다. 유진에게 업어달라고 조르더니 어느새 그의 등에서 곯아떨어진 것이었다.

"이제 그만 호텔로 돌아갈까요?"

유진이 등에 업은 진이를 눈짓으로 가리키며 말했다.

"여기 야경이 더 볼만하다고 하던데……."

못내 아쉬운 목소리로 소라가 중얼거렸다.

"복잡하지 않게 감상할 수 있는 곳이 있으니 거기로 가시죠."

유진이 안내한 곳은 디즈니 씨의 미라코스타 호텔이었다. 그는 진작 이곳의 스위트를 잡아놓은 터였다.

그는 두 개의 스위트를 예약했다. 하나는 열 평 가까이 되는 커다란 야외 테라스에서 포르토 파라디조 항구의 전경을 한눈에 볼 수 있는 테라스 룸이었고, 다른 하나는 하루 숙박료만도 오십만 엔이 넘는다는 '일 마니 휘코 스위트'였다. 물론 그곳에서도 커다란 창으로 항구의 풍성을 마음껏 감상할 수 있었다.

호텔은 바다를 테마로 한 파크와 연계되어 있기 때문인지 로비에 들어서자마자 해양정복 전성시대의 정취를 느낄 수 있는 장치들이 즐비했다.

유진은 진이가 깨어 있으면 아주 좋아했을 거라고 말하고, 체크인을 했다. 곧 스위트 전담 객실 담당이 나와 극진히 그들을 안내했다.

굳이 짐이랄 것도 없이 온 터라 가벼운 보스톤 백과 아이의 짐이 다였다. 방에 들어서자마자 진이를 침대에 뉘여놓고 모두 테라스로 나갔다. 아직은 쌀쌀한 바람과 함께 밤의 절경이 눈앞에 드리웠다. 그야말로 인간이 만들어놓은 절경 중의 절경이었다. 새까만 물이 일렁이고, 그 위에 형형색색의 불빛들이 현란하게 펼쳐졌다.

발 아래 별처럼 보석을 흩뿌려 놓은 듯 반짝이는 항구의 모습에 소라는 정신을 못 차렸다. 경수는 윤휘를 애틋하게 바라보는 유진을 노려보았다. 언제 이 준비를 다 했을까 싶었다.

"너무 멋있다. 정말 고마워요."

"고맙긴."

유진이 윤휘의 머리를 가슴께로 끌어당겼다. 그의 품에 기대어 보는 밤 풍경은 방금 전과는 비교도 할 수 없을 만큼 더 아름다웠다. 아니, 이곳이 도심의 빽빽한 빌딩 숲이었더라도 충분히 아름다웠으리라.

"아! 이대로 자기 너무 아깝다. 우리 칵테일이라도 한 잔 할래요?"

소라가 들뜬 목소리로 말했다.

"그럴까요? 꼭대기에 라운지가 있는데."

유진이 말하자 소라는 기다렸다는 듯이 박수를 쳤다.

"딱이다! 얼른 가요. 이런 밤에 그냥 자면 예의가 아니지."

"야야, 애는 어쩌고, 꼭 그렇게 철없는 말을 지껄여야겠냐?"

경수가 한심하다는 투로 소라에게 핀잔을 줬다.

"그래, 유진이 중간에 깰 거야."

윤휘가 덧붙였다.

방금까지만 해도 흥분한 기색을 감추지 못하고 반짝였던 소라의 눈이 금방 가자미가 되어 경수를 노려보았다. 그러다 곧 좋은 생각이 났는지 가슴께로 팔짱을 끼며 말했다.

"오호, 그럼 선배는 가기 싫다 이거죠?"

"빨리 들어가 자자. 피곤하지도 않니?"

"좋아. 그럼 피곤하고 가기 싫은 경수 선배가 남아서 유진이 봐요. 하루 이틀 아니니까 애 보는 것 정도는 일도 아니지? 우리는 가서 칵테일 한 잔 하고 올 테니까."

"뭐?"

경수가 황당해 씩씩거리는 사이 소라는 유진과 윤휘의 팔을 끌었다. 윤휘가 멀뚱히 서 있는 경수를 돌아보며 '미안' 하고 입 모양으로 말했고, 유진은 연신 키득키득 웃으며 '고소하다'를 연발했다. 그리고 소리를 향해 임지손가락을 치켜세워 보이는 센스도 잊지 않았다.

스위트 전용 라운지라 그런지 실내는 한산했다. 아니, 정확히 그들 셋밖에 없었다. 부드러운 오렌지 빛 조명에 화려하고 격조 있는 테이블과 윙체어가 흔히들 생각하는 디즈니랜드의 이미지와는 전혀 달랐다.

"경수 선배한테 조금 미안하네."

윤휘가 말하자 소라가 손을 홰홰 저었다.

"야, 됐어. 그 아저씨는 왕따 좀 당해봐야 해."

"또 싸웠니?"

"싸우긴, 경수 선배가 일방적으로 나한테 뭐라고 하는 거지. 아휴, 아주 꼴 보기 싫어 죽겠어."

속은 전혀 그렇지 않다는 것을 누구보다도 잘 아는 윤휘는 그저 나지막이 웃을 뿐이었다. 각자 앞에 놓인 빛깔 좋은 칵테일을 마시며 분위기가 꽃처럼 피어났다.

"아, 유진 씨는 윤휘 어디가 좋으세요?"

소라의 느닷없는 질문에 윤휘가 하지 말라는 눈짓을 보냈다.

"이런 말씀 드리면 성의없다고 생각하실지도 모르겠지만요, 다 좋습니다. 그냥 다요."

다른 남자가 했으면 느끼했을 말이 그의 입에서 나오니 이렇게 진실되게 들리다니. 소라는 고개를 숙이고 마는 윤휘가 너무 부러워졌다.

유진의 팔이 조심스럽게 윤휘의 어깨로 올라가자 윤휘가 살짝 어깨를 떨어냈다. 그러자 유진은 언제 그랬냐 싶게 다시 제자리로 돌아와 칵테일 잔을 집어 들었다. 그 분위기가 묘하게 아슬아슬하고 어색한 것이 소라는 둘 관계에서 뭔가가 빠진 것 같은 느낌이 뇌리를 스쳤다.

"둘 첫키스는 언제 했어? 어디서?"

윤휘의 얼굴이 순식간에 시뻘겋게 물들었다. 사실 아이가 있어 아줌마지 성적인 부분에 있어서는 문외한인 여자가 바로 정윤휘였다. 아이는 어떻게 낳았나, 미스터리일 정도였다. 소라는 분명 준혁과의 얼떨결에 맺은 한두 번의 관계에서 진이가 생겼을 거라고 확신했다.

"어머, 윤휘 얼굴 빨개지는 것 좀 봐. 유진 씨가 말해봐요, 너무 궁금해."

소라는 유진의 반응을 살펴보려 한 번 더 찔러봤다. 아니나 다를까, 유진은 애써 난감한 웃음을 짓고 있었다.

이럴 수가. 진이가 유진이 자고 갔다고 해서 벌써 일을 치른 줄 알았더니 키스도 아직이라니. 정유진. 생각보다 강적이다.

"아, 대답하기 난감한 질문을 했나 보다. 아이, 준벽 한 잔을 다 마셨더니……. 나 잠시."

소라가 화장실을 가려는 듯 일어서자 유진과 윤휘의 사이에 전에 없었던 어색한 기류가 흘렀다.

"아, 소라가 이상한 질문을 했죠? 미안해요. 원래 궁금한 것을 다 물어봐야 하는 애라서……."

"아니, 물어볼 수 있는 거잖아. 그냥 대답할 수가 없었다는 것이 좀 난감했지."

유진이 조금 안타깝게 웃어 보였다. 그의 웃음이 이리도 쓰릴 수 있다니. 윤휘는 자신이 뭔가 큰 잘못이라도 한 것처럼 심장이 콕콕 쑤셨다.

“사실 매일같이 있고 싶고, 만지고 싶고, 매일 안고 싶은데 급하게 서두르고 싶지는 않아. 기다려 주고 싶어. 네가 완전히 나를 믿고 의지할 때까지. 그러지 않으면 아무 의미 없는 거잖아.”

이미 믿고 있어요, 의지하고 있어요. 윤휘의 마음은 외쳤지만 차마 입 밖으로 꺼낼 용기는 없었다.

“힘…… 들어요?”

있는 용기를 모두 짜내도 물어볼 수 있는 것이란 겨우 그 정도였다. 유진이 윤휘를 바라봤다. 지금까지의 부드럽기만 하던 눈이 아니었다. 시선에 타 죽을 수도 있겠다, 싶을 정도로 뜨겁게 윤휘를 훑었다. 그걸로 이미 대답은 들은 셈이었다.

그가 거칠게 머리를 쓸어 넘기더니 갑자기 윤휘의 안경을 홱 벗겨냈다. 그리고 ‘엇!’ 하는 순간에 덮쳐 온 입술. 부드러운 것과는 거리가 먼, 집어 삼키는 키스.

그의 마시멜로우같이 부드러운 입술이 그녀의 입술을 세게 빨아들이더니 한입, 또 한입 베어 물었다. 순간 숨을 어떻게 쉬어야 할지 몰랐던 윤휘는 마구잡이로 손을 뻗어 잡히는 그의 옷깃을 움켜쥐었다.

“하!”

그녀의 입에서 뜨거운 숨통이 트이자 그새를 놓치지 않고 유진의 달콤한 혀가 불쑥 들어왔다.

“음……!”

이제 그는 완전히 그녀의 입술을 점령해 버렸다. 마셔도 마셔도 갈증이 사라지지 않는 사람처럼 그는 윤휘의 얼굴을 두 손으로 부여잡고 그녀의 날숨 한자락마저 말끔히 마셔 버렸다. 마치 굶주린 야수처럼, 격정적인 키스는 그녀의 정신을 혼미하게 만들었다.

윤휘는 그의 옷깃을 필사적으로 잡고 있었다. 손가락의 하얀 마디가 드러날 정도로 꼭 쥐었다. 얼굴을 감싸고 있던 유진의 손길이 점점 아래로 내려갔다. 가늘고 긴 그녀의 목에 맥박이 뛰는 곳을 엄지손가락으로 지그시 눌렀다가 다시 아래위로 쓰다듬기를 반복했다. 그의 손길이 스쳤던 곳마다 자국이 남는 듯했다. 벌써부터 온몸이 부들부들 떨려왔다. 숨도 편히 쉬게 하지 않는 그의 키스였지만 절대 그가 떨어지길 바라는 마음은 아니었다. 오히려 조금 더, 조금 더 그녀를 마셔주길 바랐다.

목덜미를 쓸어내리던 손이 그 아래의 쇄골 뼈를 더듬었다. 입 안에 터지는 신음이 모두 그의 입속으로 빨려 들어갔다.

이대로 불타 죽어버리는 건 아닐까.

온 뱃속에서부터 불길이 이는 것 같았다. 마침내 쇄골 뼈에서 맴돌던 그의 손이 가차없이 작은 가슴을 움켜쥐었을 때, 윤휘의 고개가 퉁기듯이 뒤로 젖혀졌다.

"하앗!"

손님이라곤 아무도 없다고 하나, 이곳은 공개된 라운지였다. 하지만 유진도, 윤휘도 이미 이성적인 사고를 할 수 있는 상태가 아니었다.

턱 선을 따라 젖혀진 윤휘의 목으로 내려온 그의 입술은 여전히 거칠게 그녀의 살점을 빨아들였다. 그에게서도 연신 자잘한 신음들이 새어나왔다. 그는 당장이라도 테이블에 윤휘를 눕힐 태세였다. 그 찰나, 그들에게 경적이라도 울리려는 듯 윤휘의 휴대폰이 강하게 진동했다.

"저, 전…… 화……."

유진이 멈췄다. 그리고 천천히 가쁜 숨을 내쉬며 윤휘의 풀어진 앞섶을 여며주었다. 벌어진 셔츠를 다시 돌려놓는데 억지로 자제하고 있는 그가 느껴졌다. 유진의 이마가 그대로 그녀의 가슴께로 떨어졌다. 내뿜는 숨결이 너무나 뜨거워 혹시 열이라도 있는 것 아닌가 하는 걱정이 일었다. 그러나 그 열이 어디에서 기인한 것인 줄은 잘 알고 있었다. 그녀 또한 같은 불덩이가 몸속에서 일고 있었다.

"여보세요."

이미 갈라져 버린 목소리로 윤휘가 전화를 받았다.

―오늘 아니면 기회 없다. 내 말 잘 들어. 오늘 유진이 내가 데리고 잘 테니까, 너 들어오지 마.

"뭐?"

윤휘는 지금 상태가 상태이니만큼 잘못 들은 것은 아닌가 싶어 되물었다.

―난 분명히 말했다. 오늘 들어오면 정말 죽을 줄 알아!

그리고 전화는 뚝 끊겨 버렸다. 이제 조금 정상을 회복한 유진이 멍한 표정으로 끊어진 전화를 바라보고 있는 윤휘에게 물었다.

"누구야?"

"소라."

"왜? 무슨 일 있대?"

"오늘…… 들어오지 말래."

약 삼 초간 그 말의 의미를 생각하던 유진은 더 기다릴 것도 없이 윤휘의 손목을 잡고 일어났다. 그리고 거의 윤휘를 끌고 가다시피 라운지를 빠져나왔다. 그의 넓은 보폭을 따라잡기 위해 윤휘는 종종거려야만 했다. 어디로 가는지 잘 알고 있었다. 그의 발길이 점점 빨라졌다. 그녀의 심장도 함께 빨라졌다.

14. Making LOVE

호텔방의 문이 열리자마자 유진은 윤휘의 어깨를 벽으로 밀어붙였다. 그리고 곧바로 그의 입술이 그녀의 입술을 내리눌렀다. 유진은 한 손으로 그녀의 두 손을 그러쥐고 머리 위로 올려 고정시킨 후 다른 한 손으로 다급하게 가슴을 움켜쥐었다. 윤휘의 몸이 움찔거렸다. 커다란 손이 가슴과 배를 더듬다 그것으론 만족을 못하겠는지 셔츠를 파고들었다.

"이러고 싶었어. 매일 이렇게 하고 싶었어."

유진의 낮은 목소리가 그녀를 진동시켰다.

뜨거운 그의 입술의 느낌만으로도, 혀의 감촉만으로도 윤휘는 충분히 돌 지경이었다. 거기다 그의 커다란 손이 브래지어를

밀고 맨가슴에 닿자 다리가 후들후들 떨려 서 있는 것조차 불가
능했다.

그녀가 자꾸 무너지려 하자 유진은 재빨리 윤휘의 다리 사이
에 그의 다리를 밀어 넣었다. 그녀를 지탱하려 무의식적으로 나
온 행동이었지만 이미 달아오를 대로 달아오른 윤휘에겐 되레
엄청난 자극으로 다가왔다.

그가 머리 위로 그녀의 셔츠를 밀어 올려 벗겨냈다. 통통한
가슴을 짓이기던 브래지어도 단숨에 풀어내 어디론가 던져졌
다. 두 손이 자유로워진 윤휘는 그의 어깨를 붙잡았다. 온몸이
불에 타는 것 같았다.

그녀의 하얀 목덜미와 뼈가 도드라진 어깨를 집요하게 훑던
그는 단숨에 그녀를 들어 올렸다. 윤휘는 떨어지지 않으려 본능
적으로 다리를 그의 허리에 감았다. 그러자 유진은 끙 하는 신
음 소리와 함께 그녀의 가슴을 통째로 베어 물었다. 부드럽기만
했던 가슴의 정점이 금세 꼿꼿해졌다. 엉덩이에 이미 단단해진
그의 몸이 닿았다.

"아!"

윤휘가 그의 머리를 힘껏 끌어안고 머리카락 속에 손가락을
박아 넣었다.

"아! 미치겠다, 미치겠어."

그녀의 짙은 색 유두를 입 안에 머금은 채 그가 말했다. 유진
은 윤휘를 안은 채로 거실을 지나 순식간에 침실에 도착했다.

그리고 마침내 침대로 몸을 던졌다. 서걱거리는 침대 시트의 감촉과 함께 유진이 몸을 일으켰다. 그가 머물던 가슴에 휑하니 한기가 돌았다. 그의 옷들이 하나하나 바닥으로 떨어지는 모습을 지켜보다 고개를 돌리고 말았다. 그리고 그의 타는 시선에 시트 자락을 가슴께로 끌어당겼다.

"가리지 마. 윤휘야, 보고 싶어."

윤휘의 손이 꼭 붙잡고 있던 시트 자락을 놓고도 유진은 꼼짝도 하지 않았다.

"날 봐."

아직도 한쪽으로 고개를 돌린 채 눈을 꼭 감고 있는 윤휘가 마음에 들지 않았던 탓이다. 유진은 소중한 보물을 다루는 듯 윤휘의 얼굴을 두 손으로 감싸고 그를 보게 만들었다.

"눈 떠."

주문이라도 걸린 듯 윤휘의 눈이 스르륵 떠졌다.

"우리가 지금 뭘 하는지 봐. 우리 지금 사랑하는 거야."

윤휘의 고개가 아래위로 끄덕였다. 그것을 시작으로 유진이 천천히 그녀의 입술로 내려앉았다. 방금 전의 다급함은 거짓말이라는 듯 사뿐히 날아 앉는 키스는 부드럽고, 또 너무 감질나 그녀 스스로 입술을 열게 만들었다. 닿을 듯 닿지 않고, 스치고 지나가는 그의 입술에 저절로 안타까운 탄성이 흘러나왔다. 맘껏 맛보고 싶었다.

"하아!"

　그의 입술은 결국 그녀의 목마름을 모른 척하고 여리고 풍성한 살점으로 내려갔다. 동그란 가슴 전체를 핥아 내리는 그의 혀는 따뜻하고 간지러웠다. 그녀의 어깨가 저도 모르게 움츠러들자 그의 입술이 곡선을 그리는 것이 느껴졌다. 윤휘는 너무나 부끄러워 당장이라도 그를 밀어내고만 싶었다.

　하지만 무의식적으로 올라간 손은 얼굴을 채 가리기도 전에 그의 두 손에 잡혀 버렸다. 더 이상 숨지 말라는 그의 무언의 경고가 들려왔다. 윤휘는 주어졌던 팔의 힘을 스르륵 풀었다.

　마른 몸에 도드라진 갈비뼈의 골을 혀로 적셔가며 점점 아래로 향했다. 그의 촉촉한 혀가 배꼽 주변을 맴돌기 시작하자 윤휘의 허벅지가 꼭 붙어버렸다.

　그의 커다란 손이 하얗고 보드라운 허벅지를 쓰다듬자 온몸에 전율이 일었다. 곧 울 것 같은 소리가 연신 그녀의 입술 사이를 뚫고 나왔다.

　"흐음……."

　그는 억지로 그녀의 다리를 벌리려고 하지 않았다. 작은 저항의 몸짓 정도는 전혀 개의치 않았다. 밤은 길다.

　점점 아래로 내려간 그는 그녀의 길고 가는 다리를 지나 그의 손보다 작은 윤휘의 발을 들어올렸다. 그리고 경건한 성배를 받들듯이 손 위에 올려놓고 입술을 가져다 대었다.

　"하악!"

　발끝부터 머리끝까지 지배당하는 뜨거움에 다리 사이가 움찔거렸다. 이런 느낌은 처음이었다. 그녀는 두 손으로 시트를 쥐어짜듯이 움켜쥐었다. 몸 안쪽 깊숙한 곳이 욱신거리는 통에 다리가 바들바들 떨려왔다. 온통 한곳으로만 피가 몰린 듯 손끝마저 저릿했다.

그녀의 발을 놓아준 입술은 곧게 뻗은 종아리를 지나 무릎을 한 움큼 장난스럽게 깨물더니 어느새 조가비처럼 꼭 다물어져 있는 허벅지까지 타고 올라왔다. 천천히 노크하듯 다리 사이를 혀로 핥던 그의 손가락 하나가 그녀의 숲을 헤치고 쑥 들어왔다.

"읍!"

그녀의 다리에 더욱 힘이 들어갔다. 유진의 손가락이 이미 젖을 대로 젖어 저항 따위는 하지 않는 다리 사이를 마구 유영했다. 그 주위를 혀로 마음껏 맛보며 윤휘의 작은 살점을 미끈미끈한 샘물로 적셔 나갔다. 마구 뒤틀리는 허리를 어쩌지 못하고 윤휘의 다리가 마침내 그를 향해 열리고 말았다.

온몸을 바동거리는 그녀의 눈에 촉촉한 물기가 어렸다. 죽을 것 같았다. 금방 죽어버리고 말 것 같았다. 숨이 턱 끝까지 치받혀 토해내고 싶었지만 그조차 마음대로 되지 않았다. 오직 그의 손길이 멈추지 않기를, 더욱 만져 주기만을 바랄 뿐이었다.

"흐흑……."

살포시 벌어진 다리를 유진이 더욱 활짝 벌리고 그 사이에 살며시 키스했다. 그러자 그녀의 몸이 한차례 경련을 일으켰다.

유진은 틈을 주지 않고 손가락 하나를 좁은 통로를 향해 밀어 넣었다.

"하음!"

윤휘의 입에서 연신 신음이 새어나왔다. 도톰한 정점을 혀로 마구 괴롭히며 그녀의 안에 들어가 있는 손가락을 느릿하게 움직였다.

"너무 뜨거워, 그리고 좁아. 내가 널 상처 입히면 어떡하지?"

그의 입김이 고스란히 느껴졌다. 뜨거운 숨결이 마치 불에 지진 듯 화끈거렸다. 좁은 통로를 자극하는 그의 손가락이 점점 더 빨라지고, 혀의 움직임도 덩달아 격해졌다. 그러자 저절로 윤휘의 허리가 움직이기 시작했다. 리듬을 타듯이, 더욱 그를 원한다는 듯이.

찌릿찌릿하던 전기가 허리를 타고 점점 위로 치솟았다. 시트를 움켜쥔 윤휘의 손가락에 뼈마디가 하얗게 도드라졌다. 그를 사이에 두고 다리를 힘껏 오므리며 허리를 비틀길 여러 번, 단말마의 비명과 함께 눈앞이 백지가 됐다. 죽을 만큼 온몸이 늘어졌다.

"하악, 하악."

고르지 못한 호흡을 내뱉는 윤휘의 위로 유진이 미끄러지듯이 몸을 겹쳐 왔다. 그리고 땀으로 촉촉한 그녀의 이마에 잘했다는 듯이 베이비 키스를 했다.

"예쁘다. 예쁘다, 윤휘야."

절정의 여운으로 발그레하게 달아오른 그녀의 볼을 손가락으로 쓸어내리며 그가 쉴 새 없이 자잘한 키스를 퍼부었다. 너무 사랑스러워 견딜 수 없다는 듯이.

온몸이 녹고 있는 것만 같았다. 몸 안쪽에서 한 번 터진 열기는 가라앉을 줄을 몰랐다. 아래에 느껴지는 맹렬한 기세의 유진을 원했다. 채워주길, 이 열기를 식혀주길 간절히 소망했다.

그런 그녀의 눈빛을 읽은 듯 유진의 입술이 보기 좋은 곡선을 그렸다. 그리곤 군더더기없는 깔끔한 동작으로 한 번에 그녀를 꿰뚫었다.

“아!”

윤휘가 고통스러운 듯 비명을 질렀다. 그의 얼굴도 만만치 않게 일그러져 있었다. 그녀는 처음인 양 너무 좁고, 너무 뜨거웠다. 미칠 것 같은 쾌감에 당장 폭주하기 위해 유진은 이를 악물어야 했다.

“아파?”

윤휘는 아랫입술을 핏물이 베어들 것처럼 깨물곤 고개를 가로저었다.

“너무…… 작아. 너무 작아서 미칠 것 같아. 미안하다.”

그 말을 시작으로 유진의 몸이 움직이기 시작했다. 그가 한 번씩 들이닥칠 때마다 윤휘는 비명을 질러댔다. 커다란 침실에 살 부딪치는 소리와 서로의 비명이 공명했다.

“허리 조금만 들어봐. 그래, 그렇게. 아!”

한 줌밖에 되지 않는 윤휘의 허리를 붙잡고 그가 맹렬한 기세로 밀어붙였다. 그녀를 부숴 버릴 수도 있겠다는 생각이 들 만큼 격렬했다. 멈출 수가 없었다. 터질 것같이 조여오는 감각이 남자의 본능을 마구 자극했다.

"유진 씨…… 나, 앗!"

윤휘는 말을 이을 수가 없었다. 단단한 근육으로 무장한 그의 가슴이 그녀의 가슴을 짓누르고 서로의 땀방울이 엉켜들었다. 사나운 맹수 같은 유진의 몸에 당장이라도 온몸이 산산조각이 날 것만 같았다. 갸르릉거리는 소리가 자신의 것 같지가 않았다. 오 년 전, 고통만 기억하게 만든 준혁과의 관계와는 비교가 되지 않았다. 자신의 몸에 들어와 있는 그의 몸이 너무 사랑스러워 견딜 수가 없었다.

다시 몸이 붕 떠오르기 시작했다. 마치 당연히 제 것인 양 그의 손이 작은 가슴을 주물러 댔다. 다른 한 손으로 그녀의 다리를 더욱 넓게 벌리며 짓찧듯이 돌진했다.

"하아! 하아! 윤휘야! 정윤휘!"

그래, 나 여기 있어. 당신하고 사랑하는 나 정윤휘 맞아.

대답해 주고 싶었지만 윤휘는 아무 말도 하지 못했다. 불규칙적으로 끊기는 숨만을 간신히 내쉴 수 있을 뿐이었다. 머릿속이 점점 비워져 갔다. 유진의 움직임도 점점 빨라졌다. 쾌감의 소용돌이가 그 둘을 휘감았다. 온몸에 한꺼번에 뜨거운 열기가 확 뻗쳤다가 사라지고, 허리가 갓 건져 올린 연어처럼 펄떡였다.

아까 전에 그의 손가락에서 느꼈던 것보다 훨씬 더 짜릿한 전기가 몸 전체를 관통했다.

"아학!"

유진이 더욱 거세게 자신을 찔러댈수록 비명은 더욱 커져만 갔다. 그녀의 몸이 사시나무 떨리듯 떨렸다. 미칠 것 같았다. 이런 느낌은 처음이었다. 그리고 다시는 없을 것 같았다. 침대의 시트는 이미 그녀의 손 안에서 비틀어져 제 모습을 잃었다. 윤휘의 눈에서 눈물이 한 방을 똑 하고 흘렀다.

"윤휘야! 윽!"

미친 듯이 자신을 박아 넣던 유진이 이를 악물고 그녀의 이름을 외쳤다. 그리고 스르륵 그녀의 가슴 위로 무너졌다. 아직도 그녀의 안에 머물고 있는 그의 일부가 움찔거렸다.

"사랑해."

거칠게 내뿜는 그녀의 숨을 들이마시며 유진의 입술이 다시 한 번 그녀에게 겹쳐졌다.

진득한 체액의 향기와 아찔한 유진의 감촉에 윤휘는 열렬히 그를 끌어안았다.

내 사람.

내 남자……!

기절하듯 쓰러져 잠든 윤휘를 내려다보며 유진은 짧게 한숨을 쉬었다. 새삼 그녀의 가슴을 뒤덮고 있는 울긋불긋한 흔적들에 미안한 마음이 들어서였다. 새벽녘까지 굶주린 짐승처럼 윤휘를 가지고, 또 가졌다. 작은 몸이 부서질까 염려하면서도 유진은 제동을 걸지 못했다. 너무나 사랑스러워서 지금껏 참았던 시간을 날려 버리려는 듯이 윤휘를 몰아붙였다. 그녀 안에 그는 완벽한 남자였다. 세상을 다 가진, 모든 것이 채워진 행복한 남자.

볼 위로 흘러내린 윤휘의 머리카락을 살며시 넘기며 이마에 조심스럽게 입술도장을 찍었다. 오직 내 여자. 그러자 윤휘가 잠결에 몸을 뒤척였다.

몸살이라도 나면 어쩌지. 내일부터는 다시 떨어져 있어야 하는데.

유진은 윤휘의 몸을 바짝 끌어당겼다. 수저 두 개를 포개놓은 모양으로 그녀를 뒤에서 감싸 안았다. 작고 야들야들한 몸이 그의 품 안에 맞춘 듯 쏙 들어왔다. 유진은 처음으로 신에게 기도를 했다.

이 여자 저에게 주셔서 감사합니다.

이대로 세상에 종말이 온다 해도 더 이상 아쉬울 것 없는 기분. 일분일초가 아까워 잠조차 들 수 없는 밤, 윤휘가 그의 품에 있었다.

지잉— 지잉—

어딘가에서 진동 소리가 들려왔다. 아마 마구잡이로 벗어 던진 바지 주머니 속일 것이다. 유진은 무시하려 했지만 계속 울려대는 전화에 윤휘가 깰까 봐 슬쩍 침대를 빠져나왔다. 그리곤 그의 청바지 뒷주머니에서 몸을 떨고 있는 휴대폰을 가지고 재빨리 거실로 나갔다. 누군지 쓸데없는 전화면 가만두지 않으리라, 이를 갈며.

"여보세요?"

—유진 씨, 정말 미안해요. 윤휘 전화기는 여기 있고, 연락할 방법이 없어서. 혹시 내가 방해한 거면 정말 죽을죄를 지었어요.

따발총을 능가하는 속사포. 누군지 물을 필요도 없었다.

"아닙니다. 윤휘가 자고 있어서요. 그런데 이 시간에 무슨 일이라도……?"

유진은 한시름 놓으며 로브를 걸쳐 입었다.

—사실 제가 어떻게든 하려고 했는데, 진이가 깨서 제 엄마 찾으며 울어서요. 아휴.

'엄마' 소리가 나오자 전화선을 타고 흐느끼는 진이의 울음소리가 들려왔다.

—우리 진이 뚝. 제 엄마 찾을 나이는 지났는데 왜 이러나, 오늘따라. 정말 미안해요. 어떡하지?

뒤에서 경수의 '빨리 애 엄마 오라고 해' 하는 볼멘소리도 들렸다.

"소라 씨, 그럼 유진이를 여기까지 데려다 주시겠어요? 우리가 데리고 잘게요. 사실 지금 윤휘가 피곤한지 너무 곤히 자고 있어서 깨우기가 그러네요."

그의 입에서 자연스럽게 나온 '우리'라는 말에 소라의 얼굴
이 빨개졌다.

—아, 네. 그, 그럴게요.

다급히 전화가 끊기고 유진은 씨익 웃으며 다시 침실로 들어
갔다.

"윤휘야, 잠깐만 일어나 볼래?"

"우웅……."

깨우기가 정말이지 양심에 가책을 느낄 정도였다. 하지만 유
진은 다시 한 번 윤휘의 어깨를 살짝 흔들었다.

"윤휘야, 유진 엄마. 이거 잠깐 입어봐."

"흐으으응……."

온통 무방비한 얼굴로 잠투정을 부리는 모습마저 너무나 예
뻐 유진은 으스러질 때까지 껴안아 버리고 싶은 충동이 일었다.
하지만 지금은 안 될 말이었다. 그는 자신의 남방을 가져와 윤
휘의 몸을 안아 일으킨 후 간신히 입히는 데 성공했다. 워낙에
윤휘가 작은 건지 그녀에게 무릎까지 내려오는 그의 남방은 원
피스라고 해도 손색이 없었다. 그가 바닥에 던져 버린 팬티를
찾아 입히자 윤휘가 다시 몸을 뒤척였다.

그도 박서를 주워 입고 혹시나 소라가 벨을 누를까 싶어 문을
한 뼘쯤 열어놓았다. 곧 유진을 안고 걸어오는 소라가 보였다.

"진짜 미안해요. 아우, 어떡해."

소라는 얼굴을 붉히며 연신 미안하다고 사과를 했다.

"괜찮아요. 이리 와, 유진이."

졸린지 눈을 비비며 진이가 유진의 품으로 옮겨왔다.

"엄마는?"

"응, 엄마는 방에. 들어가서 얼른 자자."

아이를 안고 토닥이는 모양이 원래 처음부터 함께였던 것처럼 자연스러워 소라는 그만 넋을 놓고 그들을 바라봤다.

"우리 유진이 때문에 잠도 못 주무셨겠네요. 얼른 들어가세요."

"뭘요……."

소라가 뒤돌아서자 유진은 갑자기 든 생각에 그녀를 다시 불러 세웠다.

"아! 그리고 경수 형 조심하세요. 큭큭."

"어머! 어디다 찍어 붙이세요?"

유진의 농담에 소라가 펄쩍 뛰었다.

유진은 진이를 안고 들어가 윤휘 옆에 눕혔다.

"엄마."

"응, 우리 아들……."

제 엄마의 품을 파고들자 윤휘는 웅얼거리며 본능적으로 아이를 끌어당겨 안았다. 사랑스러운 눈길로 모자를 바라보던 유진도 그 옆에 함께 누웠다. 그리고 알을 품는 어미 새처럼 둘을 품에 꼭 그러안았다. 가슴이 뻐근해져 왔다. 세상을 얻은 징기

즈칸도, 유럽을 얻은 나폴레옹도 결코 이런 행복을 맛본 적은
없으리라.

그의 커다란 품 안에서 윤휘와 두 유진 모두 같은 꿈을 꾸는
밤이었다.

유키히코는 쿄스케가 내민 노란 봉투를 열어 뒤집었다. 그러
자 손바닥 두 배 크기로 현상된 사진들이 우수수 떨어졌다.

선글라스를 끼고 모자를 쓰고 있었지만 유진임을 못 알아볼
정도는 아니었다. 하나같이 무방비한 얼굴로 여자와 아이를 바
라보는 사진이었다. 여자를 안고 있거나 아이와 함께 사진을 찍
고 있거나, 행동은 달랐지만 그 셋이 가족같이 보인다는 점은
부인할 수 없었다. 행복이란 행복은 다 안고 있는 얼굴들. 유키
히코의 손에서 사진 한 장이 와그작 구겨졌다.

『아이라…….』

유키히코가 무심코 지껄였다.

『카메라를 부서뜨렸어요. 그 값은 따로 변상을 해주셔야겠습
니다.』

쿄스케는 그런 그녀의 표정은 아랑곳하지 않고 뻔뻔하게 카
메라 값 얘기를 꺼냈다.

『지금 유진짱한테 들켰다는 말이에요?』

그녀의 목소리가 찢어질 것처럼 높아졌다.

『그렇긴 하지만 그저 일반 파파라치 정도로 생각하는 것 같았

습니다. 카메라만 부수곤 백업하드에 대해선 전혀 모르는 것 같았고요. 어쨌든 따로 청구하겠습니다.』

『원본은 어디 있죠?』

『여기.』

쿄스케는 백업하드를 유키히코의 손에 넘겼다. 그녀가 그런 그를 노려보았다.

『복사본이 있는 건 아니겠죠?』

『그럴 리가요.』

쿄스케는 세상에 그런 일이 어떻게 있겠냐고 하며 손을 내저었다. 그 모습이 조금 미심쩍기는 했지만 쿄스케와 한두 번 일해보는 것도 아니고, 원래가 오타쿠 스타일의 작자라 별 걱정은 들지 않았다.

여자를 꼭 닮은 아이, 그 아이와 여자를 보물 다루듯이 소중하게 대하는 유진. 유부남이란 말은 없었는데……. 그래서 그렇게 냉정했던 건가. 유키히코의 한쪽 입꼬리가 지그시 당겨졌다.

『이 여자에 대해 조사해 봐요. 유진짱이랑 어떤 관곈지, 저 아이는 아들이 확실한지도 모두.』

『그러죠.』

『착수금은 내일까지 넣도록 하죠.』

쿄스케가 그에게 졸려 자국이 남은 목덜미를 쓸며 야릇한 웃음을 지었다.

비밀이 많은 남자라, 점점 재미있어진다. 지킬 것이 있다는 것은 곧 그만큼의 약점을 가지고 있다는 것을 의미했다. 끝까지 지킬 자신이 없는 비밀은 만들어선 안 된다. 그것이 언제 도끼가 되어 발등을 찍어버릴지 알 수 없기 때문에.

유진짱, 어떡하죠. 당신 그 도끼자루, 지금 내가 쥐고 있거든요? 내 자존심을 건드리지 않았다면 그저 한두 번 놀다가 싫증낼 수 있었는데, 당신은 나한테 너무 많은 냄새를 풍겼어. 난 유혹을 넘길 수 있을 만큼 자제력이 강하지 못해서 말이에요. 그냥 나한테 넘어왔으면 좋았을 걸 하고 후회하면 안 되니까 기회는 한 번쯤 더 주도록 할게요.

밝게 웃고 있는 연인의 사진이 얼마 전 본 카츠미와 그의 아내의 모습과 겹쳐져 유키히코의 얼굴이 기괴하게 일그러졌다.

15. 위기의 연인

"이러다 애 버릇 나빠지지 싶어."

"뭐가 어때서. 이리 와, 코 자자."

진이가 배시시 웃으며 유진의 품 안으로 쏙 들어갔다.

"엄마도 이리 와."

선심을 쓰듯 제 옆 자리를 툭툭 두드리는 아이를 보며 윤휘는 그저 웃을 수밖에 없었다.

"오늘만이다."

제법 엄한 투로 으름장을 놓았지만 아이는 들은 척도 하지 않고 이불을 폭 뒤집어써 버렸다.

"윤휘야, 졸리다. 얼른 자자."

유진이 팔을 쑥 내밀자 윤휘는 못 이기는 척 그의 팔을 베고 누웠다.

"제 방에서 자는 버릇 들이기가 얼마나 힘들었는데, 유진 씨가 다 망쳐 놨어."

윤휘가 얄밉게 흘겨보자 유진은 모르는 척 눈을 감았다.

촬영이 종반으로 접어들면서 스케줄은 더욱 한가해졌다. 초반에 강행군으로 후반 일정에 여유가 생겨 버린 덕이었다. 때문에 유진은 시간만 나면 한국으로 돌아와 윤휘와 진이와 함께 지내곤 했다. 비록 밤손님처럼 어둡고 인적이 드문 시간에 몰래 들어와야 했고, 일본에서처럼 마음껏 나들이를 할 수 있는 것도 아니었지만, 그저 작은 집에서 복작이며 함께 있을 수 있다는 것만으로도 충분히 감사한 시간이었다.

오히려 한밤의 근린공원 산책에 맛을 들여가고 있는 중이었다. 양쪽으로 진이의 손을 붙잡고 공원 한 바퀴를 도는 여유가 무엇보다도 소중했다.

자기 전 둘이 들어가기에는 턱없이 작은 욕조에 들어가 진이와 물장난을 치며 목욕을 하고 나오면 따뜻한 우유 두 잔이 기다리고 있었다.

열한 시. 그 혼자 있으면 아직 초저녁일 시간이었지만 셋은 일찍 잠자리에 들었다. 일본에서의 그날 밤 이후 진이는 그가 오는 날이면 으레 함께 자는 것인 줄 알고 있었다. 어렵게 혼자 잠드는 버릇을 들였건만 진이라면 그저 물고 빠는 유진 덕분에 제 고집을 마음대로 부릴 수 있었다. 사실 윤휘도 그다지 싫지 않았다. 아니, 좋았다. 셋이서 더블사이즈의 작은 침대에서 살을 부비부비 맞대고, 작은 뒤척임에도 서로의 존재를 느낄 수 있음에 세상마저 온통 평온하게만 보였다.

그럴 리 없지만 어딘지 모르게 닮아 보이는 두 유진이의 잠든 얼굴을 보는 시간이 너무 행복해 눈물이 날 것만 같았다. 오직 한 사람만이 줄 수 있는 행복. 그것이 유진이라서 행복했고, 감히 시간의 영원을 바랄 만큼 일분일초가 아까웠다. 내 예쁜 유진이들.

가만히 둘의 머리를 쓸어주며 윤휘가 미소 지었다. 요즘 들어 생긴 버릇이었다. 특별히 의식하지 않아도 둘을 보고 있노라면 그저 나오는 웃음.

"윤휘야."

잠든 줄 알았던 유진이 나직이 그녀의 이름을 불렀다. 눈은 여전히 감겨 있었다.

"안 자요?"

"무슨 생각 하고 있었어?"

"그냥, 내 새끼들. 뭐, 이런 생각."

"들? 나도 포함이야?"

윤휘가 어깨를 들썩이며 큭큭 웃었다.

"그런가 봐. 나도 모르게 그렇게 말이 나온 것 보면 무의식에 그런 생각이 있었다는 거잖아?"

"그래. 마음껏 기어올라라."

"어머, 내가 유진 씨보다 두 살이나 많은 것 몰라요?"

"그래서?"

"그래서라뇨. 연장자에 대한 예우."

말을 하면서도 스스로 얼굴이 붉어졌다.

"말해놓고도 얼굴 화끈거리지? 끝까지 뻔뻔할 자신 없으면 나한테 장난 걸지 말지요, 정윤휘 여사?"

그들의 노닥거림에 곤히 잠든 진이가 몸을 뒤척였다. 손가락으로 쉿 표시를 한 유진이 진이의 등을 토닥였다. 그러자 곧 진이에게 다시 규칙적인 숨소리가 들려왔다. 새근새근. 이젠 아이 재우는 솜씨도 제법이었다.

"윤휘야."

"응?"

"살면서 제일 듣고 싶은 말이 뭐였어?"

윤휘는 음, 하며 곰곰이 생각했다.

"아기요."

"아기?"

"응. 에구, 예쁜 우리 아기. 내 강아지. 이런 말들. 엄마가 아이한테 해주는 말 있잖아요."

"아아, 그런데 이유가 뭐야?"

"난 내가 아이였던 시절이 기억이 안 나. 무턱대고 엄마한테 기대고, 응석부리고 그러던 시절이 없었으니까. 우리 엄마 나 7살

때 돌아가셨거든. 사실 난 엄마 얼굴 기억 안 나요. 사진도 없고. 기억나는 건 참 오래 아프셨었다 이 정돈데, 그래서 그런지 난 그런 말 한 번도 들어본 적이 없는 것 같아. '우리 아가. 내 강아지'. 엄마 목소리도 기억나지 않으니까. 간혹 간헐적으로 내쉬는 신음만 들었던 것 같아. 난 그러지 않으려고 우리 진이한테 그 말 참 많이 해줘요. 우리 강아지. 내 아가."

윤휘가 진이의 얼굴을 손으로 쓰다듬었다. 조곤조곤 말하는 그녀의 말을 가만히 듣고 있던 유진이 슬며시 윤휘를 끌어당겼다. 그의 품은 언제나처럼 넓고 따뜻해 잔잔한 심장 소리만 들어도 그저 잠이 왔다.

"우리 행복하자."

"으응."

여기서 더 행복할 수 있나요. 당신이 주는 행복만으로도 충분히 가슴이 터질 것 같은데, 어떻게 더 행복할 수 있을까요.

그저 '행복하자' 라고 말했을 뿐인데, 윤휘는 벌써부터 차 오르는 가슴을 주체할 수 없었다. 땀이 송골송골 맺힌 진이의 이마에 입술을 꾹 누른 유진이 그녀를 끌어당겨 입을 맞췄다.

"자자, 우리 아기."

한국의 정유진과 일본의 유키히코 아이 주연의 멜로영화 '떼조로' 의 마지막 촬영 일이었다. 아시아 각국의 취재진이 숨죽여 감독의 마지막 컷 사인이 떨어지길 기다리고 있었다. 그리고 마침내 신 127의 5번, 홍보 전략에 맞춘 아키와 케이의 키스신으로 삼 개월의 장정을 마무리지었다.

"カット!"

우레와 같은 함성과 밤임을 잊게 하는 플래시 세례가 쏟아졌다.

"お疲れさまでした! ありがとうございました(수고하셨습니다! 감사했습니다)!"

너나 할 것 없이 서로 고개를 숙여 인사를 나누고, 악수를 했다.

유진은 아사오 감독에서 허리를 깊숙이 굽혀 인사를 하고, 임시로 마련된 인터뷰 장소로 향했다. 그 뒤를 종종걸음으로 유키히코가 따르고 있었다.

인터뷰라고 해봐야 간단하게 마지막 촬영 소감을 말하는 정도였지만, 워낙에 많은 미디어들이 모였기에 장장 한 시간이나 걸렸다. 이제 한 달 후 제작발표회가 있을 때까지는 미국에 한 번 들어가야 하는 것을 제외하곤 온전히 자유시간이었다.

짧은 삼 개월의 시간이 이처럼 길게 느껴진 적이 있었나 싶었다.

매일 밤 잠들기 전, 팔이 허전해 베개를 끌어안고 자는 버릇이 생겨 버렸다. 아기같이 그의 품에서 곤한 윤휘를 떠올릴 때면 달아오른 몸을 식히느라 밤잠을 설치는 날도 점점 늘어만 갔다. 덕분에 이후 계획을 묻는 취재진의 질문에 '내 여자를 마음껏 안을 작정이다' 라고 말할 뻔했다.

벌써부터 마음이 둥둥 떠 있었다. 이제 내일이면 윤휘를 마음
껏 안을 수 있다. 유진의 얼굴에 연신 싱글벙글 웃음이 떠나질
않았다.

"시원하냐?"

경수가 유진의 어깨를 툭 쳤다.

"응, 무지."

그리곤 몸을 경수 쪽으로 붙이고 귓가에 속삭였다.

"윤휘가 보고 싶어서 몸살 날 것 같아."

"으이그! 자식아!"

차마 주변 취재진들의 눈을 의식해 뒤통수를 갈겨줄 수 없음
이 안타까웠다. 선글라스로 눈빛은 가릴 수 있었지만 한껏 말려
올라간 입꼬리마저 감추지는 못했다. 웬만해선 카메라 앞에서
실실거리고 웃지 않는 유진인데 정말 좋긴 좋은가 보다 하는 생
각이 들었다.

『유진짱!』

저 멀리서부터 그를 부르며 뛰어오는 유키히코만 아니었다면
그 좋은 기분을 계속 유지할 수 있었을 것이다. 유키히코는 한
달음에 달려와 그의 팔에 착 하고 매달렸다. 아직도 여기저기서
플래시가 터지고 있건만, 유키히코는 오히려 보란 듯이 그의 팔
을 뭉클한 가슴 쪽으로 끌어당겼다. 순간 유진이 인상을 썼으나
다행히도 선글라스에 가려 보이진 않았다. 그런 그녀의 행동에
옆에 가던 경수마저 놀란 기색이 역력했다.

『같이 가요.』

유진이 정중하게 그녀의 가슴골 사이에 갇힌 팔을 빼내었다.

『뒤풀이 행사장에서 뵙죠.』

빠른 걸음을 옮기는 그를 멍하니 바라보다 다시 다가오려는 유키히코에게 손을 들어 보이며 제지를 한 유진은 재빨리 벤에 올라탔다. 자존심이 없는 건지 일본 여자들은 원래 이렇게 끈덕진 건지 질려 버릴 정도로 그에게 들어대는 유키히코 때문에 초반과는 달리 중, 종반에 들어서면서 연기할 때조차 몰입이 쉽지 않았다.

그러고 보니 한 가지 더 기쁜 점이 있었다. 이제 더 이상 유키히코와 함께하지 않아도 된다는 점. 일본 시사회에는 윤휘를 대동할 생각이니 더 이상 그 일본 마녀와 부딪치는 일도 없겠지. 유진은 씨익 웃으며 헤드래스트에 머리를 기댔다. 보고 싶다, 우리 아가들.

촬영 마지막 날이라고, 이제 시간 많다며 유진의 들뜬 목소리를 들은 것이 불과 한 시간 전. 쉬는 기간 동안 진이와 가고 싶은 곳을 정하라며 홍콩은 어떨까, 발리는 어떨까, 행복한 고민을 했던 시간이 마치 꿈을 꾼 듯 아득했다.

내가 지금 뭘 하고 있는 거지? 내가 지금 왜 이 남자 앞에 앉아 있는 거지? 아니, 이 남자는 지금 무슨 말을 하고 있는 거야?

점점 멍해져 가는 윤휘의 의식 사이로 날카로운 벨소리가 비집고 들어왔다.

"네."

—네? 밖이야?

"네."

—아! 통화하기 곤란한 모양이구나?

"조금요."

—그래, 알았어. 집에 들어가면 전화 주고. 나 내일 간다고.

"그래요."

애써 태연하게 그의 전화를 끊은 윤휘는 따듯한 우유를 한 모금 마셨다. 커피숍 안에 잔잔하게 흐르는 '캐논변주곡' 조차 식상하기 그지없었다. 숨이 편히 쉬어지지가 않았다. 실내는 서서히 진공상태로 변하고 있었다.

"애인이니?"

"네."

"당당하구나."

의외라는 듯 피식 웃는 그의 얼굴이 석 달 전에 봤던 모습에서 십 년은 더 늙어 보였다.

"당당하지 못할 이유가 없으니까요."

"아까 하던 얘기 마저 할까?"

"더 들을 말 없을 것 같은데요. 왜 결혼하자마자 이혼했는지, 난 전혀 궁금하지 않거든요? 나와 관계없는 일이기도 하구요.

이렇게 찾아와서 말하는 게 더 웃겨. 알아요?"

"아니, 너와 관계있는 일이야."

"관계? 무슨 관계요?"

"아이."

그의 입에서 '아이' 라는 말이 나오자 동시에 윤휘의 등골이 오싹하게 당겨왔다. 혹시 자신과 유진의 존재 때문에 이혼당했다는 말을 하고 싶은 것일까. 설사 그렇다 해도, 그녀는 결코 죄책감 따위 들지 않았다. 더욱이 이젠 더 이상 어떤 식으로든 관계하고 싶지 않은 인생이었다.

"무슨 말 하고 싶은지 듣고 싶지도 않고, 들어야 할 이유도 없는 것 같네요. 저 먼저 일어나요."

윤휘가 재빨리 일어나 그를 지나치려는 순간 더 마르긴 했으나 역시나 남자의 힘은 그대로인 준혁의 손이 그녀의 손목을 잡아챘다.

"앉아라."

"이거 놔요."

잇새로 말을 내뱉고는 그의 손에 잡힌 손목을 비틀었나. 그의 제온이 옮겨진다는 것만으로도 손목을 끊어내고 싶을 만큼 더러운 기분이었다.

"놓으라고요."

"말 끝까지 듣는다고 하면 놓아줄게."

윤휘가 어쩔 수 없이 몸을 돌리자 그의 손도 힘을 풀었다. 잡혔던 자리에 벌겋게 자국이 남았다. 그의 손자국이 남은 자리를 칼로 도려내고 싶었다. 준혁은 뻔뻔한 얼굴로 다시 말을 이었다.

"나 한국에 온 것 아이 때문이다. 그 아이가 내 아이란 것, 이미 확인했고."

"미쳤어요? 우리 유진이 당신 아들 아니야. 뭔가 착각하고 있는 모양인데, 하등 관련 없으니까 꿈 깨줄래요?"

윤휘의 심장이 덜컹 하고 떨어졌지만 최대한 침착한 목소리를 끌어내는 데에는 성공했다.

"확인했다. 머리카락 한 올만 있어도 알 수 있는 시대니까."

준혁은 속주머니에서 고이 접힌 서류 한 장을 꺼냈다. 그것이 무엇인지는 굳이 꺼내보지 않아도 알 수 있었다. 윤휘의 얼굴에 핏기가 싹 가셨다. 높은 절벽에서 거꾸로 떨어지는 것 같은 아찔함에 두 눈을 꾹 감았다 떴다. 이번엔 그녀도 어쩔 수 없이 목소리가 가늘게 떨려왔다.

"그래서요. 이제 와 뭘 어쩌겠다고요. 설마 나랑 우리 유진이 때문에 이혼했다고 말하고 싶은 거예요? 그런 소리라도 듣고 싶지 않아요. 제발 서로 이제 인연 없이 살자고요."

그녀의 목소리가 착 가라앉았다.

"아이, 찾고 싶어. 그게 도리고 옳은 거라고 생각해."

윤휘는 거의 반사적으로 아직 뜨거운 기운이 가시지 않은 우유를 그의 얼굴에 끼얹어 버렸다. 손발이 부들부들 떨려왔다.

"이, 이런 미, 미친놈!"

더 이상 들을 필요도 없다. 감히!

미친 헛소리일 뿐이다. 윤휘는 후들거리는 다리로 이를 악물고 일어났다.

"너 같은 더러운 자식 피, 우리 유진이의 몸속에 안 흘러. 명심해, 너랑 나랑은 오 년 전에 끝났어. 그건 우리 유진이와도 끝났다는 얘기야. 허튼수작 부리기만 해. 당신, 발기발기 찢어 죽일 거야."

윤휘의 간신히 내뱉는 한 마디 한 마디에는 독이 잔뜩 올라 있었다.

"부모님께도 이미 다 말씀드렸다."

온몸이 미칠 듯이 떨려왔다. 숨이 쉬어지지 않았다. 이곳엔 더 이상 공기가 없는 것이 분명했다. 금방이라도 주저앉을 것 같았지만, 빨리 이곳을 벗어나야 한다는 생각에 초인적인 힘을 발휘하여 발을 내디뎠다. 생각 같아서는 그의 멱살이라도 잡고 흔들고 싶었지만 어떤 것이든 그의 것에는 닿고 싶지 않은 생각에 두 주먹을 불끈 쥘 수밖에 없었다.

"나, 아이 못 낳는다."

그의 말에 그녀의 발길이 멈춰 섰다.

"고환암이야."

윤휘는 그 자리에 털썩 주저앉았다.

"나랑 원만하게 합의가 되면 다행이겠지만 알다시피 시간이 없다. 나머지는 부모님께서 알아서 하실 거다.”

그가 죽을 수도 있는 병에 걸렸다는 사실에 충격을 받은 것이 아니었다. 더 이상 아이를 낳을 수 없다는 말에 충격을 받은 것도 아니었다. 지금 그에게 자신의 핏줄을 찾는 일이 얼마나 절실한 일인지, 그의 말이 지나치는 헛소리가 아님을 알아버린 까닭이었다. 100대 기업에 든다는 재력의 부친, 사회적으로 명망 있는 여성운동가 출신의 여성부 차관인 모친. 거대한 골리앗 앞에 그녀는 달걀이었다.

빨리 이 자리를 벗어나야 한다. 지금 당장 품 안에 진이를 안아야 이 불안이 진정될 것만 같았다. 내 아들, 내 살아가는 이유.

“당신 따위는 백만 번 죽어도 상관없어. 제발 우리 인생에서 그만 퇴장해 줘.”

윤휘는 의자의 등받이를 잡고 간신히 일어섰다.

“원한다면 결혼, 할 수도 있다. 지금 나한테 중요한 것은 그게 아니니까. 결혼 정도는 얼마든지 양보할 수 있어. 빨리 결정을 내리는 것이 좋을 거야. 조용히 가자. 수술 받으러 다음 주에 출국할 예정이니까 그때까지 결정 내려. 아무리 네가 발버둥 쳐도 그 아이 내 핏줄이라는 것, 부인할 수 없다는 것 너도 알 거다. 부모님께서는 법적으로 하자고 친생자확인소송 준비 중이시다. 좀 더 좋은 환경에서 자라는 것이 아이에게도 좋지 않겠니. 잘 생각해라, 아이를 위해 무엇이 최선일지.”

숨이 가빠왔다. 산소가 필요했다. 무슨 말이라도 해야 했는데 단 한 마디도 나오지 않았다. 버릴 땐 언제고 자신이 아쉬우니까 다시 내 인생에 끼어드냐고, 무슨 권리로 그 더러운 입에 우리 유진이를 올리냐고, 소리쳐야 했지만 생각과는 정반대로 아무 말도 하지 못했다.

"일주일 후에 사람이 갈 거다. 아이만 보내든지 같이 오든지, 그건 네가 알아서 결정해."

드르륵 소리와 함께 준혁이 일어났다. 언제나 시작도 먼저 끝도 먼저였던 남자. 이번에도 어김없이 그가 먼저 일어나 나갔다. 그녀는 서 있기조차 이토록 힘든데, 그는 너무나 당당하고 반듯한 걸음걸이로 유유히 커피숍을 빠져나갔다. 그의 뒷모습이 마치 오 년 전의 그날 같았다.

유진의 행복하자는 말을 질투의 여신이 들어버리기라도 한 걸까. 그녀에게 더 이상의 안정과 행복은 용납할 수 없다는 걸까. 그의 앞에서 약한 모습 보이지 않으려 꾹꾹 눌러 참았던 눈물이 툭 하고 터져 나왔다.

유진 씨, 살려줘. 나 죽을 것 같이.

유키히코는 웬일인지 파티가 시작되고 한 시간이 채 있지 않고 몸이 불편하다는 이유로 자리를 떴다. 그의 냉대에 자존심이 상한 거라고 유진은 마음대로 생각해 버렸다.

스태프들과 어울리는 것도 잠시, 그는 구석진 창가로 자리를 옮겼다. 적당히 삼십 분 정도 더 있다가 방으로 돌아갈 생각이었다. 그가 자리를 비운 사이 경수가 되도 않는 일본어로 한 스태프와 떠듬떠듬 대화를 나누고 있었다. 그는 아주 일본어를 못하는 편은 아니었지만 글은 읽되 말이 안 되는 전형적인 케이스에 속했다. 결국 난감한 웃음으로 수첩을 펴는 경수를 보며 유진은 큭큭 웃었다. 내일 아침 비행기를 타려면 일찍 잠자리에 들어야 했다. 그래도 마지막 촬영이다 보니 긴장이 풀린 건지 피곤이 해일처럼 밀려왔다.

계속 뭔가 말을 시키는 조명감독과 난감한 대화를 하던 경수는 주머니에서 전화를 꺼내 받으며 이마의 진땀을 훔쳤다. 그리고 구원이라도 받은 얼굴로 '스미마셍'을 외치며 그의 쪽으로 걸어왔다.

"야, 전화. 휴우, 살았네. 아니, 한국 여배우들에 대해 뭐가 저렇게 궁금한 게 많아?"

"전화나 이리 내. 누구?"

"영어."

영어를 못하는 경수는 가끔 미끄러지는 발음으로 '유진'을 찾는 전화가 걸려오면 '웨이러미닛'이라고 중얼거리곤 그를 바꾸곤 했다. 길게 말해봐야 알아듣지도 못했고, 그렇게 걸려오는 전화는 대부분 미국의 친구들이었기 때문에 별반 경계의 필요성을 느끼지 못했기 때문이다.

"Hello."

—『It's me.』

'이츠 미' 아닌 '이쯔 미' 이런 발음을 하는 사람은 유진이 알고 있는 한 한 사람밖에 없었다.

『무슨 일이죠?』

—『지금 잠깐 봤으면 해서요.』

『방으로 돌아가려던 참인데요.』

—『라운지 바에서 기다릴게요.』

『유키히코상, 이러지 맙시다.』

—『나한테 한 번도 기회를 주지 않았잖아요. 유진짱 나라에서는 이런 식으로 여자를 무시하나요? 저번 약속도 깨고, 나 무척 기분 나빠요. 내가 유진짱에서 치근덕대고, 유진짱은 도망치는 그런 설정 같잖아.』

유키히코의 목소리에 묻어나는 웃음이 평소와 다르다는 것을 이미 눈치 채버린 유진이었다. 술이라도 마신 것일까. 그렇다면 더더욱 사양이었다.

『제작발표회 할 때 다시 볼 테니 그때 말씀하시죠. 내일 아침 일찍 비행기를 나야 해서요. 그럼 이만 끊겠습니다.』

그는 그가 할 수 있는 한 가장 정중한 거절을 했다. 사적으로 얽히지 않기 위해 최대한 개인적인 감정은 배재한 말투였다. 낄낄거리는 유키히코의 웃음에 유진은 저도 모르게 휴대폰을 귓가에서 멀찌감치 떼었다.

그렇게 그대로 폴더를 닫아버리려는 순간 유진은 자석에 이끌리듯 다시 휴대폰을 귓가에 바짝 가져다 댔다. 심각한 표정으로 영어를 지껄이는 유진을 유심히 바라보던 경수는 거나하게 취한 조명감독에게 다시 이끌려 좌중들 사이로 사라졌다.

『뭐라고 했소.』

그의 목소리가 더 그러할 수 없을 만큼 음산했다.

―『후훗, 내 발음이 좋지 못한가요? 한국말은 너무 어려워.』

『뭐라고 했소.』

녹음기를 재생한 듯 조금도 변하지 않은 투로 다시 유진이 뇌까렸다.

―『구미가 당기나요? 정윤휘라고 했어요.』

경수에게 먼저 올라간다고 하고 라운지로 향하는 엘리베이터를 타기까지 유진의 머릿속에는 온갖 상상들과 가정들로 어지럽게 엉켜들었다.

유키히코가 어떻게 윤휘에 대해 알고 있는지, 얼마나 알고 있는지, 그녀의 의도가 무엇인지 유진에게는 오직 그것만이 중요했다. 언젠가 윤휘와 그의 사랑이 두 모자의 평온한 일생을 온통 뒤집어놓을 수도 있다는 경고가 귓가에 서성였다.

엘리베이터의 도착 알림음과 함께 스르륵 문이 양쪽으로 갈라졌다. 그리고 창가에서 야경을 바라보며 청량하게 웃는 유키히코가 있었다. 유진이 성큼성큼 걸어가 그녀의 맞은편에 앉았다. 유키히코는 손목의 시계를 보더니 피식 웃었다.

『세상에, 오 분이에요. 역시 대단한 여잔가 보네. 밥을 먹자고 해도 싫다, 술을 먹는 것은 더욱이 싫다, 일 때문에 의논을 하자고 해도 사양이다, 그러던 사람을 오 분 안에 내 앞에 대령시키다니. 별로 예쁘지도 않던데.』

유진의 주먹이 꽉 쥐어졌다.

『원하는 것만 말씀하시죠.』

주문을 받으려 웨이터가 다가오자, 유키히코는 빈 잔을 내밀며 오르가즘 두 잔을 주문했다.

『오늘 밤 우리한테 필요한 거니까.』

윤휘가 워낙에 동안이기 때문에 웬만한 여자의 얼굴은 이제 별로 어리다는 생각을 하지 못했던 그의 눈에도 나이보다 무척이나 어려 뵈는 유키히코였다. 하지만 지금 그녀의 얼굴에 감도는 미소는 남자 백 명을 잡아먹고 인간이 되려는 구미호가 99번째 남자를 잡아먹고 100번째 남자를 눈앞에 둔 표정이었다.

"What do you want from me?"

한 음절 한 음절을 꾹꾹 씹어 그녀에게 뱉어주었다.

『원하는 게 뭐냐고요? 음…….』

말을 고르는 듯 유키히코의 눈동자가 빙그르 한 바퀴 돌았다.

『그거 알아요? 세상은 참 불공평해. 내가 마음에 드는 남자 중 절반은 게이고, 절반은 내 것이 되어주지 않거든. 그럼 난 정말 화가 나. 그래서 더욱이 그 남자가 사랑한다는 여자가 궁금해지고. 그런데 말이에요, 사람이란 게 그렇잖아. 내가 못 되지만 행복을 빌어준다? 웃기지 말라 그래. 난 그런 것 안 믿어. 내가 갖지 못하면 다른 사람도 갖지 못해. 그게 공평한 것 아니야? 사람들은 그게 옳지 않다고 하지만 막상 자기가 그 상황에 처하면 그런 상상 많이 하잖아. 날 떠날 바에는 죽어라, 내 것이 되지 못할 바에는 누구의 것도 되지 말아라. 난 생각하고 실천하는 사람이에요. 그래서 당신의 그녀가 궁금했고, 그 아이 또한 궁금했어. 생각보다 잘 어울려서 더 심술이 나버렸는데 어떡하지?』

유진의 얼굴이 무시무시하게 굳어버렸다. 배시시 웃는 여자의 얼굴에 주황색 액체를 뿌리고 싶은 것을 간신히 참아냈다.

『원하는 것만 말해.』

유키히코는 훗, 하고 웃더니 작은 핸드백에서 사진 뭉치 하나를 꺼내 툭 던졌다. 흐트러진 사진 속에는 하나같이 행복한 얼굴의 윤휘와 두 유진이 있었다. 각도나 상황으로 볼 때 분명 그에게 정체를 들켰던 파파라치의 작품이 틀림없었다. 젠장! 따로 백업까지 해뒀었던 건가! 그때 백업하드의 가능성을 떠올리지 못한 자신이 저주스러웠다.

『하룻밤과 사진. OK?』

그녀의 생각은 단 하나였다. 누구도 유키히코 아이를 거부하지 못한다. 누구도 그녀의 자존심을 건드릴 수는 없다. 억지로 가지고 그녀가 버린다. 그게 그녀만의 공식이었다.

『장소는?』

유진이 고민한 시간은 오 초 이하였다. 그의 말에 아이가
1204가 새겨져 있는 열쇠를 흔들어 보였다.

16. 위기의 연인 Ⅱ

경수 선배, 유진 씨 어디 있어? 지금 못 와줘? 지금 윤 휘 이상해. 사실 오늘 준혁 선배 만났어. 갔다 오더니 애가 파리 해져서 부들부들 떨어. 준혁 선배가 유진이 달라고 했대. 친생 자확인소송 낸다고 협박까지 하고 갔대. 어떡해, 빨리 유진 씨 와주면 안 될까?

처음으로 들어보는 소라의 울먹이는 목소리였다. 경수는 가 슴 한편이 서늘해졌다. 준혁이 윤휘를 찾아오다니! 그것도 갑자 기 유진이를 내놓으라고! 아무리 소라가 철이 없기로서니 이런 농담을 할 아이는 아니었다. 윤휘를 바꾸라는 경수의 말에 진이 를 꼭 껴안고 부들부들 떨고만 있다며 소라는 계속 울먹였다.

보통 일이 아닌 듯싶었다. 결혼하고 미국으로 떠난 지 삼 개월도 채 되지 않아 다시 돌아온 준혁. 없었던 일로 치부할 때는 언제고 아이를 내놓으라니! 경수는 갑자기 저녁 내내 건배를 하느라 마셨던 샴페인이 확 올라오는 것 같았다. 이미 마지막 비행기는 출발을 했을 터이고 최대한 빨리 간다 해도 이미 예약해놓은 아침 비행기였다. 도리가 없는 것이다. 경수는 소라에게 오늘은 어디 가지 말고 윤휘의 곁에 있으라고 당부한 후 전화를 끊었다.

경수는 한창 분위기가 고조된 술자리를 뒤로하고 걸음을 서둘렀다. 한참 전 먼저 올라간다는 유진을 찾았다. 하지만 도착한 그의 방에 유진은 없었다. 협탁에 오늘 아침 촬영 전, 두고 갔던 휴대폰도 그대로였다. 들어왔던 흔적을 아예 발견할 수 없었다. 경수는 욕지거리를 내뱉으며 침대를 발로 뻥 찼다.

이럴 수는 없었다. 거친 숨을 씩씩거리며 내뱉다 그는 거칠게 휴대폰에 번호를 눌렀다. 한국에 왔다면 본가에 있을지도 모른다. 아직도 생생하게 기억하는 준혁의 방 전화번호를 꾹꾹 눌렀다.

개사식! 그 말이 사실이라면 가만두지 않을 거다.

자기 자신을 눈곱만치도 포기할 줄 몰랐던 준혁은 윤휘의 임신 소식을 듣고 도망부터 쳤다. 예정된 출세길이 보장되어 있는 유학을 앞두고 있는데 애인의 임신 소식은 충분히 도망가고 싶은 일이었을 테니까. 한준혁이라는 인간에게 그저 책임이란 무거운 짐, 그 이상도 이하도 아니었다.

경수는 언제나 윤휘 앞에서 얼굴을 똑바로 들 수가 없었다. 진즉에 진지하지 못한 준혁을 알면서, 윤휘에 대한 감정이 호기심과 자신과 다른 것에 대한 끌림이었다는 것을 알면서 방관했었다. 저러다 말겠지, 하며 적당히 거리를 두었었다. 그러다 그는 삼 년 전 진이의 존재를 알아버렸다. 준혁이 윤휘에게 한 짓을 알아버렸다.

전화벨이 열 번 정도 울렸다. 성마른 경수가 플립을 막 닫으려고 하는 순간 낯익은 준혁의 목소리가 들려왔다.

—한준혁입니다.

여섯 시. 유진은 결국 돌아오지 않았다. 대체 어디를 가서 아침까지 돌아오지 않는 건지. 그가 파티장을 빠져나간 것은 이미 마지막 비행기가 뜬 이후니 충동적으로 윤휘에게 갔다고 보기에도 무리가 있었다. 아니, 그랬다면 먼저 전화가 왔을 것이다. 밤새 한숨을 못 잔 경수는 부석부석한 얼굴을 두 손으로 거칠게 쓸어내렸다. 어제 준혁의 말이 그의 정신을 산란하게 했다.

—윤휘랑 결혼할 생각이다. 그게 순리 아니겠냐. 오 년 전에 내가 몹쓸 짓 했다는 거 안다. 하지만 이제라도 아이 찾고 싶다. 내 일생에 유일한 혈육일지도 모르니까.

준혁의 목소리에 절절한 심정이 묻어 있었다. 그럼 윤휘에게 용서를 구하는 것이 먼저가 아니냐는 경수의 말에 그럴 시간이 없다고, 용서를 구하고 윤휘의 마음을 얻고, 그럴 시간이 이제 자신에겐 없다며 한숨을 토해냈다. 하루라도 빨리, 강제로라도 윤휘가 결정을 내릴 수밖에 없는 상황을 만들어야만 했다고 했다. 그럴 수밖에 없는 자신을 이해해 달라고.

비행기 시간은 여덟 시였다. 지금 출발해도 빠듯했다. 경수는 일단 공항으로 가기로 결정했다.

출발 삼십 분 전. 유진에게 전화가 걸려왔다. 경수는 화도 나지 않았다. 준혁과 윤휘에 대한 생각이 온통 머릿속에 차 있던 터였다. 신기하게도 유진의 존재가 그다지 신경 쓰이지 않았다. 윤휘에 대한 우선권은 당연히 아이 아버지인 준혁에게 있다고 생각하고 있던 것일까. 공유한 과거도, 약속된 미래도 없는 유진보다는 준혁의 곁에 있는 편이 어젯밤 준혁이 말한 대로 '순리' 라는 생각이 점차 커져 갔다.

"어디냐."

—형 먼저 가요. 나 일이 좀 생겼어.

"무슨 일인데?"

—묻지 말고 먼저 출발해요. 나 내일에나 들어갈 수 있을 것 같아.

"그래, 알았다. 독단적으로 행동하지 마라. 다음부터 제발 어디 나갈 때 행선지 밝히고."

경수는 그저 담담히 그의 전화를 받았다. 그리고 윤휘의 일에 대해서는 말하지 않는 편이 좋다고 생각해서 말하지 않았다. 지금은 유진이 개입할 상황이 아니었다. 이건 준혁과 윤휘와 그들 아이의 문제였다. 윤휘의 선택에 유진이 개입하는 것을 경수는 결코 바라지 않았다.

이게 순리다. 이게 옳은 그림이다. 경수는 스스로 설득했다.

깜빡 잠이 들었었나 보다. 윤휘는 눈을 뜨자마자 품 안에 아이부터 확인했다.

있다. 세상모르고 쌕쌕 고른 숨소리를 내쉬며 단잠을 자고 있었다. 윤휘는 다시 진이를 그러안아 머리를 쓰다듬고 품에 꼭 품었다.

이성적으로 생각해야 한다. 끝없이 다짐하고 스스로 되뇌어 보아도 불안은 가실 줄을 몰랐다. 어떻게 해야 할까. 둘이 아무도 찾지 못하는 곳으로 도망하면 그도 포기하지 않을까.

아니다. 이제 더 이상 혈육을 볼 수 없을지도 모르는데 그가 그리 쉽게 포기할 리가 없다. 그럼 어떻게 해야 하나. 죽을 것 같은데, 진이가 없다는 상상만으로도 심장을 쥐어짜는 것 같은데, 살점을 뚝 떼어내고 어떻게 살 수 있을까. 말도 안 된다. 정말이지 이건 말도 안 되는 일이었다. 윤휘는 세차게 고개를 흔들었다.

열한 시쯤 경수가 도착했다. 유진 없이 혼자였다. 그녀가 묻기도 전에 경수는 유진은 일 관계로 내일 온다고 말해주었다.

윤휘는 경수를 보자마자 눈물을 왈칵 쏟아냈다. 경수라면, 이십년지기인 경수라면 준혁을 말릴 수 있지 않을까. 침착해지자 수 없이 했던 다짐이 와르르 무너져 버렸다.

"선배, 선배가 그 사람 좀 만나줘요. 그러지 말라고, 나랑 유진이한테 그러지 말라고 말해줘."

좀처럼 누구에게 기대려 하지 않는 윤휘가 경수를 꼭 붙잡고 애원했다. 그의 옷깃을 붙잡고 미친 여자처럼 매달렸다. 소라에게 안겨 있던 진이가 울음을 터뜨렸다.

"엄마, 울지 마. 울지 마. 으아앙!"

소라를 뿌리치고 제 엄마의 다리를 끌어안으며 엉엉 울었다. 소라는 입술을 꼭 깨물며 눈물을 찍어댔고. 경수는 가만히 윤휘를 끌어안았다.

"유진 엄마, 침착하자. 애 놀란다. 준혁이는 내가 만나볼게. 일단 그만 울고, 아직 아무것도 변한 것은 없으니까. 기운 좀 차려라."

"선배, 나, 나 어떻게 살았는지 알죠? 그 사람 나힌데 그러면 안 되잖아요. 그죠? 말려줘요. 무조건 말려줘……."

한순간 윤휘의 몸이 스르르 무너졌다.

"유진 엄마, 윤휘야! 정신 차려봐!"

어제부터 아무것도 먹지 않았다는 소라의 말에 윤휘를 응급

실에 데려가 영양제를 맞히고 집에 돌아오니 시간은 이미 세 시가 넘어가 버렸다. 병원에서 처방해 준 신경안정제를 먹고 나서야 윤휘는 간신히 잠이 들었다. 불과 하루 사이에 양 볼은 움푹 꺼져 있었고, 두 눈 또한 쾡해져 버렸다.

"선배, 유진 씨는?"

유진이라도 있으면 뭔가 특별한 대책을 마련해 줄 것만 같은 생각에 소라는 자꾸 그를 찾았다.

"걔가 있으면 뭐가 달라져? 지금 이 일은 윤휘랑 준혁이 사이의 문제야. 유진이가 끼어들 문제가 아니라고."

"유진 씨가 아예 이 일에 관계가 없다고 하는 거야?"

"그럼?"

"나 참내."

소라는 경수의 싸늘한 말에 갈피를 잡을 수가 없었다. 설마 경수는 진이가 준혁에게 가는 것이 맞는다고 생각하는 것일까? 소라의 눈이 가늘어졌다.

"선배, 만약에, 만약에요. 선배가 진이 한준혁 그 새끼한테 가야 한다고 하면 나 정말 실망할 거야."

"준혁이하고 통화했다."

"뭐래요? 터진 입이라고 할 말은 있대?"

"고환암이래."

"뭐?"

소라가 숨을 헙 하고 들이마셨다.

"수술하면 아이 못 낳는다고 하더라. 부모님께도 이미 다 말씀드린 모양이야. 너 알지? 준혁이 어머님 성정."

소라는 고개를 절레절레 흔들었다. 어찌 그 유별난 성격을 모른다고 할 수 있을까. 겉으로는 위대한 페미니스트인 척, 본질은 지독한 독선과 아집으로 가득 차 있는 분이 그의 모친이었다. 그녀가 미혼모 보호시설의 이사장을 맡고 있던 시절, 교양 과목의 강사로 그녀를 초빙했던 적이 있었다. 사회적으로 보호받아야만 하고 그럴 의무가 우리들에게 있다, 편견과 색안경이 그들을 죽인다, 하면서 열변을 토해내는 그녀에게 한 여학생이 질문을 던졌었다. 만약 당신 아들이 미혼모를 데려와 결혼하겠다고 하면 어떻게 하겠느냐. 그 뒤 그녀의 입에서 나온 대답은 두고두고 그 강의를 들었던 여학생들 사이에서 곱씹어졌다. 준혁 선배 어머님이라고 하더니 정말 대단하신 양반이네, 하면서.

그때 그녀의 대답은 '당연히' 절대 용납할 수 없다, 였다.

"왜 모르겠어."

소라는 씁쓸히 웃었다.

"윤휘가 신이 못 준다고 하면 납치라도 해서 데려가실 양반이야. 더군다나 상황까지 이렇게 된 마당에 진이를 쉽게 포기할 것 같냐? 그저 조용히 매듭지을 수 있으면 그게 가장 최선이야."

"그래서? 그래서 선배는 어떻게 생각하는 거예요?"

"내 생각이 뭐가 중요하냐. 윤휘가 빨리 결단 내리는 것이 중요하지."

소라가 벌떡 일어났다.

"뭐야? 그럼 선배는 윤휘보고 진이 데리고 한준혁한테 가라는 거야? 선배, 어떻게 그런 생각을 할 수 있어요? 사람이 갑자기 싫어진다. 진짜 실망이야."

경수는 길길이 날뛰는 소라를 붙잡아 다시 앉혔다.

"제발 어린애같이 생각하지 마. 그럼 진이를 평생 아비 없는 자식으로 키워야 한다고 말하는 거야? 응? 진이가 준혁이 아들이란 것은 변하지 않아. 아이도 제 엄마, 아빠 품에서 자라는 것이 가장 좋고. 이성적으로 생각하라고, 너나 윤휘나 모두!"

"그럼 윤휘는? 윤휘 인생은? 진이는 그렇다 치고, 윤휘는 그럼 아이 위해 제 인생 포기하고 살아야 한다는 거야? 그런 거예요?"

소라도 지지 않고 맞섰다.

"휴우, 됐다. 너랑 나랑 이래서 무슨 결론이 나냐."

경수가 먼저 손을 털었다. 그의 말이 맞다. 둘이 열심히 찬반양론 벌인들 아무 소용도 없다.

"그나저나 유진 씬 지금 윤휘가 이런 것 뻔히 알면서 안 오는 거야? 참 섭섭하네."

"걔 있으면 윤휘는 더 산란해져. 내일 온다는 것도 말리고 싶은 심정이다."

한 시간이나 잤을까, 윤휘가 방문을 빠끔히 열었다.

"우리 유진이 어디 있어요?"

"더 자지 왜 나와? 진이는 우리 엄마한테 맡겼어."

소라가 일어나 윤휘를 부축했다.

"유진이 데려와 줘."

"윤휘야, 너 좀 쉬어야 해. 쇼크가 장난이 아니래. 병원에서 입원시키라고 하는 것 너 싫어하는 거 뻔히 알아서 집으로 온 거야. 들어가서 눕자."

"소라야, 나 괜찮아. 정신 차려야지. 우리 유진이 데려와 줘. 빨리."

"진소라, 애 데려와. 윤휘야, 넌 이리 앉고. 정신 차리기로 했으면 이리 와, 얘기 좀 하자."

"알았어. 경수 선배, 윤휘 몰아세우지 마."

"가서 애나 데려와."

소라가 입을 삐죽이며 집을 나섰다. 경수는 따뜻한 코코아를 윤휘에게 내밀었다.

"유진 씨는요?"

"일이 있다고 내일 들어온대."

경수는 최대한 담담하게 말했다. 윤휘는 그저 고개만 끄덕일 뿐이었다.

"어떻게 할 생각이냐?"

"뭘요?"

윤휘는 마치 아무 일도 없었다는 투다. 경수는 가련한 눈빛으로 윤휘를 바라봤다.

"내가 생각할 수 있는 게 뭐가 있을 것 같아요? 이대로 앉아서 애 뺏어가게 둘 수 없어. 나 그 부모님 만나게 해줘요. 내가 직접 얘기할 거야."

비록 힘이라곤 하나도 없는 말투였지만 흔들림없이 단호했다.

"윤휘야, 진이를 위해서라도 준혁이랑 합칠 마음은 없는 거냐?"

윤휘의 두 눈이 꾹 감겼다. 그리곤 큰 숨을 천천히 내쉬었다. 어쩌면 경수의 질문은 이미 예상했던 걸지도 모른다. 그리고 수없이 자신에게 던진 질문이기도 했다. 만약 삼 개월 전, 준혁이 찾아왔다면 다른 것은 차치하고라도 아이의 미래를 위해서 당연히 그의 말을 따르지 않았을까. 알고 있었다. 자신은 분명히 그렇게 했으리라는 것을. 미국에서 아빠가 돌아왔다며 진이에게 준혁을 소개시켰을 것이다. 당연히 그것이 맞는 그림이라 생각하며. 하지만 지금은 그렇지 못했다.

"경수 선배, 내가 유진이 안 준다고 하면 그쪽에서 어떻게 할까?"

"몰라서 물어? 우리나라는 아직 부계를 더 인정하는 나라야. 게다가 준혁에게 둘도 없는, 딱 하나밖에 없는 아들이다. 그 아들이 지금 암에 애까지 못 낳는다고 하면 어떻게 할 것 같아? 진이가 유일한 혈육이라는데 어떻게 할 것 같아?"

윤휘가 피식 웃었다.

"그래. 그렇겠지? 경수 선배, 나 진이 데리고 도망가면 어떨까? 아무도 모르는 시골 촌구석에 박혀서 살면 못 찾지 않을까?"

"윤휘야!"

"우스워요? 나 진지한데."

"정윤휘!"

"지금 선배가 하고 싶은 말 뭔지 알아요. 반듯한 사람이니까, 선배는. 그게 맞는다고 생각하겠지. 알아요, 나도. 무엇이 우리 진이를 위하는 길인지는……."

끊임없이 쏟아져 나오는 한숨에 윤휘가 말을 멈췄다. 손 안의 코코아 잔도 이미 식어버린 지 오래였다.

"유진이 때문에 그러냐?"

윤휘의 눈빛이 찰나 흔들렸다. 그리고 그것을 경수에게 들켜버린 것을 알았다. 마주친 시선을 피해 창밖으로 고개를 돌렸다. 햇살은 부서질 듯 반짝이고, 하늘은 구름 한 점 없이 맑기민 했다.

"나 참 못된 엄마지? 우리 유진이 그 집에 가면 그야말로 내일 걱정 없이 탄탄대로일 텐데, 내가 그 사람 싫어도 살 붙이고 살면 살아질 텐데 나 왜 안 되지? 그 생각만 빼고 다른 생각은 다 해봤어요. 그런데 안 돼. 나 포기가 안 돼요. 내 인생 포기가 안 돼. 그 사람…… 포기가 안 돼."

윤휘의 말끝이 흐려졌다. 지금껏 윤휘를 알고 그동안 봤던 눈물보다 최근 삼 개월 동안 본 눈물이 더 많은 것 같았다. 이렇게나 눈물이 많은 아이였던가. 꽉 깨물고 있는 아랫입술이 부들부들 떨리고 있었다.

어느 누구도 그녀에게 아이를 위해 희생하라고, 지금 사랑을 포기하라고 말할 자격은 없었다. 아무도…….

윤휘와 연락이 되지 않았다. 한국에 도착하자마자 제일 먼저 그녀의 번호를 눌렀지만 그저 전화기가 꺼져 있다는 안내멘트만 흘러나올 뿐이었다. 유진은 장기 주차를 맡겼던 차를 찾아 공항을 빠져나오면서도 계속 전화통화를 시도했지만 결과는 한결같았다. 다시 한숨을 푹 내쉬곤 익숙한 경수의 휴대폰 번호를 눌렀다.

"형, 나야."

—어디냐?

"지금 공항에서 가는 중. 윤휘 어디 있어? 왜 전화통화가 안 되지?"

—일단 한남동으로 와.

"한남동?"

—일단 그리로 와.

유진은 평소와 전혀 다른 경수의 목소리에서 뭔가 일이 있음을 직감하고 한남동 그의 빌라로 향했다.

도착한 그곳에는 경수가 먼저 기다리고 있었다. 담배를 얼마나 많이 태워 없앴는지 집은 너구리 사냥을 하는 것마냥 뿌연 연기로 가득했다.

"왔냐?"

"무슨 담배를 죽일 듯이 피워?"

"사장님께는 말씀 안 드렸다. 뭐, 알고 계실지도 모르겠지만."

"무슨 일이야?"

"나 너한테 부탁할 것 하나 있다."

"부탁?"

일본에서 무슨 일이 있었던 건지, 왜 제멋대로 행동하는지 경수는 으레 할 법한 질문들을 단 하나도 던지지 않았다. 그저 부탁만 있다고 했다. 부탁이라…… 이렇게까지 심각한 얼굴로 할 부탁이라는 것이 대체 뭘까.

"말해."

"윤휘랑 헤어져 주라."

"뭐?"

유진은 자신의 귀를 의심했다.

"뭐라고 했어?"

"만난 지 이제 몇 달 안 됐잖아. 헤어져라, 부탁한다."

경수가 고개를 숙였다. 유진의 이마에 힘줄이 불끈 솟았다.

"내가 지금 그 말에 당연히 '예, 알겠습니다' 할 줄 알았던 거야? 대체 하루 만에 무슨 일이 있었던 거야? 빨리 말해봐."

유진은 소파에 앉으며 별것 아닌 투로 말했다. 한 번은 이런 말을 들을 줄 알고 있었다.

"준혁이가 돌아왔다."

"뭐?"

"너만 포기하면 돼. 그럼 윤휘, 유진이 다 행복할 수 있어. 준혁이 유진이 아빠다. 너 착각하지 마. 아무리 네가 잘해도 핏줄은 어쩔 수 없는 거다."

싸늘한 경수의 말이 끝나기가 무섭게 유진이 그의 멱살을 잡아 올렸다. 뒤통수를 일 톤짜리 해머로 맞은 기분이었다. 이게 다 무슨 말이라는 건가.

"알아듣게 설명해. 윤휘가, 진이가 뭐 어쨌다고?"

"준혁이 이혼했다. 윤휘랑 유진이 찾길 원해. 이미 그 집안에서도 유진이 존재 알고 윤휘랑 합치게 하려는 분위기고."

경수는 오늘 만난 준혁의 모친을 떠올렸다. 체온이 33도쯤밖에 되지 않을까 싶게 싸늘한 윤 여사는 조금도 변함이 없었다. 다만 아들의 난데없는 병과 손자의 존재 때문에 받은 충격이 컸는지 아이만 데려온다면 윤휘는 얼마든지 받아줄 수 있다고 했다. 준혁이 미국으로 다시 떠나기 전에 매듭을 지었으면 한다는 말과 함께. 예전의 그녀라면 상상조차 할 수 없는 일이었다.

경수는 유진에게 그 길고도 긴 이틀 동안에 있었던 일을 모두 설명해 주었다. 윤휘가 흔들리고 있다고, 준혁에게로 가는 것이 순리인 줄 알면서 그 때문에 망설이며 또 그것 때문에 죄책감에 시달리고 있다고. 제발 윤휘 애 아빠한테 보내달라고.

"이게 무슨 개소리야! 윤휘가 간대? 응? 윤휘가 그 새끼한데 간다냐고!"

"야! 정유진! 너 같으면 어떻게 하겠어? 네가 윤휘라면 자식제 아버지랑 다 갖춰진 완전한 가정에서 살게 할 수 있는데 그거 마다하고 싶겠냐? 응? 오직 망설이는 이유 너 하나 때문이야. 너만 윤휘 인생에서 퇴장해 주면 다 편할 수 있다고!"

유진은 그의 말을 더 들어주지 못하고 그의 턱에 그대로 주먹을 꽂아버렸다. '윽' 하는 소리와 함께 경수의 몸이 휘청하고 넘어졌다.

"윤휘가 행복하대? 그 자식이랑 살면 행복하대?!"

유진이 소리쳤다. 경수는 입가에 흐르는 피를 쓰윽 닦아내며 일어섰다.

"너만 빠지면 돼. 너만 빠지면 완벽한 그림이야."

유진의 피가 싸늘히 식어갔다. 경수가 일어나 미처 말릴 사이도 없이 유진은 빌라 문을 박차고 나가 버렸다.

딩동— 딩동—

일정한 간격으로 초인종이 울렸다.

"문 열려 있어."

　설거지를 하던 윤휘는 당연히 진이와 과자를 사러 나간 소라
가 돌아온 것이라 생각했다. 하지만 문이 끼익 하고 열리는 소
리가 난 뒤에도 별 기척이 느껴지질 않자 고무장갑을 벗어놓고
밖을 내다봤다.
　"누구……?"
　윤휘는 곱게 차려입은 중년의 여성을 보며 고개를 갸웃했다.
　"나, 준혁이 엄마 되는 사람이에요."

17. 스캔들

대놓고 둘러보지는 않았지만 아래로 깐 눈이 흘끗흘끗 집 안 곳곳을 훑어보고 있는 것을 윤휘는 알고 있었다. 서른이 넘은 아들을 둔 여자라고는 생각지도 못할 만큼 젊어 보이는 부인은 많이 넘겨 잡아도 사십대 초반으로밖에 보이지 않았다. 정치를 한다던데, 그래서 그런지 오십대 아줌마와는 거리가 먼 몸매와 패션, 완벽한 화장까지. 겉모습만으로도 바늘 들어갈 틈도 없어 보였다.

"아이는 어디 갔지?"

윤휘의 심장이 쿵 하고 방아를 찧었다. 그런 그녀를 눈치 챘는지 윤 여사는 큰 선심을 쓰는 투로 말했다.

"걱정하지 말아요. 지금 당장 데려가려고 온 것 아니니까. 너무 긴장하지 말아요."

"무슨 일로 오셨나요?"

화려한 그녀에 비해 곰돌이 푸우가 그려져 있는 긴 원피스를 뒤집어쓰고 있는 자신이 한없이 초라하게만 느껴졌다.

"뭐, 이런저런 얘기 주고받을 사이도 아니고, 본론만 말할게요."

처음부터 인사치레조차 주고받을 생각이 없는지 윤 여사는 커피를 한 모금 홀짝이곤 본론을 시작했다.

"다 들어서 알고 있죠? 나 이번 일 매우 유감으로 생각해요. 우리 새아기, 그러니까 윤영이. 내가 아끼는 아이에요. 그 아이한테 무릎을 꿇어서라도 마음 돌리고 싶은 것이 솔직한 심정이고요. 그런데 준혁이는 그렇지 않은지 아이랑 아이 엄마랑 셋이 함께인 것이 가장 이치에 맞고 순리라고 하더군요. 썩 내키진 않지만 나도 거기까지는 양보할 수 있어요. 물론 우리 윤영이가 아이 키운다고 한다면야, 더 바랄 것도 없지만."

대놓고 사람을 별책부록쯤으로 치부하는 중년 여인의 말이 가슴에 콕 하고 박혔다. 일부러 그런 의도인 듯 윤 여사는 조금의 배려나 망설임도 없었다.

"내가 하고 싶은 말은, 그렇게 다 받아줄 테니 시끄러운 일 만들지 말라는 거예요. 지금 준혁이의 이혼 문제만 해도 머리가 아파 죽겠어."

한 치의 흐트러짐도 없을 것 같은 여자의 얼굴이 조금 구겨졌다. 정말 두통이라도 닥쳐오는 모양이었다.

윤휘는 어쩐지 준혁이 조금은 불쌍하다는 생각이 들었다. 아들의 중병보다 자신과 집안의 체면을 더 생각하는 어머니라. 왠지 입 안이 썼다.

"원하는 것 있으면 말해요. 필요없다, 내숭 가식 떨다가 나중에 뒷말하는 사람 나 썩 싫어하니까. 서로 깔끔한 것이 좋은 것 아니겠어요?"

"지금 저한테 액수를 부르란 말씀이신가요?"

"말귀는 빨리 알아듣네요."

"그러니까, 네 아들을 얼마에 팔 건지 부르라는 건가요?"

"지금 당장 말하라는 것 아니니까 천천히 생각해 보고 사람 편에 말해줘도 돼요. 쉽지 않을 결정이라는 것 아니까 생색낼 생각일랑은 말고, 금액은 원껏 불러도 되고. 정 안 되겠다 싶으면 아이랑 같이 들어오는 걸로 하고. 무슨 말인지 알죠? 최대한 빨리, 조용히 준혁이가 미국으로 나가줬으면 좋겠어요. 우리 회장님도 여간 신경 쓰고 계신 것이 아니야. 혹시라도 언론 어쩌고 하면서 값 올릴 생각은 아예 하지 않는 것이 좋을 거예요. 그냥 불러도 웬만하면 깎지 않을 테니까."

윤휘가 어이를 상실하고 멍하니 있는 사이 윤 여사는 더 이상 이따위 상자 같은 아파트에 못 앉아 있겠다는 듯 일어났다. 그리고 덩달아 일어나는 윤휘에게는 눈길도 한 번 주지 않고 왔을 때처럼 단정하고, 소리없이 사라졌다.

윤휘는 큰 두 눈을 끔벅였다. 꿈을 꾼 것일까. 단 십 분 사이에 지금 무슨 일이 벌어진 건지 윤휘는 접수가 되지 않았다. 그리고 오 분 후 열린 문을 이상히 여기지도 않고 들어온 유진을 보고서야 마음속에 꾹꾹 담아놓았던 말들을 하지 않은 사실을 깨달았다. 경수에게 그의 부모님을 만나게 해달라고 하면서 쏟아내겠다 다짐했던 말들은 단 한 마디도 전하지 못한 것이었다. 윤휘는 허탈함에 그저 빈 웃음만 새어나왔다.

유진은 거실 한가운데 멍하니 서 있는 윤휘를 바라보았다. 단숨에 걸어가 품 안에 가두고 싶은 마음이 굴뚝같았지만 차마 발길이 떨어지지가 않았다. 윤휘도 그를 보고 있었다. 당장 달려가 안겨 펑펑 울고 싶었지만, 살려달라 애원하고 싶었지만 발길이 떨어지지가 않았다. 둘 사이에 뭔가 얇은 막 하나가 가로 쳐져 있는 느낌이었다.

그렇게 억만 년과도 같은 침묵의 시간을 깨고 유진이 먼저 입을 뗐다.

"윤휘야, 이리 와."

유진이 두 팔을 벌렸다. 워낙에 작은 윤휘인지라 그녀의 몸이 둘은 들어가고도 남을 넓은 가슴이었다. 유진의 얼굴에 걸린 미소가 너무나 작위적으로 보여 윤휘는 그만 참지 못하고 비적비적 걸음을 옮겼다. 그리고 쓰러지듯 그의 가슴에 몸을 기댔다.

그는 작은 그녀의 등을 손바닥으로 쓸어내리며 정수리에 입을 맞췄다.

"미안해. 너한테 미안하다는 말 안 하고 싶었는데, 기어이 하게 된다. 미안하다."

그가 무엇이 미안하다는 건지 말하지 않아도 느껴졌다. 필시 경수에게 다 이야기를 듣고 힘든 시간에 함께하지 못했음을 미안해하는 것이리라. 그라면 충분히 그러고도 남았다. 아닌 척 배려가 깊은 유진이니까. 잘난 얼굴보다 더 잘난 마음을 가진 그라는 걸 이미 잘 알고 있으니까.

"이상하게 눈물이 안 나와. 유진 씨 옆에 없어서 참 밉고, 서럽고 그랬는데 이상하게 눈물이 안 나와."

"윤휘야, 나랑 가자."

기어코 나오지 않을 것 같은 눈물이 소리없이 유진의 가슴을 적셨다. 가고 싶었다. 어딜 가든 간에 유진이 가자면 가고 싶었다. 생애 다시없을 줄 알았던 사랑, 참 좋은 사람, 따라가고 싶었다. 아무 생각 말고 훌훌 털어버리고 그의 품 안에서 보호받고 싶었다. 흔한 망설임이었으면 고민조차 하지 않았을 터다. 흔한 망설임이었으면…….

윤휘는 그의 가슴을 밀어냈다. 흐느낌 한 번 없이 눈물만 온 얼굴에 범벅이었다. 아랫입술을 꽉 깨무는 것은 그녀 혼자 울 때의 버릇이었다. 혹시나 자신의 흐느낌에 슬퍼 더 눈물이 날까 봐. 이건 우는 게 아니고 눈물이 흐르는 것뿐이야, 라며 우는 것조차 스스로 용납하지 않기 위해.

유진이 눈물로 뿌옇게 번진 안경을 벗겨냈다. 그리고 천천히 고개를 숙였다. 감긴 그녀의 눈꺼풀 위로 그의 입술이 내려앉았다.

"울지 마."

그가 낮게 읊조리며 그녀의 눈물을 닦아냈다. 할짝할짝 새끼를 핥아주는 어미 짐승처럼 그녀의 눈과 볼에 그의 입술이 다녀갔다. 마지막으로 그녀의 입술에 모양을 맞추듯 그의 입술이 닿았다.

"흐윽……."

그의 입술이 닿아 있는 그녀의 입술이 살포시 벌어지며 흐느낌을 토해냈다. 지금 그녀가 내릴 결정을 누구보다 정확하게 알고 있는 사람은 유진이었다. 사람이 사람을 아는 것은 반드시 시간에 비례한 것은 아니니까. 누구보다 그녀의 약한 모습을 많이 알고 있고, 그녀의 삶의 비중을 잘 알고 있는 그였으니까. 지금 자신의 입에 부딪히는 흐느낌이 무엇을 의미하는지 알고 있었다. 다시 그녀의 등 뒤로 둘러지는 유진의 손이 가늘게 떨렸다.

"아…… 참 안고 싶었는데, 미치게 보고 싶었는데……."

"어! 아저씨!"

그때 뒤에서 진이가 뛰어들어 왔다. 뒷모습만 봐도 이제 유진인 줄 아나 보다. 소라는 못 볼 거라도 본 듯 문간에서 쭈뼛거렸다. 윤휘는 뒤돌아서서 눈물을 닦아냈다. 유진은 진이를 번쩍 안아 들었다.

"오…… 셨어요?"

소라의 어색한 미소에 유진은 화답을 해줄 수가 없었다.

"아저씨, 왜 늦게 왔어?"

그러면서 유진의 귀를 붙잡고 작은 목소리로 덧붙였다.

"유진이랑 물고기 보러 가기로 했잖아요."

TV에서 아쿠아리움이 나오는 방송을 보고선 좋아했던 진이에게 언젠가 했던 약속을 아직 기억하는 모양이었다. 윤휘가 아저씨한테 이것저것 조르지 말라고 엄포를 놓은지라 딴에는 유진과의 비밀이라고 생각했던 것이다.

그제야 유진이 살포시 미소를 지었다.

"밥은 먹었어요? 뭐라도 먹어야지."

토끼눈을 해가지고 윤휘가 애써 웃어 보였다. 윤 여사가 올 때부터 그대로 쌓여 있는 설거지 더미 앞으로 재빨리 도망을 쳐버렸다.

"유진 씨, 나 갈게요. 윤휘랑 얘기 잘해봤으면 좋겠어요. 애 아빠고 뭐고 다 좋지만 난 윤휘 인생이 먼저라고 생각해."

소라는 신발도 벗지 않고 그대로 퇴장했다.

"아저씨."

"응?"

유진이 진이의 얼굴에 볼을 비볐다.

"소라 이모가 이제 유진이 아빠랑 살 거래."

유진의 심장 한구석이 꾹 하고 찔렸다.

"응…….."

"아저씨가 유진이 아빠야?"

유진은 진이를 가슴에 꼭 안았다.

"진짜야? 아저씨가 유진이 아빠야? 우와!"

유진의 심장이 달음박질을 쳤다.

"유진아, 아저씨가 유진이 아빠였으면 좋겠어?"

"응!"

한 치의 망설임 없이 아빠가 되어달라는 아이의 말에 유진은 배려고 망설임이고 훌훌 던져 버렸다. 사랑이라는 이름으로 어디까지 배려해야 하는 것인가, 어디까지의 무례가 용인되어지는 것일까. 더 이상 고민할 필요도 느끼지 못했다. 그녀의 눈물을 보면서 그저 보고만 있을 수밖에 없다면 존중도, 배려도 필요없었다.

"그래, 유진아. 아빠야, 아저씨가 아빠 맞아."

유진은 다짐하듯 되뇌었다. 그리고 아이를 안고 일어나 성큼성큼 부엌으로 들어갔다. 언젠가부터 물소리가 나지 않는다 싶었더니 윤휘가 유진의 말들을 모두 들은 모양이었다. 식탁 의자에 앉아 무릎을 그러안고 윤휘는 또 숨죽여 울고 있었다. 어깨를 들썩이며 가슴을 쥐어뜯고 있었다. 며칠 만에 더 가늘어져 버린 윤휘의 손목을 유진이 꼭 잡았다.

"나와. 가자."

유진의 손에 끌려 집을 나서고 만 24시간 동안 그야말로 번
갯불에 콩 구워 먹는다는 말이 저절로 생각나게 하는 일들이 벌
어지고 말았다. 아무것도 하지 못하고 서 있는 윤휘를 대신해
옷가지 두어 개를 가방에 담은 유진은 곧장 그들을 공항 근처
호텔로 데리고 갔다. 무슨 생각인지 전혀 짐작도 가지 않았다.
외국으로 도망쳐 버린다는 얼토당토않은 생각을 하는 것이라곤
여겨지지 않았다. 지금까지 봐온 유진은 그렇게 무모한 사람이
아니었다. 진이는 어디 놀러라도 가는 줄 아는지 좋아서 어쩔
줄을 몰라 했다. 테라스로 나가 심각한 표정으로 몇 군데 전화
를 한 유진은 그대로 밤을 지새웠다. 눈을 감으면 윤휘와 진이
가 사라지기라도 할 것 같아 그 둘을 품에 안고 밤을 하얗게 새
웠다.

　아침이 되자마자 외국에서 걸려온 듯한 전화를 한 통 받고 그
는 윤휘와 진이를 데리고 바로 출국 수속을 했다. 가방에서 자
연스럽게 나오는 여권을 보니 처음부터 유진은 이렇게 할 생각
이었던 모양이다. 그때까지도 설마 했던 생각이 눈앞에 드러났
다. 안 된다고, 이렇게 해결될 문제가 아니라고 유진을 설득했
지만 그의 대답은 '딱 일 주일만이야' 였다. 일주일만 시간을 달
라고, 그동안은 그가 하는 대로 그저 가만히 있어달라고. 완고
하고 결연한 그의 말에 윤휘는 가슴이 미어졌다. 일주일. 일주
일만이야. 그 정도는 그녀 마음대로 해도 될 것 같았다. 그를 위

해 일주일 정도는 기꺼이 내어줘도 될 것 같았다.

현지 시간으로 오후 네 시. 셋은 홍콩 챕락콕 공항에 도착했다. 대기하고 있던 차의 키를 유진이 받아 직접 운전해 간 곳은 빽빽한 도시의 꼭대기에 위치한 별장 같은 집이었다.

"여기가 어디예요?"

"빅토리아 피크."

오는 내내 말이 없었던 유진은 도착해서도 별반 다르지 않았다. 어디론가 계속해서 전화를 하고, 그러다 마지막 두 시간에 걸친 장시간 통화를 마치더니 한숨을 푸욱 내쉬며 지친 듯 윤휘를 향해 웃어 보였다.

테라스에서 한눈에 내려다보이는 홍콩의 빽빽한 빌딩숲을 보며 어린 진이는 좋아 어쩔 줄을 몰라 했다.

"그냥 일주일만 내가 하자는 대로 가만히 있어줘. 윤휘야, 내가 행복하자고 했잖아. 우리 지금 행복하자. 멀리 말고 지금."

등 뒤에서 살포시 껴안는 그의 격한 심장을 느끼며 윤휘는 고개를 끄덕였다. 그래, 행복하자. 나중에 말고 지금.

"자, 우리 먹을 것도 없고, 옷도 없고 아무것도 없는데 쇼핑놀이나 하러 갈까?"

장난스러운 그의 말에 윤휘는 피식 웃고 말았다. 이제는 누가 보아도 아빠 같은 유진이 아이를 안아 들었다. 윤휘가 마음과는 다르게 눈을 흘겼다.

“걷게 해. 안아 버릇하면 나중에 안 걸으려고 툭하면 안아달
라고 한다.”

‘나중’이라는 그녀의 말이 이 상황에 전혀 어울리지 않았지
만 둘 다 애써 모른 척했다. 나중이 있을지 모르지만 지금은 행
복하기로 했으니까. 일주일 후가 없더라도 지금은 함께 있으니
까.

빅토리아 피크의 높은 곳에 자리한 별장은 한 면 전체가 유리
로 되어 있어 낮이나 밤이나 홍콩의 아름다움을 감상할 수 있었
다. 저 멀리 구룡반도와 홍콩섬 사이에 놓인 바다가 마천루 사
이로 모습을 드러냈다. 어울리면서도 이질적인 느낌이었다. 남
편 없이는 살아도 제습기와 에어컨 없이는 못산다는 말이 있을
정도로 고온 다습한 기후와는 동떨어진 이곳처럼.

창문을 여니 평지보다 2, 3도쯤 낮은 온도의 바람이 훅 하고
들어왔다.

“문 열지 마! 맛있는 냄새 다 빠져나가잖아.”

유진이 소리쳤다.

“맛있는 냄새야, 탄 냄새지? 그거 오늘 안에 먹을 수 있는 거
야?”

부엌에서 두 유진이 킥킥거리는 소리가 들려왔다. 그 소리가
맑은 바람보다 더 청아했다.

미트소스가 눌어붙은 냄새가 솔솔 풍겨왔다. 그럼에도 전혀

코끝이 찡그려지지가 않았다. '어떡해', '엄마한테 이제 혼난 다', '쉬이!' 하는 소리가 거실까지 다 들렸다. 윤휘는 기어이 일어나 부엌으로 향했다. 대체 어떤 모양의 파스타가 기다리고 있을지 자못 궁금했다.

"이게 다 뭐야!"

윤휘는 온통 빨간 칠을 한 부엌 벽과 이런저런 쓰레기들이 뒹굴고 있는 개수대를 보곤 할 말을 잃었다. 두 남자가 혼구녕을 나는 아이처럼 그 자세 그대로 굳어 눈치만 보고 있었다.

"유진이가 안 그랬어요! 아빠가 그랬어요!"

혹시나 불똥이 튈까 봐 날름 일러바치는 아이의 말속에 들어 있는 '아빠'라는 말을 윤휘가 못 들었을 리 없었다. 그녀의 표정이 급속도로 굳어졌다. 그런 그녀를 보곤 유진이 눈을 찡긋해 보였다. 이것도 일주일간의 놀이에 일종인 걸까. 아이에게 너무 잔인한 짓이다. 하지만 이 평화를 나서서 깨고 싶지 않았다. 자꾸 이대로 영원히를 바라게 되는 마음이 돋아났다. 그러기엔 넘을 수 있을지조차 모르는 장애물이 너무 많았고, 상처받을 이들도 많다는 것을 몰랐으면 좋으련만, 하고 윤휘는 생각했다.

어디까지 경계를 두어야 하는 것인지 판단이 서지 않아 머뭇거리는 사이 유진이 그녀를 슬슬 밀었다.

"자, 걱정일랑은 접어두시고 근사한 디너만 기대하세요. 엄마는 거실로 퇴장!"

그의 뒤에서 입을 막고 큭큭 웃는 진이의 모습이 보였다.

그로부터 한 시간 후 유진은 '그냥 밖에서 먹자'라고 항복을 했고, 윤휘는 그럴 줄 알았다고 열심히 핀잔을 늘어놓으며 못 이기는 척 따라나섰다.

도착한 식당은 어쩐 일인지 예약이 되어 있었다. 유진은 아무 것도 모르는 척 딴청을 하며 안내하는 자리를 향했다.

갖가지 딤섬이 어우러진 식사는 평생 기억할 만큼 맛있었다. 빨간 촛불에 일렁이는 유진과 아이의 모습을 윤휘는 열심히 눈에 담았다. 절대 잊지 않도록. 이 순간을 죽는 날까지 기억할 수 있도록.

이제 오 일이 남았다. 약속대로 오 일 후면 그는 떠나고 그녀는 자신과 진이의 일생이 달린 결단을 내려야 했다. 떠오르는 아침 해가 원망스러웠던 하루가 지나가고 있었다.

YJ엔터테인먼트는 밀려드는 전화로 모든 업무가 마비된 지 오래였다. 4대 일간지의 연예란과 스포츠 신문의 1면을 장식한 사진 한 장 때문이었다.

〈영화에서의 로맨스 현실로……?〉
〈스캔들 메이커 정유진, 한밤의 밀회!〉

이번에 영화를 함께 찍은 일본 최고의 여배우 유키히코 아이를 끌어안고 호텔로 들어가는 모습이 메인 컷이었다. 이번에는 호텔은 숙박의 용도로만 이용하는 것이 아니다, 라고 하는 변명조차 통하지 않게 둘이 키스를 나누며 방으로 들어가는 모습까지 상세하게 찍혀 있었다.

"이 자식 지금 어디 있어!"

지금껏 유진의 스캔들에 냉정으로 일관했던 주경은 신문을 갈기갈기 찢어 허공을 향해 던졌다. 그녀의 가슴이 격하게 오르내렸다. 충격을 받은 것은 경수도 마찬가지였다. 윤휘와 아이를 데리고 감쪽같이 사라진 유진. 단 한 마디도, 한 번의 연락도 없이 벌써 삼 일째였다.

"연락이 안 됩니다."

"당신 뭐 하는 사람이야? 응? 매니저가 모르면 누가 알아!"

경수는 고개를 푹 숙였다.

"찾아야 할 것 아냐! 당장 찾아서 내 앞에 대령해. 이거 수습 못하면 둘 다 내 손에 죽을 줄 알아!"

주경이 이마를 짚으며 의자에 털썩 주저앉았다. 사무실 밖에는 기자들이 발 디딜 틈 없이 빽빽하게 장사진을 치고 있었다.

유진의 잠적, 생각지도 못한 초대형 스캔들. 사진의 날짜는 마지막 촬영이 있던 날이었다. 그가 먼저 올라간다고 하고 사라진 날. 윤휘가 준혁을 만나던 날. 윤휘가 가장 유진을 필요로 했던 날.

합성이라고는 도저히 볼 수 없는 둘의 키스 장면은 의심의 여지도 없었다. 인간에 대한 배신감과 그러면서 윤휘를 데리고 잠적한 그의 마음이 잡히질 않아 경수는 혼란스러웠다.

일본의 유키히코 쪽으로 수없이 연락을 시도했지만 노코멘트로 일관했다. 긍정도, 부정도 하지 않아 혼란만 더 가중시켰다.

경수는 받지 않을 것을 알면서도 포기하지 못하고 다시 유진의 전화번호를 눌렀다.

하루 종일 집에서 DVD를 볼 요량으로 진이가 볼 애니메이션 세 편과 윤휘가 보고 싶어하는 영화 일곱 편, 도합 열 편을 쌓아 놓았다. 햇살이 한가득 들어오는 커다란 거실에 그야말로 거대한 쿠션을 놓고 포개지듯 함께 누웠다. 유진의 가슴을 베고 윤휘가, 그의 다리 사이에 진이가 자리를 잡았다.

"자, 우리 뭐부터 볼까?"

"이거!"

진이가 '아이스 에이지'를 내밀었다.

"어랏, 그런데 왜 DVD가 일곱 장뿐이지?"

"어, 내가 가방에 넣었어. 가져가려고."

"왜? 보고 넣지."

"으음, 그냥. 본 건데, DVD 갖고 있으면 좋겠더라고. 그래서 산 거야. 본 것 또 보면 재미없어서 나 졸 것 같아."

챙긴 DVD가 차마 그의 드라마 시리즈 중 하나란 말은 하지 못했다.

당신이 없어도, 볼 수 있다는 생각에 나 바보 같은 짓 했어.

그렇게라도 보고 싶을까 봐.

윤휘는 괜스레 팝콘을 만지작거리고, 음료수를 마시며 딴청을 했다.

다행히 유진은 별말없이 아이스 에이지를 틀었다. 내용이야 당연히 아이들이 좋아하는 내용이었고, 캐릭터나 화면이 밝고 재미있었다. 다만 한글 더빙이 없어 진이가 지루해했다는 것. 결국 삼십 분을 못 보고 진이가 항복하고, 다같이 알아들을 수 있는 한국 영화로 바꿨다. 장르는 로맨틱 코미디었다.

영화 중반쯤에 주인공들의 키스 장면이 나왔다. 진하지 않은 순수한 분위기였다. 유진은 자신의 품에 안겨 열심히 영화를 보고 있는 윤휘를 바라보았다.

"유진이 눈 가려."

"이렇게요?"

한 마디 토도 달지 않고, 진이가 고사리 같은 손으로 제 눈을 가렸다. 그 틈을 타 유진이 윤휘의 입술을 훔쳤다. 그의 윗입술이 윤휘의 아랫입술에, 그의 아랫입술이 그녀의 윗입술에 닿았다. 살짝 혀를 날름거리며 그녀의 입술과 턱을 핥은 후 순식간에 떨어져 나갔다. 그 짧은 순간 허리가 뒤틀렸다.

"얼레리 꼴레리! 뽀뽀했데요! 아빠가 엄마한테 뽀뽀했데요."

"어허, 진이 눈 감고 있으라니까."

개구진 진이의 놀림에 유진이 엄한 투로 말했다. 하지만 그래 봐야 별 소용은 없었다. 생글생글 웃는 그의 눈은 전혀 위협적이지 않았기 때문이다.

"괜찮아. 아빠니까 유진이가 양보할게."

진이는 요즘 '아빠' 소리를 입에 달고 다녔다. 그리도 좋을까.

짐짓 어른스럽게 얘기하는 아이의 머리를 유진이 한껏 헝클어뜨려 놓았다.

하루 종일 아무것도 하지 않고 빈둥거리겠다는 계획은 그대로 실천되었다. 설거지 더미가 잔뜩 쌓여갔고, 거실 여기저기 과자 봉지며, 팝콘 빈 통이 어지럽게 널려 있었다. 내일 하지 뭐, 하며 유진은 치우려는 윤휘마저도 말리고 품에 가뒀다.

로맨틱 코미디, 멜로, 액션, 코믹, 패러디까지 모두 섭렵하자 시간은 열한 시를 가리켰다. 진이는 이미 곯아떨어진 지 오래였다. 유진이 잠든 진이를 조심스레 안아 침대에 함께 누웠다.

"샤워하고 자요."

"싫어. 그냥 잘래. 아까 점심때 했잖아."

"그래도요."

"이리 와, 유진 엄마아. 자자. 나 졸려."

아이처럼 재워달라 보채는 것에 재미를 붙인 유진이었다. 그렇게 말하면 그녀가 안아주는 것을 알고 있기 때문이었다.

그녀가 아이를 안듯이 가슴으로 꼭 안아주면 잠이 저절로 몰려왔다. 이번에도 역시 윤휘는 진이를 안고 있는 유진을 가슴에 꼭 끌어안았다. 유진이 그녀의 가느다란 허리에 두 팔을 둘렀다. 얼굴로 뭉클한 그녀의 가슴이 느껴졌다. 규칙적인 심장 소리가 자장가라도 되는 듯 편안하고, 아늑했다. 윤휘가 그의 부드러운 머리카락 사이를 손가락으로 유영했다.

"졸려?"

"아니."

"윤휘야."

"응?"

"나 믿지?"

"응."

믿든 안 믿든 이제 아무 소용 없다는 것을 알아버린 뒤였지만, 그래도 윤휘는 그의 물음에 믿는다, 솔직히 대답했다.

"나 끝까지 믿어줘. 무슨 일이 있어도 끝까지 내 편 되어줘."

그의 말이 심장에 울렸다. 그대로 문신이라도 새겨진 것 같았다.

무슨 약속인들 못해줄까. 공수표가 될 것임을 뻔히 알고 있지만 그래도 윤휘는 망설임없이 대답했다. 믿어요, 나 당신 끝까지, 나 죽는 날까지 당신 사랑 의심하지 않아요. 당신이 준 사랑 야금야금 꺼내보며 살게요.

삼 일 동안 한 방울도 흐르지 않던 눈물이 눈 가득 고였다. 유진이 살며시 등을 토닥토닥 두들겼다. '괜찮아, 괜찮아……' 연신 그녀를 달래며.

시간은 빠르고 이제 여기서 지낸 날보다 앞으로 남은 날이 더

적어졌다. 이제 삼 일이었다. 남은 시간 3일, 또는 72시간, 또는 4320분, 또는 259200초. 윤휘는 머릿속으로 재빠르게 셈을 했다.

그래, 3일이 아니고 259200초라는 무수한 순간이 남은 거다.

"윤휘야, 사랑해."

그의 속삭임에 윤휘는 가만히 고개를 끄덕였다. 흔하디흔한 그 말 한마디 안의 진심을 윤휘는 느끼고 있었다. 다른 무슨 말이 필요할까.

"나도, 나도 유진 씨 사랑해."

고였던 눈물 한 방울이 툭 터져 볼을 타고 또로록 굴러 떨어졌다.

부인해도 역시 다시 하루가 지나간 것이다.

18. 그대, 내게 행복을 주는 사람

유진은 공항에 도착하자마자 가판대에 보이는 그와 유키히코의 사진을 믿을 수 없다는 듯이 집어 들었다. 광동어를 알지 못하는 그였지만 사진만으로 내용을 충분히 짐작하고도 남았다.

신문에는 그와 유키히코가 함께 다정히 호텔로 들어가는 사진, 복도에서 그녀에게 기습키스를 당했던 당시의 사진, 둘이 함께 1204호로 들어가는 사진, 이렇게 세 장이 실려 있었다. 유진은 그 신문을 와그작 구겨 버렸다. 이가 바득바득 갈렸다. 이 사진의 출처가 어디인지 생각할 필요도 없었다.

유키히코 아이. 무모한 여자. 이런 식으로 복수를 해오다니.

유진은 선글라스를 고쳐 쓰며 로밍해 온 휴대폰의 전원을 켰다. 그리고 경수의 휴대폰 번호를 하나하나 힘주어 눌렀다. 신호가 떨어지자마자 경수의 다급한 목소리가 들려왔다.

"형, 나 지금 들어가. 네 시간 후 한국 도착이야. 기자회견 준비해 줘."

새벽까지 잠을 설친 덕인지 눈을 떠보니 꽤 시간이 지난 듯했다. 윤휘는 부스스 안경을 쓰고 책상 위 시계를 봤다. 아홉 시였다. 일곱 시간을 잔 셈이니 그렇게 늦장을 부린 것은 아니었다.

그러고 보니 옆자리가 횅했다. 진이와 그녀만 누워 있기에는 지나치게 넓은 침대. 유진의 온기가 느껴지지 않았다. 늦잠을 자는 진이를 다시 이불을 덮어주고 윤휘는 살포시 방을 빠져나갔다.

"유진 씨, 부엌에 있어요?"

부엌에서 나는 달그닥거리는 소리에 윤휘는 한숨을 놓았다. 순간이나마 왜 그가 떠났다는 생각이 들었던 것일까. 아직 시간이 남았는데.

스스로 느끼는 지나친 불안감에 윤휘는 피식 웃고 말았다. 유진은 어제 밀린 설거지를 하고 있나 보다.

"내가 하게 두라니…… 까……."

"일어났니?"

"누구시죠?"

마치 오래전에 알았던 사람처럼 빙긋 웃으며 그녀를 맞는 중년 부인에 윤휘는 눈이 휘둥그레졌다.

"유진이 너 설거지시키지 말라고 신신당부하더라."

"……?"

윤휘는 무슨 영문인지 도통 모르겠다는 얼굴을 했다.

"아! 이런, 내 소개를 안 했구나. 나 유진이 엄마야."

"네?!"

"이노무 자식. 얼굴을 보니 말도 안 한 모양이구나?"

윤휘는 그녀를 다시 자세히 봤다. 깊게 패인 주름 하며 풍성한 몸매가 전형적인 오십대의 아줌마였다. 하지만 선이 정확한 쌍꺼풀과 갸름한 얼굴형이 젊었을 적 미모가 보통이 아니었을 거라고 짐작케 했다.

"당황했나 보네. 거실에 가서 앉아 있어. 이거 마저 하고 갈 테니까. 아, 나 유진이한테 하도 얘기 많이 들어서 그런지 오래전부터 알고 있던 사람 같거든. 그래서 말 놓는데 불편하니?"

"아, 아니요."

순간 무슨 영문인지, 어떻게 상황이 돌아가는 건지 도통 감이 잡히지 않아 윤휘는 어안이 벙벙했다.

유진이 그녀에 대해 모친께 이런저런 얘기를 했다는 것이 믿어지지가 않았다. 아니, 당연한 일임에도 그에게 어머니가 있다는 사실조차 실감이 나질 않았다. 이미 준혁의 모친인 윤 여사에게 한 번 데인 터라 저절로 긴장이 됐다. 유진은 어디 있는 것

일까. 그의 모친은 어떻게 여기 있는 것일까. 두서없는 질문들
이 앞 다투어 머릿속에 떠올랐다.

"그래, 그런데 차 어디 있니? 홍콩에 맛있는 차가 많다던데
온 김에 맛 좀 보자."

윤휘는 싱크대를 열고 그저께 장 봐올 때 샀던 홍차를 꺼냈
다.

"물 좀 올려주련?"

정말 오래 함께한 식구처럼 대하는 부인에게서 적대감은 전
혀 느껴지지 않았다. 하지만 그렇다고 마음을 놓을 수는 없었
다. 윤휘는 주변을 둘러보며 유진을 찾았다. 순식간에 설거지를
마친 정민자 여사는 자잘한 꽃무늬가 예쁜 찻잔을 꺼냈다.

"유진이 그 녀석 한국 갔어. 나한테 너희 부탁하고."

"네? 한국엘요?"

"삼 일 전에 별안간 전화가 왔지 뭐니? 갑자기 일 다 팽개치
고 홍콩엘 오라는 거야. 이놈의 자식 오기만 해봐. 내가 일 못한
것 전부 청구할 테니까. 얼굴 좀 보여달라고 그렇게 성화를 할
때는 콧방귀도 안 끼더니 저 아쉬우니까 뽀로록 와달라잖아?"

삼 일 전이라면 홍콩에 온 첫날이었다. 그럼 처음부터 그의
모친이 여기에 오는 것도, 그의 출국도 모두 예정되어 있던 일
이라는 말이 된다.

"빈속에 차 먼저 마시는 것 아니다. 뭐 좀 먹어야지? 세상에,
이 팔뚝 좀 봐. 유진이가 너 밥 잘 먹이라고 하더니 그냥 보통으

로 잘 먹어서는 될 일이 아니다, 얘."

그녀의 손등을 찰싹 때리며 서둘러 자리에서 일어난 정 여사는 그녀가 채 말릴 틈도 없이 냉장고를 뒤져 이것저것 먹을 만한 것을 꺼냈다.

순식간에 베이컨, 계란프라이, 바나나와 우유를 갈은 쉐이크가 뚝딱 그녀 앞에 차려졌다.

윤휘는 정신이 쏙 빠졌다. 물어보고 싶은 것이 산더미 같은데 부산하게 이리저리 움직이는 부인은 말을 붙일 틈을 주지 않았다.

"너 얼굴에 다 써 있다. 이거 다 먹기 전에는 안 가르쳐 줄 거니까 빨리 다 먹어. 말하지 말래도 한두 시간은 읊을 스토리가 대기 중이니까."

적대감이라곤 요만큼도 내비치지 않는 그녀의 말에 윤휘는 꼼짝도 못하고 포크를 쥐었다. 상대방을 자기 페이스로 주도하는 능력이 탁월했다. 그런 점은 유진과 판박이였다.

그녀가 기억하는 한, 누군가에게 아침밥상을 받아보는 것은 처음이었다.

공항에 도착해 이미그래이션을 통과하자마자 대기하고 있던 소속사 관계자들과 합류했다. 이미 게이트 앞은 수많은 취재진들로 북새통을 이뤘으며, 경찰 기동대까지 파견된 정도로 정신이 없었다. 게다가 침묵으로 일관하던 유키히코가 입을 열었다.

오전에 예정없던 기자회견을 소집해 유진과 자신은 사귀는 사이가 맞다고 공표를 한 것이다.

국가원수의 방한행렬을 방불케 하는 정유진 공항 빠져나가기 작전이 시작되었다. 열 명이 넘는 경호원이 그를 감싸고 쏟아지는 질문과 플래시로부터 보호했다. 제지를 당한 기자들의 험악한 몸싸움과 서로 더 가까이 다가가려는 경쟁 속에 서슴없이 내뱉는 육두문자가 여기저기서 난입했다.

"정유진 씨, 잠적했다는 보도가 있었는데 사실입니까?"

"유키히코 아이와는 어떤 사이입니까?"

"지금 일본에서 유키히코 아이 씨가 연인 사이임을 밝혔는데, 사실입니까?"

"한 말씀만 해주시죠."

이런 변수가 기다리고 있을 줄은 상상도 하지 못했지만 그래도 변하는 것은 아무것도 없었다. 이미 결심을 한 상태였고, 버릴 각오를 한 터였다.

유진은 침묵을 지키며 걸어서 이 분이면 빠져나갈 거리를 십분을 넘게 지체하고서야 대기하고 있던 벤에 올라탈 수 있었다. 차에 올라타자마자 기자회견장에 있는 경수에게 전화가 걸려왔다. 전국에서 몰려든 팬 때문에 기자회견장을 급히 변경했다고, 강남이 아닌 여의도로 오라는 연락이었다.

상황이 심상치 않게 돌아가고 있었지만 그는 한 치의 흔들림이 없었다. 다시 한 번 생각해도 윤휘와 진이를 홍콩에 데려다

놓은 것은 천만 번 잘한 선택이었다. 새벽녘 그의 품을 파고들던 윤휘의 감촉이 아직 생생하게 남아 있었다. 눈을 감으면 윤휘와 진이가 그를 향해 웃고 있었다. 유진은 빠른 속도와는 달리 느릿하게 지나가는 창밖 풍경으로 시선을 돌렸다.

지킨다. 너랑 진이 내가 지켜.

"유진이가 7살 때, 미국으로 갔어."

윤휘가 접시를 말끔하게 비우자 정 여사는 일어서는 윤휘를 다시 앉히고 후다닥 설거지를 했다. 그리고 윤휘 몫의 차와 케이크까지 챙겨서 거실로 함께 나왔다. 행동이 얼마나 잰지 윤휘는 감히 따라할 수조차 없었다.

"한국에서 아무리 잘 키워도 아비 없는 자식, 튀기 자식 소리들을 것 같아서. 그럼 너무 억울하잖아. 그래서 미국 갔어."

조금의 회한도 담겨 있지 않은 목소리는 지난날에 대한 후회나 자기연민 따위는 묻어 있지 않았다.

"유진이 아버지, 나 만났을 때 이미 유부남이었고 난 몰랐다고는 하지만 어쨌든 불륜인 거잖아. 이태리로 돌아간다고 했을 때, 잡을 구실이 없었지. 그쪽 처자식 다 버리고 나랑 살아달라고 하는 것도 웃긴 거고. 그러고 보면 난 참 착한 편이야, 그치?"

남의 얘기 하듯이 조곤조곤 말하는 정 여사는 웃고 있기까지 했다. 원망도, 미련도 아무것도 없다는 듯이.

"애들 때리면 벌 받는 나라에서 키웠지만 난 유진이 막 때리고 그랬어. 이 자식이 글쎄, 크면 클수록 얼굴이 반반해지는 거야. 지 아비 닮아서. 그때부터 나한테 무척 맞았지. 혹시라도 얼굴값 하고 다닐까 봐. 뭐, 결국에는 얼굴 팔아먹고 살고 있다고 하지만. 아! 그리고 그거 하난 걱정 안 해도 돼. 생활력 말이야. 나 이놈한테 방세부터 등록금까지 다 받아냈거든. 대학 졸업하고 나서 등록금까지 바로 다 갚았어. 미국 대학 등록금이 한국하고는 비교가 안 되게 비싸거든. 그런데 이놈이 그걸 졸업하자마자 다 갚아버리는 거야. 아르바이트 하고 있는 것은 알고 있었지만 그 돈이 일반적으로 일해서는 못 버는 돈이거든. 혹시나 위험한 일에 발 담근 것은 아닌지 한 걱정을 하고 있는데 세상에, 내가 미용실 갔다가 잡지에서 아들놈 사진을 봤지 뭐야. 집에 돌아와서 물어보니까 그 아르바이트라는 것이 모델 일이었더라고. 어찌나 아무렇지 않게 얘기를 하는지, 하여간 그 자식 속에 능구렁이 들은 것은 나도 못 말려. 독종 자식. 조금 더 끼고 있으려고 했는데 이제 구실도 없잖아."

혼잣말처럼 숭얼거리는 그녀의 말에 윤휘는 웃음이 나오지 않았다. 얼마나 힘들었을까, 먼 타국 땅에서 여자 혼자 몸으로 아이 키우며 산다는 것이 말처럼 쉬운 일이 아닌데. 그의 바르고 긍정적인 성격의 근원을 윤휘는 보고 있었다. 유진을 키워낸 그녀가 마음 깊숙이 존경스러웠다.

"그런 얼굴 하지 마. 젊은 사람이 세상 다 산 얼굴 하는 것 아냐. 애가 배워. 그리고 유진이 걱정이랑 하지 말고. 내가 그렇게 호락호락하게 키우지 않았어. 그 녀석 신조가 ‘책임지지 못할 감정 안 뿌리고 다닌다’ 거든. 애 엄마한테 마음 줬을 때부터 이 미 최악의 상황까지 생각하고 있었을 거야. 겉보기는 헐렁해 보여도 원래 성격이 그런 놈이거든. 내 얘기 안 한 이유도 뻔해. 모든 것 다 결정된 후에 말하려고 했겠지. 그 녀석 뭔가 결정 내릴 때 주변 간섭 받는 것 질색하거든. 사실 처음 얘기 들었을 때 나도 무척 말렸었어. 어미 마음이라는 게 다 똑같잖아. 너무 힘들다, 다시 생각해라, 막말로 네가 낳은 새끼랑 지금 아이랑 차별 안 할 자신 있냐. 별별 소리 다 했어. 삼 일 전에 전화 왔을 때도 그 말 했고. 그런데 유진이가 그러더라. 아이가 자기보고 아빠라고 한다고, 내가 내 식구 지킨다고. 후우, 무슨 할 말이 더 있겠어. 사내놈이 지 식구 지가 챙기겠다는데.”

한 시간여에 걸친 정 여사의 말을 듣고 난 후, 윤휘는 무릎에 얼굴을 묻었다. 가슴이 울렁거려 진정이 되지 않았다. 그의 마음이 고스란히 그녀의 가슴에 들어와 심장을 쥐어짰다. 처음부터 그는 그녀를 떠나보낼 생각 따위는 없었던 것이다. 혼자 얼마나 많은 생각을 한 걸까.

정 여사의 선택이 쉽지 않았음을 알고 있었다. 그녀라면 절대 받아들일 수 없는 일일 것이다. 아니, 그 누구라도 받아들이기 힘든 일이었다. 더군다나 그렇게 살아온 삶이 있는데, 힘든 사람에게 제 자식 내어주기는 더더욱이 싫은 법이다.

어떡해, 유진 씨. 나 어떡하면 좋아. 왜 말 안 했어. 왜 당신이 모든 짐 다 짊어지려고 해. 당신의 그런 사랑, 나 받을 자격 없는 여잔데.

소리도 내지 않고 어깨만 들썩이는 그녀를 정 여사가 끌어안았다. 푹신하고 따뜻한 품이 마냥 위로가 되어 윤휘의 눈물을 더 짜내었다.

"에구, 어찌 이렇게 소리도 내지 않고 우는 법을 배웠누. 쯧쯧."

"어떡해요, 유진 씨 어떡해……. 저 한국 갈래요."

"걱정은 되겠지만, 한국 가겠다는 말은 마라. 말릴 줄 알고 유진이 몰래 간 거야. 가족이 뭐겠어? 무조건 편이 되어주는 거야. 나 그거 믿거든. 그래서 내가 여기 온 거고. 어미 된 사람으로 걱정 안 된다면 거짓말이지. 그래도 나 우리 아들 믿어."

윤휘가 고개를 들어 그녀의 눈을 바라봤다.

"왜? '우리 아들' 이라니까 마마보이 같아?"

장난을 담은 말조차 유진과 똑같았다.

"믿어. 뜬금없는 놈이지만 무모하진 않으니까. 다 계산이 있을 거야."

그때 잠에서 깬 진이가 눈을 비비며 걸어나왔다.

"엄마……."

제 엄마를 찾아 두리번거리는 진이를 정 여사가 물끄러미 보더니 다가가 번쩍 들어 안았다.

“요놈이 하늘에서 뚝 떨어진 내 손자구나. 에구, 고놈. 지 아비를 똑 닮았네.”

아직 잠이 묻어 있는 아이의 볼에 쓱쓱 볼을 부비며 껴안는 정 여사를 보며 윤휘는 다시 한 번 깊은 울음을 토해냈다.

기자회견장이 마련된 여의도 렉싱턴 호텔의 banquet room은 전운마저 감돌았다. 이미 언니인 정민자 여사에게 전화를 받은 주경은 체념한 건지 그저 아무 말도 하지 않았고, 경수는 그가 무슨 말을 할지 불안한 기색을 감추지 못했다. 말 한마디 붙일 엄두도 나지 않게 엄격한 표정을 하고 있는 유진에게 경수는 자초지종조차 묻지 못했다.

“괜찮겠냐?”

정작 물은 말은 그저 괜찮겠냐, 한 마디였다. 유진은 고개를 끄덕였다. 바늘 들어갈 틈도 없이 완벽한 모습을 갖춘 그는 크게 심호흡을 한번 한 후 회견장의 문을 열었다.

그가 모습을 나타내자마자 터지는 카메라 셔터 누르는 소리에 귀가 쟁쟁했다. 콩나물시루처럼 빽빽하게 들어선 기자들의 쏘는 시선에 주눅이 들 만도 하건만 유진은 가운데에 마련된 자리에 앉기까지 꼿꼿한 자세와 당당한 걸음걸이를 잃지 않았다.

영상 매체의 카메라들이 제일 앞자리에 서 있었고, 그 뒤로 사진 기자들이, 그리고 그 뒤로 취재기자들이 자리를 잡고 있었다.

그는 한일자로 굳게 입을 다물고 한 바퀴 시선을 돌린 후 자리에 앉았다.

"기자회견을 시작하겠습니다."

경수의 낮은 목소리와 함께 유진이 입을 열었다. 준비된 각본이나 메모조차 없었다. 사실만을 말할 것이고, 오롯이 돌아올 책임도 이미 각오한 바였다.

"최근 며칠간 각종 매체를 통해 언론에 보도된 기사는 모두 사실무근임을 밝힙니다. 여러모로 물의를 일으킨 점, 팬들과 여러분들께 심려를 끼쳐 드린 점 고개 숙여 사과드립니다."

유진이 일어나 허리를 깊이 숙였다.

"그 사진은 날조된 것이며, 원본을 확인할 수 없는 상황에서 저도 그 출처를 알기 어렵습니다. 그리고 이 자리를 빌려 밝혀 둘 사실이 있습니다."

그가 잠시 말을 끊자 다시 플래시 세례가 시작되었다. 그는 고개를 숙이지도, 시선을 피하지도 않았다.

"저에겐 이미 사랑하는 사람이 있으며, 그 사람과 사이에 5살 난 아들이 있습니다. 그녀의 직업은 통번역사로 저보다 연상이며 평범하게 살아온 일반인입니다."

그의 폭탄 발언에 좌중이 들썩들썩해졌다. 웅성거리는 소리와 섣불리 질문을 던지는 기자들 때문에 아수라장을 방불케 했다. 경수는 두 눈을 꾹 감았고, 대기실에 있던 주경은 자리를 박차고 나가 버렸다.

평정을 유지하고 있는 사람은 오직 유진뿐이었다. 그는 침착하게 말을 이어나갔다.

"그동안 본의 아니게 말씀드리지 못한 점 모든 관계자 여러분과 팬 여러분들께 진심으로 사과드립니다. 이로써 추후 유키히코상과 저에 관한 추측성 기사들은 더 이상 나오질 않길 바랍니다."

이미 충격으로 진행할 상황이 아닌 경수를 보곤 유진이 차분하게 회견을 진행했다.

"간단한 질문 받겠습니다. 그녀는 연예계와는 전혀 관계없는 사람인만큼 제 연인과 아이에 관한 질문은 받지 않겠습니다."

그의 말이 떨어지기가 무섭게 기자들은 저마다 앞 다투어 질문을 퍼부어댔다.

"아이가 있다는 말씀은 결혼을 했다는 말씀입니까?"

"아닙니다, 결혼은 하지 않았습니다. 하지만 스케줄이 허락하는 가까운 시일에 결혼식을 올릴 예정입니다."

"유키히코상이 오전에 기자회견을 한 사실을 알고 계십니까?"

"네."

"그럼 그 내용이 전부 사실이 아니란 말씀이십니까? 사진은 이미 합성이 아닌 것으로 밝혀졌는데, 어떻게 생각하십니까?"

유진은 약 오 초 동안 머릿속에 생각들을 정리했다.

그 짧고도 긴 침묵 속에 모두들 숨소리도 편히 내지 못했다.

호텔방에 들어서자마자 유키히코는 그의 입술에 열렬한 키스를 퍼부었다. 앙다문 그의 입술을 혀로 핥고 빨며 찐득한 소리를 만들어냈다.

『좋아?』

나무토막처럼 서 있는 그의 가슴에 자신의 가슴을 마구 문대던 그녀의 움직임이 일순 멈춰 섰다.

『일말의 존중이나 감정도 없는 섹스가 당신이 원하는 거야?』

유키히코는 웃고 있었다. 조금은 어색하게.

『날 도발해서 이 상황을 벗어나려는 속셈인 모양인데 그다지 효과적인 방법은 아닌 것 같네요.』

그녀의 가느다란 손가락이 그의 턱 선을 스윽 훑고 지나갔다.

『탐나. 날카로운 턱 선이 참 매력적이야, 당신.』

정말 먹고 싶다는 듯 그의 턱을 이로 앙 깨물었다.

『왜? 내가 누구랑 닮아서? 내가 당신이 그렇게 죽고 못사는 선 남편 카츠미랑 닮았나? 이 눈을 보면 더 그렇겠지. 동양인에게서는 볼 수 없는 눈이니까. 안 그래?』

『생각보다 말이 많은 남자군요.』

유키히코의 손길이 다시 분주히 움직였다. 그의 셔츠의 단추를 하나하나 풀러가며 벌어진 틈새로 손을 집어넣었다. 그리고 단단하고 매끈한 그의 가슴을 매만졌다. 따뜻한 그의 체온이 그녀에게로 옮겨왔다. 그녀는 더욱 대담해진 손길로 그를 자극했다. 그는 움직이지 않았다. 표정 하나 변하지 않고 그녀를 내려다보고 있었다.

『흥분되지 않는데 어쩌지? 지금 당신 전혀 매력적이지 못해.』

자존심이 상하는 듯 그녀의 눈썹이 꿈틀했다.

『보시다시피 스위치가 켜지지 않아서 말이야.』

그의 손가락이 바지 앞섶을 가리켰다.

『하! 당신 혹시 불구 아냐?』

유키히코의 비아냥거림에 유진의 한쪽 입꼬리가 당겨 올라갔다.

『다행히도 내 여자를 즐겁게 해주는 데에는 지장이 없어서 말이지.』

순식간에 유키히코의 낯빛이 하얗게 변했다. 하지만 그것도 잠시 회심에 찬 미소로 유진을 바라봤다. 그리고 유혹적인 몸짓으로 자신의 몸에 걸쳐져 있던 옷들을 하나하나 벗어 던졌다. 머리 위로 원피스를 벗어 던지자 손바닥보다 작은 레이스 조각만 간신히 걸쳐져 있는 맨몸이 드러났다. 하얀 살결이 불빛에 빛나고 반들거리는 입술은 물을 머금고 있는 듯 촉촉해 보였다.

그녀의 알몸이 다시금 그에게 부딪쳐 왔다. 셔츠 깃 사이로 드러난 그의 쇄골을 핥으며 바지춤에 손을 넣었다.

『그 브래지어와 팬티는 안 벗을 건가?』

그의 말에 유키히코는 '그럼 그렇지' 하는 미소를 지었다.

『당신이 벗겨줘요.』

『직접 벗어봐. 내 앞에서.』

유키히코가 그에게서 한 발짝 뒤로 물러섰다. 그리고 유유히 웃으며 손을 등 뒤로 돌려 브래지어를 풀었다. 레이스 조각이 걷히고 풍만한 살덩이가 모습을 드러냈다. 그리고 거의 제기능을 하지 못할 것 같은 팬티마저 스스럼없이 다리를 빠져나왔다.

『이제 날 안을 마음이 생겼나요?』

유진의 야릇한 미소. 그의 웃음을 긍정으로 받아들인 유키히코가 따라 야릇한 미소를 지으며 그에게로 다가왔다.

그때였다, 아무도 찾아올 리 없는 방의 벨이 울린 것은. 유진은 손목시계를 한번 보곤 어깨를 으쓱했다.

『타이밍 죽이는걸!』

과장되게 곤란한 표정을 짓던 유진이 문으로 향했다. 당연히 룸서비스가 방을 잘못 찾은 것쯤으로 생각한 유키히코는 곧 돌아올 그를 기다리며 침대에 걸터앉았다, 여전히 실오라기 하나 걸치지 않은 채.

『유키히코상, 손님이 오신 것 같은데?』

『뭐?』

그녀가 채 답을 하기도 전에 유카리와 한 남자가 모습을 드러냈다.

『아이……!』

침대에서 일어난 유키히코는 그대로 얼어 아무 말도 하지 못했다. 다급히 다가온 유카리가 옆에 있는 침대 시트를 걷어 그녀의 몸을 가렸다.

『이제 두 분의 일은 알아서 해결하시는 것이 어떻습니까? 주변 사람 괜한 피해 주지 말고 확실히 하시죠.』

슬슬 뒷걸음질을 치는 유키히코를 보며 유진은 느긋하게 셔츠 단추를 채웠다. 죽도록 사랑하는 이 앞에서 가장 굴욕적인 모습을 보인 그녀는 충격에 사시나무 떨듯 발발 온몸을 떨어댔다.

『너…… 왜! 왜 이런 짓을!』

카츠미가 단숨에 그녀에게로 다가가 양팔을 붙잡았다.

그 순간이었다. 갑자기 유키히코가 새된 비명을 내지르며 날뛰기 시작했다. 그 뒤 오 분 동안 일어난 일은 다시 상상하기조차 싫었다. 미친 듯이 발작을 하던 그녀는 붙잡는 카츠미에게 유리컵을 던졌고, 그의 머리에 맞고 바닥에 떨어진 파편을 주워 자신의 손목을 그었다. 누구의 것인지 분명치 않은 선혈이 카펫을 흥건히 적셨다. 유카리와 유진은 멈추지 않고 자해를 하는 유키히코를 붙잡았다.

『당신 죽여 버릴 거야!』

갈라진 목소리로 내지르는 그녀의 말이 방 안을 찌렁찌렁 울렸다. 유진에게 하는 말인지 카츠미에게 하는 말인지 알 수 없었다. 아마 둘 다에게일지도. 눈이 뒤집히도록 발악을 하던 그녀는 얼마 후 정신을 잃었다.

유진과 유카리는 일단 다친 둘을 입소문이 나지 않을 만한 병원을 수배해 입원시켰고 유카리가 호텔 직원들의 입막음을 하는 사이 어쩔 수 없이 유진은 병원을 지켜야만 했다. 승진을 시켜 유카리에게 자초지종을 얘기하고 카츠미를 불러들인 것까지는 완벽했지만 유키히코의 발작은 차마 예상치 못한 변수였다.

덕분에 만 18시간 후 유키히코가 깨어나기까지 유진은 한국행 비행기를 탈 수 없었다.

영화처럼 떠오른 그날의 영상을 애써 털어내며 유진은 여전히 흔들림없는 목소리로 대답했다.

"그날, 영화 촬영 마지막 날이었고, 유키히코상은 취해 있었습니다. 제가 숙소로 데려다 준 것은 맞습니다. 아마 호텔에 들어가는 사진은 제가 유키히코상을 부축해서 가는 것이 각도에 따라 그렇게 찍힌 것 같습니다. 하지만 키스를 하는 사진은 저도 영문을 알 수가 없습니다. 추측컨대 마지막 촬영신을 누가 찍어서 조작한 것이 아닌가 싶습니다."

다시 어수선해졌다. 그때 낯이 익은 연예프로그램 리포터가 질문을 던졌다. 집요하기로 이 바닥에서 소문이 자자한 이였다.

"그럼 약혼녀 분과는 어떻게 만나신 겁니까? 한국에서 만나

셨습니까, 미국에서 만나신 겁니까?”

“한국에서 만났습니다.”

“아이가 5살이라면 만났던 시기가 정유진 씨가 한국에 들어온 직후 같은데 맞습니까?”

“아이나 약혼녀와 관계된 질문에는 대답할 수 없습니다.”

“참내, 대체 뭘 말해주겠다는 거야?”

마이크를 내리고 한 말이었지만 그도 들을 정도로 큰 목소리였다.

“그럼 약혼녀의 나이는 어떻게 됩니까?”

“앞서 말씀드렸다시피 그녀에 관계된 질문은 받지 않겠습니다.”

유진은 냉정을 잃지 않고 대답했다. 그를 바라보는 기자들의 시선이 변했다는 것을 느낄 수 있었다. 유진은 상처받지 않았다. 이 정도로 상처받아서는 윤휘와 진이를 지켜낼 수 없었다. 그는 다시 한 번 자신을 강철로 무장했다.

“지금 이 사태가 어떤 영향을 미칠지 생각해 보셨습니까?”

“물론입니다.”

“한국뿐만 아니라 일본, 대만, 미국까지 진출에 성공하면서 한류스타의 최정점에 올라 있는 지금 하필이면 발표를 하는 이유가 뭡니까?”

유진은 숨을 골랐다. 그래, 다 잃을 수도 있다. 그에게 열광했던 수많은 팬들이 등을 돌리고 돌을 던질지도 모른다. 항상 신

비로운 이미지의 그를 쫓았던 언론에서 숨겨진 사생활을 더욱 까발리려 혈안이 되어 달려들 것이 뻔했다.

하지만 그는 선택했다. 진이를 빼앗아가고, 윤휘의 희생을 강요하는 이들과 정면승부를. 그래서 더욱 이 자리가 두렵지 않았다.

"물론 팬들에게 실망을 안겨 드린 것에 대한 비난은 달게 받겠습니다. 배우 정유진으로 다시 봐주시길 감히 부탁드립니다."

"지금 그럼 동거 중입니까?"

"아닙니다."

"혹시 기억하십니까? 5월에 독점취재를 맡았던 월간 레이디입니다. 저번에 결혼식장에서 비호했던 그분이 약혼녀 되십니까?"

뭔가 알고 있었다는 듯한 질문에 다시 기자들이 술렁였다.

"예, 맞습니다."

"그때 인터뷰에서 연인이 없다고 말씀하신 것은 그럼 거짓말이었습니까?"

"그녀가 저로 인해 정상적인 생활을 포기하게 만들 수는 없었습니다. 누구라도 제 입장에서는 그렇게밖에 말할 수 없었을 겁니다."

"모든 것을 포기하고라도 연인을 택하겠다는 말씀입니까?"

"다른 어떤 극한 상황이 앞에 있더라도 제 결정에는 변함이 없을 겁니다. 저에게 있어 그녀와 아이는 선택의 대상이 아닙니다."

어찌 보면 이제 좋아하든지 싫어하든지 마음대로 하세요, 식으로 들릴 수도 있었지만 그렇다 해도 전혀 개의치 않았다. 다른 것은 몰라도 그녀의 일로 누군가에게 사과를 하고 싶지는 않았다.

유진은 계속해서 이어지는 질문에 당황한 기색 한번 없이 침착하게 답을 했다. 끈질기게 윤휘와 진에 대해 캐려 하는 기자들의 질문을 적당히 따돌리며, 그러나 가능한 충실한 대답을 하고 있다는 생각이 들게끔 적절한 수위를 유지했다.

"오늘 말씀드린 내용은 모두 사실이며, 이 이후 나도는 제 연인과 아이에 대한 추측성 기사는 법적으로 강경하게 대응할 것을 말씀드립니다. 다시 한 번 실망을 안겨 드린 팬 여러분 죄송합니다."

한 시간 남짓한 질문 끝에 유진이 자리에서 일어났다. 아직 못다 한 질문이 쏟아지고 그를 따라 카메라가 뒤쫓았지만 유진은 자리에서 일어난 이후 단 한 마디도 하지 않았다.

대기실로 마련한 작은 방의 문이 닫히자 유진은 큰 숨을 내쉬었다. 그런 그를 복잡한 심경의 경수가 바라다봤다.

"형, 나 윤휘랑 결혼해."

경수가 유진의 배에 주먹을 꽂았다.

"윽!"

"자식아, 일찍도 얘기한다."

"하하, 그대로 복수하네."

경수가 지난번에 유진의 주먹에 당했던 턱을 쓰윽 매만졌다.

19. The other side of The coin

"**포**기해라."

"안 됩니다."

"이 일로 시끄러워지는 것, 아버지도 원치 않으신다."

윤 여사는 단호했다. 준혁의 출국을 하루 앞둔 날에 벌어진 일이었다. 생각없는 딴따라들이나 설치는 곳이 연예계라고 생각했기 때문에 일말의 관심도 없는 그녀였지만 정유진이 누군지는 알았다. 문화관광부에서 한류에 기여한 공로를 인정해 얼마 전 상패까지 수여한 배우가 아닌가.

생각지도 않았던 경수의 전화에 윤 여사는 뒤통수를 맞은 기분이었다. 항간을 떠들썩하게 하고 있는 배우 정유진이 밝힌 약혼녀와 아이가 바로 윤휘와 진이였다니.

윤 여사는 경수의 전화를 받자마자 제일 처음 한 조처가 친생자관계부존재확인소송 준비를 하고 있는 변호사단에 중단 명령을 내린 것이었다.

처음부터 마뜩치가 않았었다. 준혁이 제 아이라며 친자확인 검사까지 하지 않았다면 단칼에 안 된다며 잘라냈을 일이었다. 아직 그녀에겐 올라갈 곳이 많이 남았다. 이런 연예인까지 얽힌 추잡한 스캔들에 휘말린다면 정치 생명도 그걸로 끝이었다. 어떻게 올라온 자리인데! 여성부 차관을 끝으로 정치 생명을 마감할 수는 없었다.

"잔말 말고, 내일 출국 지장없게 해라. 처음부터 그런 본데없이 자란 아이한테 네 소생이 있다는 것부터가 마음에 들지 않았어. 얼굴을 봐도 그 마음에 변함이 없더니 기어이 일을 치는구나. 오히려 잘됐다. 그런 아이랑 인연일랑은 그저 잊어라."

"어머니! 제 유일한 혈육입니다."

준혁이 벌떡 일어났다. 그러자 곧 모친의 손이 그의 뺨으로 날아들었다.

"못난 자식! 어제 윤영이한테 연락 받았다. 준혁이 네가 먼저 헤어지자고 했다고! 차라리 윤영이랑 다시 합치고 입양을 해! 그게 훨씬 더 보기 좋으니까."

현직 검찰총장의 셋째딸이라는 타이틀도 무시 못했지만, 어려서부터 윤영이 준혁을 마음에 두고 있다는 사실은 누구보다 그녀가 더 잘 알았다. 그런 아이인지라 처음부터 준혁의 병을 이유로 그리 쉽게 이혼을 요구했다는 말을 믿을 수가 없었다. 처음 그녀의 계획은 아이를 일단 데려온 후에 윤영을 설득하는 것이었다. 하지만 어제 뜻밖에 윤영이 먼저 전화를 걸어와 제발 준혁을 말려달라며 울먹였다. 윤 여사는 머릿속에 재빨리 계산기를 돌렸다. 윤영과 아이의 무게를 가늠하자면 어느 쪽도 포기할 수 없었지만 큰 리스크를 떠안으면서까지 아이를 데려올 가치가 있다곤 생각하지 않았다.

"이런 일은 아예 싹을 잘라 버리는 것이 나아. 정치적으로나 회장님의 대외적인 활동 면으로 봐서도 큰 오점이 될 일이다. 마침 제 자식이라고 떠드는 놈도 나타났으니 너만 포기하면 될 일이야. 그리고 병원에서도 초기라 생명엔 지장이 없을 거라고 하지 않니."

"어머니……."

준혁이 괴로운 듯 머리를 쥐어뜯었다.

"어떻게 그렇게 잔인하세요. 윤영이 이제 24살이에요. 어떻게 평생 아이도 못 갖는 놈하고 살게 하실 작정이세요."

"사내새끼가 그렇게 유약해서 어디다 써! 남자가 제 식구 하나 건사 못해서 어떻게 천 명이 넘는 회사 직원들을 건사해. 긴 말할 필요 없다. 아직 이혼 서류 안 넣었으니까, 이번 일은 그냥 해프닝에서 그쳐. 미국 가서 치료받고 공부하고, 실력 키워서와. 회장님 하루하루가 다르시다. 빨리 돌아와 회사 이을 생각이나 해. 간다.”

역시나 당신 할 말만 하고 나가시는 어머니를 준혁은 물끄러미 바라볼 수밖에 없었다. 그는 사랑하는 여자를 놓아줄 선택권마저 박탈당한 것이다.

정윤희, 나 벌 받은 거냐.

갑자기 왜 우물쭈물 임신했다는 말을 꺼내던 오 년 전 윤휘의 얼굴이 이혼만은 말아달라며 매달리던 윤영의 얼굴과 겹쳐졌는지 모를 일이었다.

준혁은 허허롭게 웃으며 한 팔로 두 눈을 가렸다. 눈물이 비집고 나올 것만 같았다.

“형, 한준혁 씨 집에 알렸어?”

“어. 그 녀석 어머니께 직접 말씀드렸다.”

“대답은?”

“오늘 변호인단에서 전화 왔더라. 차후 친자확인소송 걸지 않겠다는 것과 그에 제반된 상속권을 포기한다는 내용 서류로 만들자고.”

정말 재미있는 사람들이다. 그래서 다행이기도 하고. 더 이상 윤휘와 진이가 이로 인해 마음 상하는 일이 없었으면 좋겠다는 생각뿐이었다. 마지막 한 번은 마주쳐야 할 텐데, 윤휘가 상처 받으면 어쩌지.

“다행이라고 해야 하나. 참 입이 쓰네.”

"이 자식아, 그건 그렇고 너 이제 어떡할 거야?"

그의 얼굴로 장식된 수두룩이 쌓인 일간지를 경수가 손가락으로 툭툭 밀었다.

"어떻게 됐는데?"

그의 물음이 뭘 의미하는지 알고 있었다.

"몰라서 묻냐? 이런 것 각오한 것 아니었어?"

"사장님한테 좀 많이 미안해지네."

빌라 밖으로 인산인해를 이룬 기자 떼들을 내려다보며 유진이 중얼거렸다. 소위 말하는 상류층이 많이 기거하는 빌라답게 삼엄한 경비를 뚫고 안까지 들어오진 못하고 있었다.

그가 기자회견을 한 지 이제 일주일. 시간이 지나면 수그러들 줄 알았던 세간의 관심은 점점 더 증폭되고만 있었다. 그를 캐스팅 하려 시나리오를 보내왔던 영화사에서는 일제히 검토 안 해도 된다는 통보가 날아왔고, 기업 이미지를 광고하던 회사에서는 신변에 관한 추잡한 스캔들로 기업 이미지를 동시에 하락시켰다며 손해배상을 제기한 상태였다.

"다음 주에 미국 출국해야 하는 것 알고 있지? 그 건은 지장 없으니까, 거기에만 집중해. 네가 한국 아니면 갈 곳 없는 것도 아니고."

유진은 온갖 소설들로 가득한 신문들을 넘겨보다 소파에 벌렁 드러누웠다. 윤휘와 진이에 관한 창의력 넘치는 억측과 유키히코의 기자회견의 진실에 관한 내용이 대부분이었다.

"윤휘가 여기 없어서 참 다행이야. 이거 봤으면 또 맘 상했을 텐데. 휴우, 보고 싶다."

"전화는 했냐?"

"아니. 내 목소리 들으면 분명 윤휘 울 것 같아서, 미안하다고 말할 것 같아서 전화 안 했어. 어머니가 몇 번 이모한테 전화를 하신 모양인데, 잘 지낸다고. 걱정하지 말라고 하신대."

경수는 담배를 꺼내 물었다.

"하나 주리?"

"윤휘 담배 냄새 싫어해."

"에휴, 자식아."

워낙에 철두철미한 성격을 알고 있었지만 이번 유진의 행동은 정말이지 혀를 내두를 정도였다.

유키히코의 일부터가 그랬다. 해명을 해보라는 경수의 물음에 나온 유진의 답은 대단하다는 말밖에 나오지 않았다. 언제 조사를 한 건지 그녀의 아킬레스건인 전 남편을 불러들여 그녀를 회유했다는 것이다. 결국 유키히코는 유일한 사랑 앞에서 그녀를 모욕 준 유진을 저주했지만 전 남편인 카츠미 덕분에 사진은 돌려받을 수 있었다. 이번 스캔들에 관한 기자회견은 유키히코의 마지막 심술인 셈이었다. 물론 그녀 스스로 무덤을 파는 격이 됐지만.

그리고 윤휘의 일은 정말 그 누구도 예상치 못했던 반전이다. 기자회견을 자청하기에 이번 스캔들을 수습하려는 줄만 알았지, 그런 폭탄을 터뜨릴 줄은 그 누구도 상상조차 하지 못했다. 그의 무게를 잴 수 없는 사랑에 경수도 주경도 두손두발을 다 들었다. 하긴 뭐, 언제는 정유진을 말려본 적이 있었던가. 처음부터 마음대로 움직여 주지 않는 건방진 녀석이다 했더니, 결국 멋지게 한 건 하고 만다. 그럼에도 같은 남자로서 고개를 숙이게 만드는 책임감을 가진 정유진, 멋진 녀석. YOU WIN이다!

경수의 입에 물린 담배가 거의 필터까지 타 들어갔을 무렵 현관문이 덜컥거렸다.

"누구지?"

누워 있던 유진이 벌떡 일어났다. 그의 집 열쇠를 가지고 있는 사람은 자신을 제외하고 딱 한 사람뿐이었다.

"바보, 오지 말라니까."

일주일 만에 보는 유진은 볼이 조금 홀쭉해져 있었고, 윤휘는 살이 올라 있었다. 다 그의 모친 덕분이었다. 한국의 소식이라곤 조금도 알려주지 않은 채 아이를 키우듯 먹이고 재우기만을 반복한 결과 무려 2kg이나 윤휘의 살을 찌워놓은 것이다.

"살 쪄서 좋다."

"응, 그런데 유진 씨는 쏙 빠졌네."

"어, 너한테 살 떼어주느라고."

입가의 미소와는 상관없이 그의 핼쑥한 모습을 본 눈에서 눈물을 흘렸다.

"왜…… 그랬어. 왜 그랬어요?"

"뭐가?"

"왜 거짓말했어, 왜 혼자 그 짐을 다 지고 가려고 해요."

유진이 그녀의 머리를 가슴으로 끌어당겼다.

"우리 윤휘는 참 울기도 잘하고, 화도 잘 내고, 그래서 예쁘고."

윤휘의 머리카락을 쓰윽 쓰다듬었다.

"왜 나 때문에 유진 씨 모든 것 다 버리려고 해요. 왜 나 때문에!"

유진은 더욱 가슴 깊숙이 그녀를 안았다.

"너 때문이 아니야. 나 때문이야. 내가 너 잡고 싶어서."

내 사랑은 책임이니까.

내가 사랑하는 너랑 유진이 평생 내 옆에 있게 만들려고 사실 나 이기심 부린 거다. 죽어도 못 떠나보내겠어서, 지금까지 이뤄온 모든 것과 너를 바꿔서라도 너 붙잡아두고 싶었다. 네가 미안해서라도 나 떠난다는 말 못하게 나, 내 욕심만 채운 거다. 혹시라도 일주일 동안 널 보낼 각오가 선다면 그렇게 하겠다고 다짐했있다. 히지만 여시 포기가 안 되더라. 어떤 이유도 너를 보내야 한다고 날 설득시키지 못했다. 그렇게 될 것을 이미 알고 있었는지도 모르지.

준비 땅, 신호도 없이 내 마음속에 뛰어든 윤휘야, 들어올 때는 마음대로 들어왔지만 나갈 때는 마음대로 못 나가. 내가 이제 너 안 보내.

“윤휘야, 그거 아니?”

“뭐 말이에요?”

“동전의 양면이라고 하잖아. 누군가 내 행복으로 불행해지는 이가 있다면 그건 참 불합리한 거라고 생각했거든. 예전에 내가 내 친구의 여자 친구를 좋아한 적이 있었어. 난 당연히 내 마음 숨기고 있었지. 그러다 어느 날 그 여자애가 날 좋아한다고 고백을 해온 거야. 그때 미치도록 좋았는데, 그거 딱 십 초 만에 거절했다. 내 행복으로 불행해질 녀석이 있다는 것을 알고 있는데, 그 상황에서 내게 주어진 행복을 누릴 자신이 없었어. 그런데 있잖아, 지금 생각해 보면 내 감정이 그냥 장난 같은 거였구나 싶다.”

“왜요?”

“나 너 포기 못했으니까. 나로 인해 불행해질지도 모를 다른 사람을 알고 있지만 난 조금도 포기할 마음이 없거든. 너 절대 놔줄 수가 없어. 너를 가지고 다른 백 명이 불행해진대도 나 너 포기할 수 없어. 나 지독하게도 이기적인 놈인가 봐.”

유진의 입김이 그녀의 정수리에 따뜻하게 내려앉았다. 윤휘는 얼굴을 그의 가슴에 도리도리 비볐다.

“나 지금 참 좋다.”

윤휘가 그를 올려다보며 미소 지었다.

“윤휘야.”

“네?”

"이제 정말 빼도 박도 못하는데 그만 나한테 시집와야겠네?"

"지금 그거 청혼이야?"

"그런 것 같은데?"

"뭐야!"

윤휘가 그의 가슴을 작은 주먹으로 콩콩 때렸다. 밖에는 기자들이 진을 치고, 연일 방송과 신문에서 그들에 대해 떠들고 있는 이 상황이 결코 웃음이 나는 상황이 아니었지만 둘은 웃었다. 부둥켜 안고 서로의 심장 소리에 귀 기울였다. 심장이 말했다.

두근, 두근. 두근, 구든.

사랑한다, 사랑한다.

Epilogue

"하아……."

허리가 배배 꼬였다.

"이럴…… 줄 알았…… 어."

윤휘는 힘겹게 말했다. 유진은 오일이 잔뜩 묻은 손으로 허벅지 안쪽의 살을 쓰다듬다 방향을 바꿔 거뭇한 그녀의 수풀을 파헤쳤다.

"하악!"

윤휘는 있는 힘껏 침대 시트를 잡아 틀었다. 그의 손이 움직이기 시작했다. 이미 충분히 샘물로 적셔진 그곳에 미끈한 오일까지 더해져 자극은 이루 말할 수가 없었다. 천천히, 천천히 끝까지 밀어 넣었다가 빼기를 반복하는 그 때문에 윤휘는 미칠 것만 같았다.

유진은 그녀의 안에 머물고 있는 손을 그대로 두고 몸을 스륵 위로 겹쳐 왔다.

"윤휘야."

두 눈을 질끈 감고 있던 윤휘의 눈이 살며시 떠졌다. 그의 눈이 그녀를 핥고 있었다. 그의 눈이 말하고 있었다. 널 갖고 싶다. 지금, 이 순간.

윤휘가 고개를 끄덕였다. 순간 훨씬 전부터 느끼고 있었던 그의 거대한 남성이 그녀를 가르고 당당히 들어왔다.

"흐윽!"

윤휘는 그의 어깨를 두 손으로 부여잡았다. 유진은 고개를 숙여 그녀의 이마에 입을 맞췄다.

"우리 아기, 내 아기 정윤휘."

그의 달콤한 속삭임에 윤휘가 보채는 소리를 했다. 이젠 한 손에 담기에도 부족하게 커져 버린 가슴을 입에 머금었다. 가슴의 정점을 그가 빨아올릴 때마다 그녀의 입에서 기괴한 신음 소리가 터져 나왔다.

윤휘의 허리가 들썩였다. 넣기만 하고 움직이지 않는 그를 자극시키려 무거운 허리가 서질로 움찔거렸다.

"큭큭, 거 봐. 하고 싶었으면서."

유진의 장난스러운 목소리에 윤휘의 얼굴이 빨개져 버렸다.

"몰라!"

"할까?"

짓궂은 장난질에 윤휘가 그를 흘겨봤다.

"자, 어떡할까? 그만 할까?"

그가 허리를 뒤로 쑥 뺐다. 그의 것이 거의 빠져나가 버렸다. 윤휘는 그의 허리에 다리를 둘렀다.

"해달라고 한마디면 될 것을, 우리 마눌님 요 깜찍한 입에서 언제 그런 소리 한번 들어보나."

유진이 손가락 끝으로 그녀의 입술을 매만졌다. 그녀의 입술이 살포시 벌어졌다. 몽롱한 얼굴로 입술을 반쯤 벌리고 있는 그녀의 얼굴에 유진은 힘겹게 잡고 있던 이성의 끈을 놓아버렸다. 그리고 시작이었다.

그녀의 입술을 물고 으르렁거리며, 허리를 마구 박아 넣었다. 조심해야 한다고, 살살해야 한다고 다짐했던 생각은 그녀의 갸르릉거리는 소리와 함께 허공에 흩어져 버렸다.

"하아! 유진 씨!"

"응, 나 여기 있어. 여기, 너 안에…… 느껴져?"

"응, 응!"

배와 가슴에 범벅이 되어 있는 오일 덕분에 닿은 살갗이 더욱 예민하게 반응했다. 그를 끊임없이 빨아들이는 윤휘 때문에 유진은 조절을 할 수가 없었다.

"윤휘야, 너 너무 달아."

유진은 그 말과 동시에 그녀의 입술을 베어 물었다. 입술을 가르고 거친 혀가 들어와 그녀의 혀와 함께 놀아났다.

점점 빨라진다. 끝에 닿는 그가 생생히 느껴진다. 어깨에 단단한 손톱을 박아 넣고 죽을 듯이 소리를 내질렀다. 거짓말처럼 움직임을 멈춘 그의 입에서도 외마디 탄성이 터져 나왔다. 그녀의 안에 그가 움찔거렸다. 울컥거리며 자신을 쏟아내는 작은 감각마저 거대하게 그녀를 덮쳐 왔다.

그는 그녀에게 완전히 쓰러지지 못하고 어깨 양쪽으로 손을 짚어 몸을 지탱했다. 가라앉지 않은 거친 숨을 내뱉으며 다시 소프트아이스크림 같은 키스를 그녀에게 되돌렸다.

"아, 달다."

욕조에 뜨거운 물을 받고 로즈마리 향이 그득한 물이 몸을 씻어내고 피로를 풀어줄 때까지 그녀는 아무것도 할 필요가 없었다.

"일주일 만에 집에 오는 건데, 내가 이렇게 서비스 받아도 되는 건가?"

긴 머리를 그에게 맡긴 채 윤휘가 말했다.

"배가 함지박만한 마눌님 두고 일주일이나 집 비운 죄인에게 어인 말씀이셔요."

혹시나 그녀의 눈에 비누거품이라도 튈까 봐 조심스럽게 머리를 감기는 그의 손끝에 온몸이 녹아내렸다.

"아, 좋다."

나른한 목소리가 욕실을 울렸다.

우여곡절 끝에 그와 결혼식을 올린 지 이제 삼 개월. 자칫하면 배우 인생을 접어야 할지도 모를 기로에서 그는 멋지게 재기에 성공했다. 특별히 다른 노력을 한 것은 아니었다. 한국과 일본에서 동시 개봉한 영화 '떼조로'가 십 주 연속 흥행 1위를 기록하면서 '정유진의 저력'에 언론과 팬들은 다시 한 번 놀랄 수밖에 없었다. 그리고 'D.E.A.season2'의 큰 성공도 한몫했다. 그로 63회 골든글로브어워드에서 TV 부분 남우주연상을 수상하면서 그의 인기는 폭탄발언 이전과도 비교가 안 될 정도로 치솟았다.

"내 사랑하는 아내와 정유진2세에게 모든 영광을 바칩니다."

이 소감 한 마디로 자상한 가장의 이미지까지 얻은 그는 몇 개월 주춤했던 기간이 무색하게 여전히 오 년 연속 데이트하고 싶은 남자 1위를 고수했다.

이제 허리까지 내려오는 그녀의 머리카락을 혹시 젖어 감기라도 걸릴까, 정성스럽게 말리고 베이비크림을 온몸에 발라준 뒤 침대에 살며시 눕혔다.

"배 마사지 해줄까?"

유진이 침대에 내팽개쳐진 레몬 오일을 집어 들며 장난스레 웃었다.

"치이, 그 오일 용도가 대체 뭐야?"

튼 살 예방을 위한 마사지로 시작됐던 방금 전 사랑을 떠올리던 윤휘가 가늘게 그를 흘겨봤다. 유진이 조금의 미안한 기색도 없이 윤휘의 넉넉한 잠옷 상의를 가슴께까지 밀어 올렸다. 그리고 두 손에 오일을 덜어 터질 듯이 부푼 배를 문질렀다. 그의 따뜻한 체온에 윤휘가 두 눈을 감았다.

"흐음, 나른해. 졸리다."

똑똑—

엄마, 아빠 방에 들어올 때는 노크를 해야 한다고 가르친 보람이 있게 진이는 밤늦게 제 엄마를 찾을 때에도 꼭 노크를 하곤 했다.

"응, 들어와."

진이가 제 베개를 들고 문을 빼꼼히 열었다. 혹시나 엄마한테 혼나면 어쩌지, 하는 기색이 역력했다.

"우리 유진이 또 무서운 꿈 꿨구나?"

유진이 아직 가끔 둘 사이를 파고들곤 하는 아들에게 윙크를 찡긋해 보였다. 정 여사는 그런 그들을 보며 '쪽방놀이'를 한다며 놀려댔다.

"네……."

"진이 이리 와."

윤휘가 침대 옆을 두드리자 진이가 날름 침대 위로 올라왔다.

"아빠 뭐 해?"

"응, 유림이 때문에 아프지 말라고 아빠가 엄마 호 해주는 거야.”

　아직 딸인지 아들인지도 모르면서 두 유진은 ‘유림’ 이라고 아이 이름을 정해 버렸다. 진이는 당연히 여동생일 거라며 굳게 믿고 있었다.

　“그렇게 하면 안 아파요?”

　“그럼.”

　두 손으로 함지박만한 배를 문지르는 제 아빠가 재미있어 보였는지 진이도 윤휘의 배에 손을 가져다 댔다.

　“나도 할래.”

　처음 마사지로 시작됐던 것이 또 장난질로 변했다. 두 남자가 서로 영역을 다투며 그녀의 배를 조몰락댔고, 나른했던 기분은 간지러움으로 변해 버렸다.

　“아, 하하! 그만, 그만 해!”

　윤휘가 깔깔거리고 웃었다.

　“엇!”

　그때 유진이 뭔가에 화들짝 놀란 듯 손을 떼었다.

　“왜 그래요?”

　“움직였어!”

　“아아! 발로 찬 것?”

　“응!”

　유진은 경이로운 표정을 그녀를 바라봤다.

　“아빠, 어디어디?”

"여기."

그녀의 배꼽 옆을 손으로 조심스레 매만지며 그가 신기해했다. 칠 개월인데 아이가 태동을 하는 것은 당연했다. 하지만 그것을 알 리 없는 유진에게는 마냥 신비롭고 경이로운 일이 아닐 수 없었다. 그때 다시 한 번 유림이 툭 하고 제 엄마 배를 걷어찼다.

"어랏, 또 그러네!"

"원래 그래요. 이제 한참 놀기 시작할 때지."

"정말? 신기하다."

유진이 그녀의 배에 볼을 비볐다. 진이도 제 아빠가 하는 양을 그대로 따라 했다.

"아빠, 유림이가 똑똑 하는 거야?"

"응, 유림이가 오빠랑 아빠한테 똑똑 하는 거야."

진지한 표정으로 대화를 나누는 두 부자에게 의사가 파란 옷을 준비하라고 했다는 말을 해야 하나 윤휘는 잠시 고민이 되었다.

에이, 모르겠다. 유림이가 꼭 여자 이름이라는 법은 없으니까.

킹사이즈 침대가 이제 꽉 찼다. 이제 유림이까지 태어나고 나면 더 이상 한 침대에서 잘 수 없을지도 몰랐다. 아니, 아니다. 유진은 침대를 치우고 방 전체에 매트리스를 깔고도 남을 남자였다. 당분간 쪽방놀이는 계속될 것 같다는 생각과 함께 윤휘의 눈이 스르륵 감겼다.

귓가에 어렴풋이 그가 가끔 불러주곤 했던 노래가 들려왔다.

그대 내게 행복을 주는 사람.

내가 가는 길이 험하고 멀지라도

그대 내게 행복을 주는 사람.

이리저리 둘러봐도 제일 좋은 건 그대와 함께 있는 것.

작가후기

　2006년은 어느 해보다 계획이 많았던 한 해였습니다. 직업적으로도, 하고 싶은 공부 면으로도, 글을 쓰는 것도 욕심을 참 많이 부렸습니다. 물론 모든 부분이 진행형이긴 하지만 뚜렷한 결과가 보이지 않는다는 것은 생각보다 사람을 참 지치게 만들더군요. 그런 의미에서 스캔들 메이커는 좀 특별하다고 할 수 있겠습니다. 난장처럼 벌여놓은 일 중 유일하게 결과를 본 일이라고 할까요. 그리고 글에 대해 무한정 잃었던 자신감과 완결이라는 쾌감을 맛보게 해 줌으로써 자꾸 저를 끌어내리는 절망으로부터 해방시켜 주었습니다.

　어쩌면 글을 포기해야 할지도 모르겠다고 생각할 만큼 힘들었던 시간에 오아시스 같았던 스캔들 메이커. 연재 내내 함께해 주셨던 독자 여러분 감사합니다. 그리고 극악한 절단 신공에도 불구하고 책 나오길 기다려 주신다고 말씀해 주셨던 독자님들, 두 배로 감사합니다.

심히 부족했던 초고를 컨택해 주신 청어람 관계자 여러분 진심으로 감사합니다. 특히 끝까지 자신감을 잃지 않도록 격려해 주신 지윤님, 덕분에 행복하게 작업할 수 있었어요. 꼼꼼한 리뷰와 편집 감사드립니다. 십년지기 미선양! 사랑한다.

나만의 돌쇠 신랑님! 언제나 고마워.

이름 안 넣으면 화낼 쭌! 이번엔 넣었다.

끝으로 항상 제 글 관심있게 지켜봐 주시는 카페 가족 여러분! 진심으로 감사드립니다.

2006년 끄트머리를 놓으며

나나 드림.

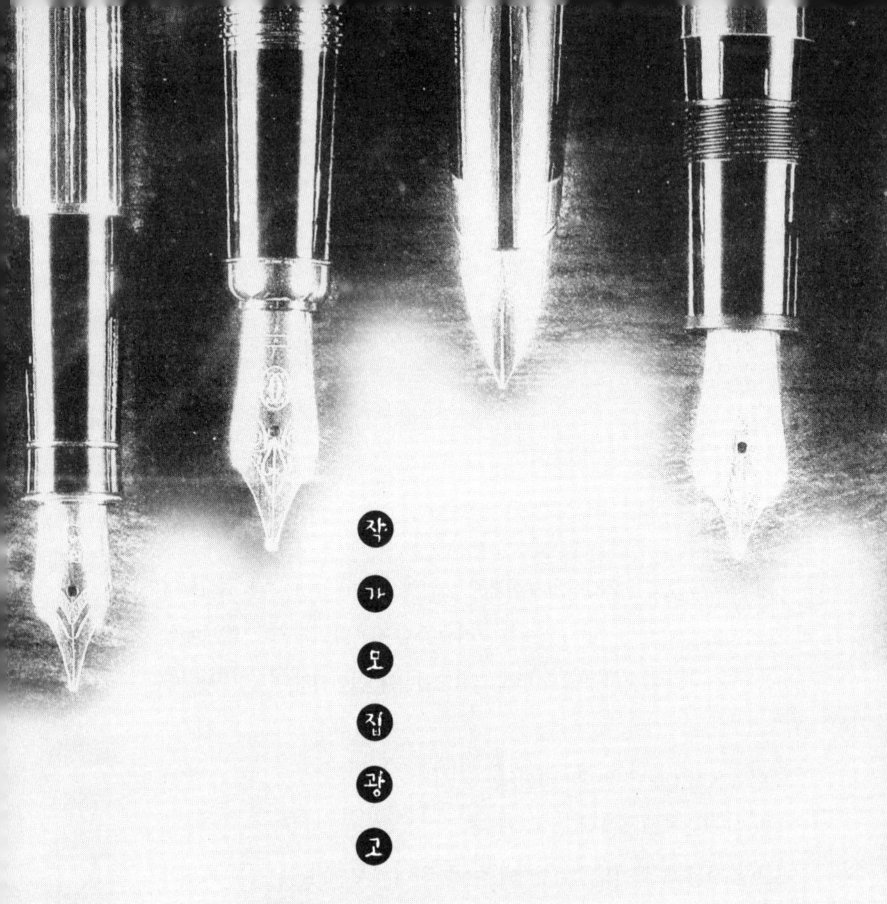

작
가
모
집
광
고